中國語言文字研究輯刊

十一編

許錟輝 主編

第**17**冊

工業化進程中的語言接觸
——江西上饒鐵路話調查研究

楊文波 著

花木蘭文化出版社

國家圖書館出版品預行編目資料

工業化進程中的語言接觸——江西上饒鐵路話調查研究／
楊文波 著 -- 初版 -- 新北市：花木蘭文化出版社，2016〔民
105〕
序 2+ 目 6+214 面；21×29.7 公分
（中國語言文字研究輯刊 十一編；第 17 冊）
ISBN 978-986-404-744-4（精裝）
1. 漢語方言 2. 方言學 3. 江西省上饒市
802.08   105013772

ISBN-978-986-404-744-4

9 789864 047444

中國語言文字研究輯刊
十一編　　第十七冊　　　　　　ISBN：978-986-404-744-4

工業化進程中的語言接觸
——江西上饒鐵路話調查研究

作　　者　楊文波
主　　編　許錟輝
總 編 輯　杜潔祥
副總編輯　楊嘉樂
編　　輯　許郁翎、王筑　美術編輯　陳逸婷
出　　版　花木蘭文化出版社
社　　長　高小娟
聯絡地址　235 新北市中和區中安街七二號十三樓
　　　　　電話：02-2923-1455／傳眞：02-2923-1452
網　　址　http://www.huamulan.tw 信箱 hml810518@gmail.com
印　　刷　普羅文化出版廣告事業
初　　版　2016 年 9 月
全書字數　153237 字
定　　價　十一編 17 冊（精裝）台幣 42,000 元

工業化進程中的語言接觸
——江西上饒鐵路話調查研究

楊文波　著

作者簡介

楊文波，男，1986 年生，山東兗州人，現爲上海大學國際交流學院教師。上海大學文學院中文系漢語言文字學專業碩士畢業，師從薛才德教授；復旦大學語言學及應用語言學專業博士畢業，師從游汝傑教授。近期研究方向爲漢語方言學、社會語言學。現已在國內外刊物發表學術論文十餘篇，主要發表在《語言教學與研究》、《語言學論叢》、《中國語學研究：開篇》（日本）、《當代修辭學》、《語言研究集刊》等刊物上。

提　要

　　目前，漢語方言學界對漢語方言尤其是方言島的調查和研究已經取得了豐碩的成果，但對路話和新興工業社區方言的調查仍處在初創階段。上饒鐵路話就兼有這兩方面的特徵，是研究路話和新興工業社區方言的典型案例；此外，上饒鐵路話對於研究語言接觸、語言變異及語言的柯因內化也有很大價值。

　　本文首先對上饒鐵路語及其語言本體作了概要性介紹。第一章爲前言，主要介紹與本文研究相關的國內外研究成果以及本文選題的意義和創新點；第二章介紹上饒鐵路話的背景知識，包括其地理位置、通行區域、形成歷史、人口來源、年齡分層及語言性質等等；第三章介紹上饒鐵路話的音系，包括聲母、韻母、聲調三部分。

　　鑒於例外音變對於研究語言接觸和語言變異的重要價值，第四章以中古聲母爲綱研究上饒鐵路話聲母的演變規律及其音變例外，其中著重點是聲母例外字的解釋；第五章以中古十六韻攝爲綱研究上饒鐵路話韻母的演變規律及其音變例外，並著重對上饒鐵路話韻母的舒聲促化和入聲舒化例外進行了解釋。

　　語言比較也是研究語言接觸和語言變異的重要一環，故而第六、七、八章將上饒鐵路話、杭州話和上饒市區話作了比較。第六章是三者的語音比較，包括聲調比較、聲母比較、韻母比較及例外讀音比較等四部分，語音比較的結論是上饒鐵路話近於杭州話，遠於上饒市區話；第七章是三者的詞彙比較，包括二百詞比較、封閉類實詞比較（親屬詞、時間詞、身體詞）和特色詞比較（上饒市區話特色詞和杭州話特色詞）三部分，詞彙比較的結論是上饒鐵路話的絕大多數普通詞彙都已被普通話所替代，而在封閉類實詞和特色詞方面則以上饒市區話的影響占憂；第八章是三者的語法比較，涉及詞法和句法兩個層面，比較的結果是上饒鐵路話的語法近於上饒市區話，遠於杭州話。

　　本文第九章最後以上饒鐵路話爲例探討語言接觸的類型及柯因內化，提出上饒鐵路話語言接觸基本框架：詞彙＞語法＞語音，即語言發生接觸時，詞彙最容易被借貸，其次是語法，最後是語音。此外，就下位系統的借貸而言，一般詞彙的借貸先於基礎詞彙（如封閉類實詞和特色詞），句法的借貸先於詞法。

序 言

　　現代中國的工業化在上世紀二三十年代已見端倪，但是大規模展開，是在上世紀五六十年代。伴隨工業化而來的是人口的較大規模遷徙和重新集聚，其結果是產生楊晉毅首倡的「新興工業社區語言」。在語言地理上，此類語言是以語言島的形式存在的，又是僅用於某一大「單位」的語言，故又可稱爲「單位語言島」。例如武漢鋼鐵公司所在的青山言語社區「彎管子話」，即是主要由鞍山鋼鐵公司員工帶來的東北鞍山話、本地武漢話和普通話互相接觸，最後融合而成的。此類語言的特點是：由多種方言與普通話融合而成；音系簡化；向權威語言靠攏。它與地方普通話的區別在於，它的基礎方言不是本地話，而是多種外地方言。作者調查研究的上饒鐵路話可以說是非典型的「新興工業社區語言」。

　　上饒鐵路話還是一種「路話」，即分佈在某條交通線的語言。其它「路話」還有黑龍江省的「站話」和廣西的平話等。「路話」又可以歸屬於「行業語言」。這裡的「行業語言」不是指「行業用語」（jargon），而是指同業人員及眷屬使用的語言，例如「軍話」，即明清時代因軍隊駐防形成的「衛所」語言。上饒鐵路話還有移民型柯因內語（Koine）的性質。

　　所謂「新興工業社區語言」、地方普通話、行業語言、柯因內語、克里奧爾語（Creole），還有其它混合語和混合方言等，在傳統的語言和方言分類法中，

並沒有它們的地位。按歷史語言學「譜系樹說」，語言的分化及繫屬關係如下：語系→語族→語支→語言→方言→土語。「譜系樹說」長期以來占統治地位，甚至被認爲是人類語言產生和發展的普遍眞理、絕對眞理。「譜系樹說」的語言分化模式適合於古代世界的語言。晚近掀起的語言接觸研究或「接觸語言學」（contact linguistics），提醒我們語言的產生和發展應該有兩大途徑，一是單一語言的譜系分化；二是不同語言的接觸和融合。現代世界已不再出現因語言分化產生的新語言，只有因語言接觸產生的新語言。針對現代世界的新語言及少數因語言接觸形成的古代語言，我們需要有新的語言分類法。這種新的分類法應該不同於歷史語言學的譜系分類法，而是基於社會語言學的語言分類法。

在國內研究因語言接觸形成的新語言，可以說發微於上世紀八十年代，程祥徽和陳乃雄對五屯話的研究。五屯話是青海銅仁的一種漢藏混合語。近年來不管是方言學界、民族語言學界或外語學界，對語言接觸研究都是方興未艾，在理論上大家借鑒比較多的是 S.G.Thomason 和 P.Trugell 著作。但是有些混合語言類型，例如軍話、路話、單位方言島等，很可能僅見於中國。對這些語言的調查研究有可能大大豐富「接觸語言學」理論，也許還可以調整現有的理論。出版本書的意義之一也在於此。

2010 年作者來復旦攻讀博士學位，他與我商量博士論文選題。我覺得方言接觸研究大有前途，故建議他調查研究上饒鐵路話。我本來想至少有一次與他一起去上饒實地調查，但後來因事忙一直沒有成行，十分遺憾。

文波善於處事，樂於助人，爲學認眞細緻，一絲不苟，有口皆碑。故他索序，我欣然應允，樂意爲之。

2016 年初夏
於上海景明花園靜思齋

目

次

第一章　導　言

1.1　研究綜述

1.1.1　上饒鐵路話的研究現狀

　　本文的調查和研究主要跟上饒鐵路話相關。現今國內外的研究中，涉及到上饒鐵路話的僅有兩篇文章：一是胡松柏、葛新（2011）《浙贛線「上饒鐵路話」的形成與發展》，二是王本勳（2004）《上饒鐵路話》。前一篇是胡松柏、葛新針對上饒鐵路話所做的一篇語言社會學的調查，主要包括上饒鐵路話的通行區域、形成過程、使用情況及演變趨勢等；後一篇著重介紹了上饒鐵路話的歷史移民情況。葛新的母語是上饒鐵路話，胡松柏長期居住在上饒市區，王本勳曾任上饒機務段工會主席及黨委書記，開過火車，三人對上饒鐵路話都有較深的瞭解。

1.1.2　新興工業社區方言的研究現狀

　　上饒鐵路話也是一種新興的工業社區方言，因而本文的研究也涉及到工業化過程中新興工業社區方言的研究現狀。

　　關於新興的工業社區方言，已有的個體研究有：湖南婁底漣源鋼鐵廠的「漣鋼話」，段微（2001）《漣鋼方言的語音特色及使用情況調查》對漣鋼話作了較

為詳細的調查；湖北江漢盆地的「江漢油田話」，孫德平（2013）《工業化過程中的語言變異與變化──江漢油田調查研究》詳細記錄了該方言的使用情況；新疆生產建設兵團的「河南話」，張新武（2005）《新疆石河子總場「準河南話」使用情況調查及推普方略研究》和王新菊（2001）《新疆生產建設兵團農七師131團加工廠河南上蔡話的演變》都對該方言作了調查。

除此之外，還有一些新興工業社區方言未被調查和研究，如湖北武漢鋼鐵廠的「彎管子話」。

前述的城市方言社區大都形成於 20 世紀 50 年代以後，上饒鐵路話言語社區形成於 20 世紀 30 年代，比前述工業社區略早，因而其方言也相對穩定和成熟，具有一定的調查價值。楊晉毅對工業社區的語言也有過很多論述，如《洛陽市現代語言形態的產生原因和理論意義》（1997）、《試論中國新興工業區語言狀態研究》（1999）、《中國新興工業區語言狀態研究（中原區）（上）》（2002a）、《中國新興工業區語言狀態研究（中原區）（下）》（2002b）、《中國城市語言研究的若干思考》（2004）、《中國工業化初期的語言接觸和語言選擇》（2007）。孫德平（2013）對楊晉毅的工業社區語言的研究評價頗高：「楊晉毅在抽樣調查的基礎上對中原幾個有代表性的工業區的語言狀態作了具體描繪，並分析了其產生的原因，認為不同的語言狀態與各個工業區的性質及其建設的歷史有著極為密切的關係，認為掌握單位第二代人的語言狀態是瞭解單位語言狀態的關鍵，認為『一個新興工業區是否在第二代人中產生普通話狀態，……決定於初始狀態（即建設初期）外省人（主要是文化程度高的外省人）是否佔優勢』。楊教授的研究在一定程度上揭示了工業化過程對語言變化的影響……」

1.1.3 路話方言的研究現狀

上饒鐵路話也是一種路話方言，因而其研究也涉及到路話的研究現狀。所謂的「路話」，是指由於歷史、政治、軍事和移民等原因所形成的一種沿道路分佈的方言，如沿古代驛道分佈的黑龍江站話，沿古官道分佈的廣西平話，以及沿鐵路線分佈的上饒鐵路話等，都屬於路話的範圍。

黑龍江站話的研究主要有：陳立忠（2005）《黑龍江站話研究》，游汝傑

（1993）《黑龍江省的站人和站話述略》和郭風嵐（2008）《黑龍江站話的分佈區域與歸屬》等。

廣西平話的研究主要有：甘於恩、吳芳（2005）《平話繫屬爭論中的邏輯問題》，李連進（2007）《平話的分佈、內部分區及繫屬問題》，梁敏、張均如（1999）《廣西平話概論》，覃遠雄（2000）《桂南平話研究》，韋樹關（1996）《試論平話在漢語方言中的地位》，伍巍（2001）《論桂南平話的粵語系屬》，謝建猷（2001）《廣西平話研究》，詹伯慧、崔淑慧、劉新中、楊蔚（2003）《關於廣西「平話」的歸屬問題》，張均如、梁敏（1996）《廣西平話》等。

1.1.4　瀕危方言的研究現狀

上饒鐵路話也是一種瀕危方言，因而其研究也涉及到瀕危方言的研究現狀。瀕危語言是指那些使用人口很少、活力很差、瀕於滅絕的語言（韋樹關2006）。自聯合國教科文組織將 1993 年定為「搶救瀕危語言年」以來，中國瀕危語言的保護和研究也取得了很大進展，如：孫宏開（1999）《記阿儂語——對一個即將消亡語言的跟蹤調查》及（2001）《關於瀕危語言》，戴慶廈、鄧祐齡（2001）《瀕危語言研究中定性定位問題的初步思考》，戴慶廈（2004）《中國瀕危語言個案研究》，徐世璇（2001）《瀕危語言研究》及（2002）《語言瀕危原因探析》、徐世璇，廖喬婧（2002）《瀕危語言問題研究綜述》，韋樹關（2006）《中國瀕危語言研究的新進展》等。

1.2　本文選題的意義

研究上饒鐵路話至少有以下幾方面的意義：

（1）20 世紀 50 年代以來，新中國迫切要求恢復工業發展，於是在計劃經濟體制下，政府將大批移民派至新興的工業區，如煤礦、油田、鋼廠、車站等地。遷入這些地區的移民大都集中居住、工作和生活，這為新的城市行業方言的形成提供了便利的條件。上饒鐵路話是中國新興工業城市行業方言的代表。研究上饒鐵路話對於研究工業化過程中的語言變異有極重要的意義。

（2）現在漢語方言學界對路話的研究較少，為人熟知的路話也只有站話和平話兩種，上饒鐵路話作為一種新興的路話方言，無疑會推動漢語方言的路話

研究進程。

（3）現在操上饒鐵路話方言的人僅兩三萬人且年輕一輩多轉說普通話或上饒本地話。上饒鐵路話實屬瀕危方言，研究上饒鐵路話對於記錄和保護瀕危方言也有極其重要的價值。

（4）由於上饒鐵路話原始移民為浙江人，移民後又為為上饒本地話包圍，所以研究上饒鐵路話對於研究語言接觸、語言融合和語言演變也有極其重要的意義。

（5）現今對上饒鐵路話的調查和研究為數不多，本文主要從語言本體上對上饒鐵路話進行調查、記錄和比較，這在一定程度上可以加深人們對上饒鐵路話方言的瞭解和認識。

1.3　本文的研究方法

本文調查研究上饒鐵路話時所使用的方法如下：

（1）傳統方言學的調查方法。如：以一位上饒鐵路話發音人為主，其它幾位上饒鐵路話發音人為輔，調查描寫上饒鐵路話的共時音系，歸納上饒鐵路話的同音字表。

（2）漢語音韻學的研究方法。如：以中古聲母和韻攝為綱，歸納上饒鐵路話聲母和韻母的演變規律，發現並解釋上饒鐵路話的例外字音。

（3）比較語言學的研究方法。如：從語音、詞彙和語法三方面，對上饒鐵路話、杭州話和上饒市區話進行語言比較。

（4）接觸語言學的研究方法。如：以國外的語言接觸理論為綱，同時結合上饒鐵路話語言接觸的語言事實，歸納得出相對符合漢語方言語言接觸實際的語言借貸框架。

（5）柯因內化理論的應用。本文借鑒國外的柯因內化理論，分析了上饒鐵路話的柯因內化進程，並對其柯因內化進程如此迅捷的原因作了相對合理的解釋。

本文未使用的調查和研究方法：

社會語言學的研究方法。按理說，像上饒鐵路話這樣的言語社區方言，使用社會語言學的調查和研究方法，應該會有一些意想不到的收穫。然而，由於

上饒市城區改造，上饒鐵路話母語人的聚居地——上饒鐵路新村現已被拆掉大半，相當部分的上饒鐵路話母語人已四處遷移；另外青壯年的上饒鐵路話母語人多半在鐵路行業工作，常常跑長途，作息時間並非朝九晚五，平時上饒鐵路新村也多是老年人和小孩子留守家中；加之上饒鐵路話本身就是瀕危方言，使用人口本就不多，前述種種原因都使得大規模、多人次、分層級的社會變異調查難以開展，因此筆者只得棄置了社會語言學的研究方法。

1.4　本文的創新點

（1）例外字的研究。研究語言接觸，其中一個重要環節就是研究語音例外。上饒鐵路話語音例外的原因有：a 音系結構製約；b 來源方言的影響；c 遷入地方言的影響；d 權威方言（普通話）的影響；e 聲符或字形的影響；f 古音遺存；g 古音通假；h 避諱；等等。全面系統地研究例外音變不但可以闡釋一種語言或方言語音結構的系統性，而且也可以進一步揭示語言接觸的深層次背景和原因。另外本文除研究上饒鐵路話的例外，也兼論普通話的部分例外字，所以本文對普通話例外音變的研究也有一定的貢獻。

（2）系統的語言比較。本人一直堅持：研究語言接觸，進行系統的語言比較是十分必要的。本文將上饒鐵路話與來源方言杭州話和遷入地方言上饒市區話進行的全面而系統的比較，其比較涉及到語音、詞彙和語法三個層面。本人以相關方言的書面材料爲指導，對三個方言點進行了大量實地走訪和調查，最後還將調查結果發予相關領域的專家學者請教。相信本文語言比較的結論是比較可信的。

（3）語言接觸框架的提出。本文以實地調查和系統比較爲基礎，參照國外學者對語言接觸的研究，提出了基於上饒鐵路話的語言接觸框架：a 一級框架〔詞彙＞語法＞語音〕；b 二級框架〔一般詞彙＞基礎詞彙〕&〔句法＞詞法〕。由於此框架是基於上饒鐵路話語言接觸的事實得出的，因此該框架的普適性仍需要大量漢語方言接觸的材料加以檢驗。

第二章　上饒鐵路話簡介

2.1　通行區域

　　江西省上饒市信州區有一處叫做「鐵路新村」（地理位置詳見圖1）的居民區，其內居住著不足一萬人的鐵路職工及其家屬，他們之間通行一種叫做「上饒鐵路話」的方言。鐵路新村內的道路多以「鐵二路」、「鐵四路」、「鐵五路」、「鐵七路」等命名，這也從一定程度上提示了該居民區與鐵路行業的淵源。

圖1　上饒鐵路新村及新舊鐵路線位置

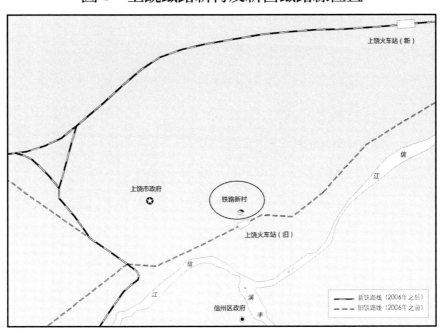

上饒鐵路話通行於鐵路新村內部，是鐵路居民的工作和生活語言，他們對內使用上饒鐵路話，對外使用普通話或上饒市區話，但也有少數中老年鐵路社區居民只會說上饒鐵路話，故對內對外都只能使用鐵路話。

據胡松柏、葛新（2011），「上饒鐵路話」的通行區域並不僅限於「鐵路新村」一帶。首先在上饒市內，除了「鐵路新村」之外，上饒火車站（舊站）站區也通行「上饒鐵路話」，使用人數超過三萬；其次由於使用「上饒鐵路話」的多為鐵路職工，故而在浙贛線鷹潭一帶鐵路沿線也通行「上饒鐵路話」。

另外本人在調查時也得知，江西省上饒市弋陽縣也有一個通行「上饒鐵路話」的社區，據說那裏的上饒鐵路話母語人是由上饒鐵路新村遷出的，因此可算是上饒鐵路話的一個分支。不過由於時間和精力所限，本人未能到弋陽縣進行實地調查和走訪。

鑒於「鐵路新村」居民較為集中，筆者調查描寫的「上饒鐵路話」也僅限於上饒鐵路新村一帶。

2.2 移民歷史

「浙贛線中段的重要站區上饒站歷史久遠，起初浙贛線是分段修建的。1933 年 11 月修到江西玉山縣，1934 年元月通車，隨之建起了玉山車站和玉山車房（機務段）。鐵路繼續往西延伸，1935 年過上饒，建上饒火車站，1936年，玉山車房搬遷到上饒，成立了浙贛鐵路第二段，上饒機務段」（王本勳2004）。2006 年之前，上饒鐵路線還是穿過鐵路新村居民區的；到了 2006 年，新建的上饒鐵路線北挪了 2 公里移出城區，鐵路新村附近便只剩下了廢棄的鐵路軌道。上饒新舊鐵路線及新老火車站位置參見圖 1。

上饒鐵路話的早期移民多為浙江籍，彼此交流皆帶浙江口音。「上饒鐵路員工絕大多數是從杭州鐵路單位分過來的，並相繼從蕭山、諸暨、金華等地帶了一些人過來，那時允許沾親帶故帶人出來做事。解放前，上饒鐵路員工幾乎沒有本地人。這些來自浙江，主要是杭州的鐵路員工，集中居住在上饒市北郊荒無人煙的花園塘一帶，自成體系，形成村落，保持著固有的江浙生活習慣和口音。」（王本勳 2004）

關於上饒鐵路話的人口來源，胡松柏、葛新（2010）曾作過一個簡單的抽

樣調查，調查結果顯示，上饒鐵路新村浙江籍員工所佔比例接近 80%，這也與王本勳的敘述是一致的。

2.3　形成過程

前已說過，上饒鐵路話的早期移民多為浙江籍，皆操浙江口音交流。在這些人彼此交流的過程中，杭州話扮演了極為重要的導向作用，使得這些浙江口音向杭州話靠攏，原因在於，一是杭州話是半官話性質的方言，在這些浙江口音中音系結構相對簡單，二是杭州話在浙江地區具有相當的地方文化威望。後來，上饒鐵路新村也陸續有些山東、貴州、福建等地的鐵路職工遷入，他們雖不會說浙江話，但也慢慢地融入到這些浙江口音之中，久而久之，當地就形成了一種頗具特色的通用語──上饒鐵路話。

操上饒鐵路話的居民在鐵路新村集中居住、生活和工作，這無疑是促成上饒鐵路話形成的重要一環。不過也有一個重要因素不容忽視，那就是二代移民的學習環境。上饒鐵路新村的一代移民定居鐵路新村後，其子女統一到「鐵路小學」和「鐵路中學」就讀，這兩所學校建成後，不招收當地上饒居民的子女入學，這就為「上饒鐵路話」由一代居民的洋涇浜語轉變為二代居民的母語，提供了極為便利的條件。據胡松柏、葛新（2011），1940 年代後期到 1950 年代，早期鐵路居民在工作地出生的「鐵路子弟」數量增多，成為上饒鐵路社區的新一類居民。他們依年齡分批次進入專設的「上饒鐵路小學」和「上饒鐵路中學」學習。他們在鐵小、鐵中上學，在鐵路新村生活，相對封閉的鐵路社區環境使他們自幼即習得鐵路話，且不同於其父輩，基本上已不能說祖籍地方言而只說鐵路話。經過這一批最早的鐵路子弟之口，鐵路話得以穩定成型並迅速推廣，反過來影響到其父輩的鐵路話而使其水平有所提高。至此，鐵路話便成為上饒鐵路社區的唯一的通行語言，承擔起工作用語、生活用語乃至教學用語的重要功能來。

2.4　年齡分層

根據本人的調查走訪，發現鐵路新村中能夠熟練使用「上饒鐵路話」進行交流的人群主要集中在 40 歲到 65 歲左右（即出生於 1945 年和 1970 年之

間），40 歲以下多轉說上饒本地話或普通話，65 歲以上多帶江浙口音，即便與外人交流，使用的也只是「洋涇浜式」的「上饒鐵路話」，受其母語影響相當嚴重。

　　上饒鐵路話的年齡分層只是大致趨勢，在鐵路新村西部仍有個別孩子（小則六七歲，大則十四五歲）以上饒鐵路話爲母語，原因在於他們的父母大多出去打工，小孩子常年跟隨爺爺奶奶一起生活，這樣一種生活環境爲上饒鐵路話的語言習得提供了便利。

2.5　語言性質

　　通行上饒鐵路話的上饒鐵路新村居民區位於上饒市區（圖 2 紅色區域），上饒市區話屬於吳語處衢片（詳見圖 3），因此上饒鐵路話也就處在上饒市區話的包圍之中。

圖 2　上饒市的行政地理

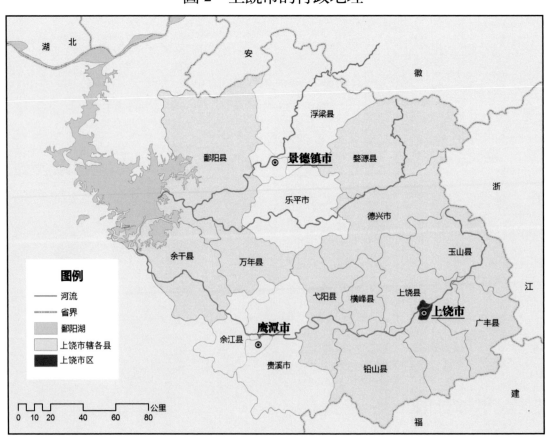

圖 3 上饒市的語言地理

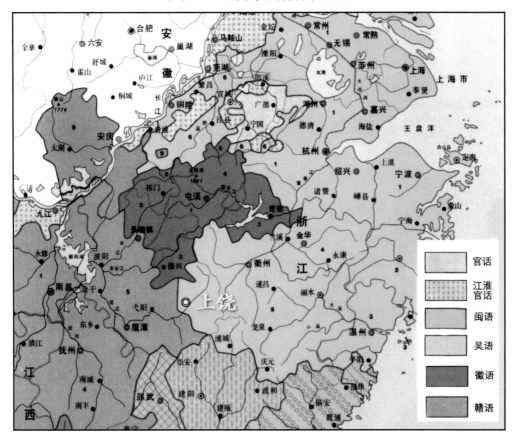

上饒鐵路話的語言結構以浙江口音爲基礎，從其聲韻調系統來看，與半官話性質的杭州話相近，但其音系又比杭州話簡單得多。另外上饒鐵路話無兒尾，這也是其與杭州話的一大區別。

除此之外，上饒鐵路話在形成過程中還受到了當地上饒市區話的影響。雖然早期的鐵路移民與當地上饒人民關係不太融洽甚至時有衝突，但事實證明，二者的接觸和融合確實是不可避免的。

上饒鐵路話是一種新興的工業社區方言，帶有新興工業社區方言的普遍特徵，如語言結構的混合性、音系簡化、向權威方言靠攏等。新中國在工業化過程中興起了的很多移民型的工業社區方言，這些方言不屬於原有的方言類別，它們多是在兩種或多種方言的基礎上混合而成，它們最重要的特徵就是向權威方言靠攏和音系的混合與簡化。新興的工業社區方言與一般所說的移民型方言島有所不同，移民型方言島的初始移民多來自同一地區，操同一種方言，而新興工業社區的初始移民大多來自不同的地區，所使用的方言當然不止一種。

上饒鐵路話也是一種路話方言。由於上饒鐵路話母語人大都從事鐵路交通

方面的工作，這使得上饒鐵路話的傳播範圍具有沿鐵路線分佈的特點，「在鐵路浙贛線以上饒站爲中心的中段線路沿線站區的鐵路員工社群中，皆通行上饒鐵路話」（胡松柏、葛新 2011）。沿鐵路線分佈的上饒鐵路話，加上沿古代驛道分佈的黑龍江站話以及沿古官道分佈的廣西平話，這樣一來，目前所知的漢語路話方言就達到了三種。

上饒鐵路話還屬於瀕危方言的範疇。2000 年 2 月在德國科隆召開的瀕危語言學會議，會員們一致通過將語言按現狀分爲 7 個等級，分別是：

等級Ⅰ 安全的語言：前景非常樂觀，群體的所有成員包括兒童都在學習使用的語言。

等級Ⅱ 穩定但受到威脅的語言：群體內所有成員包括兒童都在學習使用的、但是總人數很少的語言。

等級Ⅲ 受到侵蝕的語言：群體內部的一部分成員已經轉用了其它語言，而另一部份成員包括兒童仍在學習使用的語言。

等級Ⅳ 瀕臨危險的語言：所有的使用者都在 20 歲以上、而群體內部的兒童都已不再學習使用的語言。

等級Ⅴ 嚴重危險的語言：所有的使用者都在 40 歲以上、而群體內部的兒童和年輕人都已不再學習使用的語言。

等級Ⅵ 瀕臨滅絕的語言：只有少數的 70 歲以上的老人還在使用、而群體內幾乎所有其它的成員都已放棄使用的語言。

等級Ⅶ 滅絕的語言：失去了所有典型的瀕危狀態，使用者的語言。

有些語言，儘管使用的人數上萬，也仍然被鑒定爲瀕危語言，因爲該語言只有越來越少的青少年和兒童把它作爲第一語言學習使用。例如漢語的個別弱勢方言。（百度百科詞條：瀕危語言）

按照上面的語言等級，上饒鐵路話屬於「等級Ⅴ：嚴重危險的語言」，其使用者現雖有三萬餘人，但使用者的子女（主要是第三代移民）多已轉說普通話或當地的上饒市區話，極少有人將其作爲第一語言學習使用。

第三章　上饒鐵路話音系

3.1 發音人簡介

調查時間：2011 年 2 月至 2012 年 10 月。

發音人 1：方鳳麗，女，54 歲（1959 年生），出生於上饒市鐵路新村，祖籍浙江杭州。高中畢業（曾就讀於上饒市鐵路小學和上饒市鐵路中學），退休前爲鐵路職工，現爲上饒鐵路俱樂部賓館前臺招待。上饒鐵路話爲方的母語，且只會說上饒鐵路話，方的普通話也極不標準。方本人長期居住在上饒鐵路社區，未離開本地，幼年家庭和學校生活環境均以上饒鐵路話爲主。方父爲浙江杭州人，會說杭州話；方母爲河北人，會說上饒市區話。

發音人 2：黃斌，男，48 歲（1965 年生），出生於上饒市鐵路新村，祖籍貴州。高中畢業（曾就讀於上饒市鐵路小學和上饒市鐵路中學），退休前爲鐵路職工，現爲個體零售店老闆。其父爲貴州人，會說西南官話；其母爲福建人，會說閩語。上饒鐵路話爲黃本人母語，且黃本人長期居住在上饒鐵路社區，未離開本地，幼年家庭和學校生活環境均以上饒鐵路話爲主。需要注意的是，發音人黃斌語言學習能力較強，現在黃斌會說上饒鐵路話、上饒市區話和普通話。上饒鐵路話爲黃斌母語，熟練程度自不必說，但對於上饒市區話和普通話，黃斌也說得十分流利。

發音人 3：劉紅，40 歲（1973 年生），出生於上饒市鐵路新村，祖籍浙江溫州。大專畢業（曾就讀於上饒市鐵路小學和上饒市鐵路中學），現從事個體零售職業。劉本人長期居住在上饒本地，母語爲上饒鐵路話，除此之外，還會說上饒市區話和普通話，其中上饒市區話爲參加工作後習得，不太流利。劉父母均爲浙江溫州人，二老母語爲溫州話，也會說上饒鐵路話。

發音人 4：蔡剛（方鳳麗之夫），62 歲（1941 年生），出生於浙江蕭山，五歲時隨父母來到上饒。高中畢業（亦曾就讀於上饒市鐵路小學和上饒市鐵路中學），退休前爲鐵路職工（電工）。蔡本人母語爲蕭山話，除此之外，還會說上饒鐵路話和普通話。幼年家庭和學校生活環境均以上饒鐵路話爲主，工作後說上饒鐵路話和普通話。蔡父母均爲浙江蕭山人，二人會說浙江蕭山話。

前三位發音人均爲上饒本地出生，屬二代移民，第四位發音人蔡剛非上饒本地出生，屬一代移民。本章音系主要記錄發音人方鳳麗的語音，發音人黃斌、劉紅、蔡剛等人的語音只在注釋中加以說明。

3.2　聲　母

上饒鐵路話的聲母有 29 個（包括零聲母）：

表 1　上饒鐵路話聲母表

p 布幫八	ph 怕片潑	b 步別盤	m 罵門滅	f 飛馮乏	v 父飯乏	
t 到耽德	th 太天鐵	d 道同奪	n 腦難農			l 呂認若
ts 招爭桌	tsh 醋倉出	dz 曹從宅		s 絲扇食	z 士蛇舌	
tɕ 焦精結	tɕh 秋槍七	dʑ 齊全局	ȵ 女年熱	ɕ 修旋錫	ʑ 徐縣轄	
k 貴光骨	kh 開筐客	g 櫃葵狂	ŋ 我硬額	h 花歡獲	ɦ 話岸藥	
ø 微案屋						

注：①用〔ɦ〕表示陽調類零聲母字或同部位半元音（如 j、w、ɥ 等）的濁擦成分，零聲母〔ø〕配陰調類字。

②日母：發音人方鳳麗多讀〔l〕（發音人黃斌和劉紅多讀〔z〕），少數讀〔ȵ〕（如「熱〔ȵiəʔ⁸〕」、「軟〔ȵynɛ̃³〕」）、〔ɦ〕（如「兒而〔ɦəⁿ²〕」）或〔ø〕（如「耳〔 əⁿ³〕」、「二〔əⁿ⁵〕」）。

③上饒鐵路話的〔z〕聲母在向〔ɦ〕聲母的方向弱化。

④上饒鐵路話的部分濁聲母字已清化，根據實際發音情況記爲清音，如：緒序〔ɕy¹〕、凊肴〔ɕiɔ¹〕。

3.3 韻　母

上饒鐵路話的韻母共 36 個：

表 2　上饒鐵路話韻母表

ʅ 資刺私	i 第姐衣	u 故母五	y 女雨虛
ɚ 兒耳二			
a 爬茶沙	ia 架蝦鴉	ua 抓花蛙	
o 我河萵			
ɛ 排蓋哀		uɛ 帥怪歪	
ɔ 飽桃燒	iɔ 標條咬		
ei 倍妹給		uei 桂蛇微	
	ie 野街寫		
ɤɯ 鬥醜收	iɤɯ 丟流有		
ɛ̃膽三含	iɛ̃間廉淹	uɛ̃短酸關	yɛ̃軟權圓
əŋ 悶根橫	iŋ 緊林星	uəŋ 嫩損溫	yn 群動雲
ɑŋ 黨桑杭	iɑŋ 良講央	uɑŋ 床光王	
oŋ 東紅翁	ioŋ 瓊胸永		
əʔ北各喝	iəʔ鐵急一	uəʔ出郭屋	yəʔ肉靴獄
aʔ伐搭罰			

注：①發音人方鳳麗日母止攝（如「兒耳二」等字）讀〔ɚ〕，發音人黃斌日母止攝讀入效攝，讀爲〔ɔ〕，發音人劉紅日母止攝一般讀〔ɚ〕，但「二」讀入效攝爲〔ɔ〕，與黃斌同。

②發音人方鳳麗和黃斌的臻攝開口和深攝與梗攝開口和曾攝合流讀爲〔əŋ〕、〔iŋ〕、〔uəŋ〕，均爲後鼻音；而發音人劉紅的臻攝開口和深攝仍讀前鼻音〔ən〕、〔in〕、〔uən〕，未與梗攝開口和曾攝合流。比字舉例如下：

表 3　深臻曾梗四攝比字表

	深攝：針	臻攝：斤	曾攝：等	梗攝：病
方鳳麗、黃斌	$tsəŋ^{1}$	$tɕiŋ^{1}$	$təŋ^{3}$	$biŋ^{2}$
劉紅	$tsən^{1}$	$tɕin^{1}$		

③上饒鐵路話的入聲韻只有五個，而轄字較多的只有 əʔ、iəʔ、uəʔ、yəʔ四韻，aʔ韻下只有 6 個字：伐罰筏〔$faʔ^{8}$〕、介表程度，～久：這麼久〔$gaʔ^{8}$〕、搭〔$k^{h}aʔ^{7}$〕、阿叉〔$aʔ^{7}$〕。原讀 aʔ韻的字一部分併入 əʔ韻，另一部分入聲舒化讀入 a 韻。除

了以上五個入聲韻之外，一代鐵路移民的語音系統中還有 uaʔ韻（如「刮〔kuaʔ⁷〕」），但所轄字更少，且鑑於一代鐵路移民的「上饒鐵路話」屬洋涇浜語，而非正統的「上饒鐵路話」，故韻母表不再列出 uaʔ韻。

3.4 聲　調

上饒鐵路話的聲調有六個：

表 4　上饒鐵路話聲調表

陰平	〔˦〕44	高安開偏婚飛
陽平	〔˩˧〕13	窮寒近厚紅岸
陰上	〔˥˧〕53	古口醜粉五有
陰去	〔˧˧˦〕334	蓋愛抗怕漢放
陰入	〔˥〕5	急曲黑割缺歇
陽入	〔˩˨〕12	月入局白合服

注：①上饒鐵路話的次濁上歸陰上，除此之外，全濁上、陽去和陽平合併，調值爲13。

　　②上饒鐵路話的陰去字有半數已併入陰平，如：細〔çi¹〕、富〔fu¹〕、慰〔uei¹〕、印〔iŋ¹〕等，這些字本爲陰去，現已歸入陰平。

第四章　上饒鐵路話聲母及其音變例外

4.0　說　明 [註1]

（1）由於例外字的音變對於研究語言接觸和語言演變有極其重要的意義，因此本文第四章和第五章著重研究上饒鐵路話例外字的形成原因，主要做法是：以中古聲母和韻攝爲綱，排列找出上饒鐵路話各聲母和韻攝的演變規律，並對演變規律作相應解釋，然後依據演變規律找出例外字，並從語言接觸和語言演變的角度對例外字進行逐一解釋。在解釋上饒鐵路話的例外字時，爲力求紮實深入，筆者也對涉及到的普通話例外字進行了解釋。

（2）爲進行上饒鐵路話與中古音的比較，筆者分別對女發音人方鳳麗和男發音人黃斌進行了調查，並整理出兩份同音字表，兩份同音字表差別不大。本章比較以女發音人方鳳麗的同音字表爲主，男發音人黃斌的同音字表只用以訂正記音的訛誤。除非某字讀音二人差別明顯，否則不再注出男發音人的讀音。女發音人方鳳麗和男發音人黃斌在語音上的主要差別有：

　　①女發音人方鳳麗的日母（如「認」、「若」）一般讀〔l〕，男發音人黃斌日母一般讀〔z〕；

　　②女發音人方鳳麗泥母有〔n〕、〔ȵ〕、〔l〕三種讀音，而男發音人黃

〔註1〕本小節《說明》適用於第四章和第五章。為避免重複，第五章不另列。

斌只有〔n〕、〔ȵ〕兩種讀音；

③女發音人方鳳麗日母止攝（如「兒耳二」等字）讀〔ɚ〕，男發音人黃斌日母止攝併入效攝讀〔ɔ〕。

（3）上饒鐵路話聲母中，用〔ɦ〕表示陽調類零聲母字或同部位半元音（如 j、w、ɥ 等）的濁擦成分，零聲母〔ø〕配陰調類字。中古匣母擬音 *〔ɦ〕與上饒鐵路話的聲母〔ɦ〕是不完全對等的，前者是一個真正的濁喉擦音，後者則表示陽調類零聲母字或同部位半元音（如 j、w、ɥ 等）的濁擦成分。所以對於演變規律「*〔ɦ〕＞〔ɦ〕」，並不是說該聲母從中古到現在沒有變化，但考慮到語音比較的系統性，仍以「*〔ɦ〕＞〔ɦ〕」這樣的演變規律標示。特此說明。

（4）本章所使用的公式。以幫母為例：

$$崇母演變規律 \quad *〔dʒ〕＞*〔dʑ〕＞〔z〕/ \underline{\qquad} 止攝$$
$$＞〔dʑ〕/ \underline{\qquad} 其它$$

$$端母演變規律 \quad *〔t〕＞〔t〕$$

星號「*」表示所構擬的中古音（如無特別說明，一般取鄭張尚芳和潘悟雲的擬音）；箭頭「＞」表示「演變為」；斜槓「/」後表示分化條件，如「上饒鐵路話崇母在止攝前分化為〔z〕，在其它韻攝前分化為〔dʑ〕」；無斜槓「/」時，如無特別說明，一般表示無條件演變，如「上饒鐵路話端母皆讀為〔t〕」。

（5）本章所使用的材料來源：

①上饒鐵路話材料是本人實地調查所得，經由游汝傑教授審音；

②杭州話材料有二：一為錢乃榮《杭州方言志》（1992），二為游汝傑《老派杭州方言同音字彙》（未刊），三為本人實地調查所得，後注「筆者」以示說明。

③上饒市區話材料有三：一為何細貴主編的《上饒地區志》（1997），二為胡松柏等《贛東北方言調查研究》（2009），但由於《贛東北方言調查研究》中上饒市話同音字表僅 800 字，因此如無特別說明，上饒市區話讀音一般取自《上饒地區志》，三為本人實地調查所得，後注「筆者」以示說明。

④普通話材料為威妥瑪（1886 年）著的《語言自邇集》。該書記錄了 19 世紀末的北京話，尤其是書後附錄《北京話字音表》更是研究那時北京話語音面貌的珍貴資料。

（6）本章著重討論上饒鐵路話的例外字，同時兼議普通話例外字，本人對普通話例外字的研究會參照前人已有的成果，現將前人已有的漢語例外字研究擇要簡列如下：

李榮（1965）《語音演變規律的例外》：a 連音變化：杉、親~家、犀木~、婿、望、因；b 感染作用：我你他、這那哪；c 迴避同音字：糙、死、鈎；d 字形的影響：嶼、垃圾、要腰、守、礦、勝、行、酵、處、塑~料；e 誤解反切：窕窈~、上平~去入；f 方言借字：搞攪、尷尬；g 本字不明、同義替代：赴~水，游泳、醃、盅鍾、值直、舐舔、柴樵。

李榮（1982）《論北京話「榮」字的音》、《論「入」字的音》：榮、入。

王力（1985）《漢語語音史》卷下《語音的發展規律》第九章《不規則的變化》：a 文字的影響：婿、劇、廁、側、縛、軋、叛、溪、祕、嶼、儉、佐、俱、稍、恩、妨、殲、概、決、糾；b 方言和普通話的互相影響：貞、勁、弄、輦、搞、巷、癌、街、解、界、鞋、協、學、鳥、交、膠、教、角、覺、敲、咬、監、間、減、鉛、咸、限、眼、晏、雁、江、講、降；c 偶然性：豹、剝、佩、特、產、春、鼠、暑、始、賜、松、囚、袖、鈎、會~計、規、昆、吃喫、廈、完、丸、鉛、榮、融、榮、大、打、拉、黑、嗟、血、薛、佛、入、六、肉、所、誰、奔、吞、窘、尹、遜、章、盲、行、傾、頃、營、播、腐、巫、突、乎、微、危、帆、儉。

黃典誠（1985）《普通話「打」字的讀音》：打。

唐作藩（1995）《「殽」、「崤」等字的讀音》：殽、崤、爻、肴、餚、淆。

游汝傑（2000）《漢語方言學導論》（修訂本）第五章第五節《歷史音變規律及其例外》：a 迴避忌諱字音：舌蛇、操糙；b 感染作用（僅見於代詞類）：客話人稱代詞「〔偃〕（我）、你、佢（他）」；c 古音孑遺：溫州地名字音「占」；d 字音來歷的歷史層次不同：角餃；e 方言借用：車、卸；f 誤讀（字形）：復復復、玫文、燥操。

李藍（2003）《論「做」字的音》：做。

平山久雄（2005）《平山久雄語言學論文集》之第六篇《昆明爲什麼不讀Gunming》：昆、鳥、父腐輔釜。

楊劍橋（2005）《漢語音韻學講義》第六章第一節《漢語聲母發展史舉例》：a 唇音：不、捧、曼、戊、麼磨無；b 舌音：悌弟、鳥、偵貞；c 齒音：雀爵、

賜、蹲存；d 牙音：恢、溪壚、顚、阮；e 喉音及其它：榮、融容、熊雄、弄、蔫、娟、鉛。聲調方面，楊劍橋（未刊稿）在《從成語「簞食壺漿」的讀音說起》一文中還指出，「上古漢語中具有利用屈折形態來表示的使動、被動、完成體和敬語等語法範疇」，如：食、觀、使、採、離、過、風、養。

　　鍾明立（2008）《漢字例外音變研究》：a 聲母例外：蹲、鯨、佩、叛、闢、挺、艇、僕、鏷、曝瀑、圃譜、濮蹼、彎、迫、噎、蹙、雀、輟惙、嘲、側、失傳、顫、儈膾澮鄶獪檜劊、昆崐琨鯤鶤褌錕、柯、礦、括、愧、訖、繾、畎、臉；b 韻母例外：佳、罷、灑、涯、崖厓、蛙、話、掛卦、畫、肯、孕、貞、勁、皿、聘、拎、拼、認、稱、姘、偵、打、大、他；c 聲調例外：蔑篾、肪、妨、縱～橫、從～容、差～不多、俱、嵌、魁、眶、萎、貓、閩、帆、巫誣、微、危、濤、跳、撈、奚兮、酣、莖、悠、鉛、捐、庸傭墉鄘鏞、鱅慵、輔釜滏腐、咀、沮、窘、儉、強、揆、緩、很、问迥炯泂、汞、晃幌、慷。根據以上這些例外，鍾明立總結了九條例外音變條例：第一，受聲符或同聲符字讀音的影響；第二，由說話音、方音發展為今音；第三，由又讀音發展為今音，其中又讀包括同義又讀、多音字詞的又讀和古今異讀同形字詞三方面；第四，迴避同音字；第五，連音變化；第六，受相關字詞讀音的感染，這裏的相關包括同義詞、同類詞和通用字三方面；第七，誤讀反切；第八，調整音節的分工；第九，音節的合流。除此之外，鍾明立還將 1932 年出版的《國音常用字彙》和 2004 年出版的《新華字典》（第 10 版）進行了讀音對照，將發生變化的字音一一列出，細緻深入地研究了 20 世紀以來漢語字音的演變。

4.1　唇　音

　　幫母（包括非母）。幫母有 137 個字：98 個字讀〔p〕，占 71.5%；26 個字讀〔f〕，占 19.0%；6 個字讀〔v〕，占 4.4%。另有 7 個例外字。

　　〔p〕：比〔pi³〕、閉〔pi⁵〕、布〔pu⁵〕、巴〔pa¹〕、波〔po¹〕、飽〔pɔ³〕、背動詞〔pei¹〕、背名詞〔pei³〕、表〔piɔ³〕、般頒〔pɛ̃¹〕、板〔pɛ̃³〕、邊〔piɛ̃¹〕、扁〔piɛ̃³〕、本〔pən³〕、兵並〔piŋ¹〕、幫〔paŋ¹〕、榜〔paŋ³〕、百〔pəʔ⁷〕、筆〔piəʔ⁷〕……

　　〔f〕：夫〔fu¹〕、飛〔fei¹〕、否〔fɤɯ³〕、返〔fɛ̃³〕、方〔faŋ¹〕、放〔faŋ⁵〕、

分〔fəŋ¹〕、法〔fəʔ⁷〕……

　　〔v〕：奮糞份奉分〔vəŋ²〕、富父〔vu²〕。

　　幫母演變規律：

　　　　幫母＞非母　　＊〔pʷi〕＞＊〔pf〕＞〔f〕或〔v〕／＿＿合口三等

　　　　幫母＞幫母　　＊〔p〕＞＊〔pf〕＞〔p〕／＿＿其它

　　　　　　　　例外：脯〔pu¹〕。

　　對幫母演變規律的解釋：

　　上饒鐵路話的合口三等字大部讀入非母爲〔f〕、〔v〕（如父〔vu²〕、返〔fẽ³〕等字），而同屬合口三等的「脯〔pu¹〕」卻未發生同樣的演變。「脯〔pu¹〕」在廣韻只有一個音韻地位，即「幫母合口三等」。杭州話（游）和上饒市區話皆讀「脯〔bu²〕」，普通話「脯」有兩讀，作「胸脯」義時讀〔pʰu²〕，作「肉乾、果乾」義時讀〔fu³〕。上饒鐵路話的「脯」可能受了杭州話或者上饒市區話的影響。《集韻》：「脯，匪父切……又蓬逋切，音蒲。」可見「脯」字古已有「蓬逋切」，「蒲」讀並母，杭州話和上饒市區話中就是如此，上饒鐵路話中「脯」聲母概由〔b〕清化爲〔p〕。

　　對幫母例外字的解釋：

　　幫母例外字有 7 個，其中 2 個字讀〔b〕：爆〔bɔ²〕、博〔bəʔ⁸〕；3 個字讀〔pʰ〕：譜〔pʰu⁵〕、迫〔pʰəʔ⁷〕、拼〔pʰiŋ¹〕；2 個字讀〔m〕：秘〔miəʔ⁷〕、泌〔miəʔ⁷〕。

　　（1）〔b〕：爆〔bɔ²〕、博〔bəʔ⁸〕

　　《廣韻》中「爆」有三個音韻地位：①效開二去肴韻幫母，「北教切」，火烈，又音駁；②江開二入覺韻幫母，「北角切」，火烈；③宕開一入鐸韻幫母，「補各切」，迫於火也。但無論哪一個音韻地位，「爆」都屬於幫母，按規律不應讀〔b〕，但事實是，筆者所調查到的兩位發音人（一男一女，男 42 歲，女 53 歲）皆讀〔b〕。杭州話（游）有兩讀，一音〔pɔ⁵〕，一音〔bɔ²〕，上饒市區話讀〔pɑo⁵〕，普通話讀〔pɑu⁵〕，上饒鐵路話的「爆〔bɔ²〕」可能來源於杭州話。另據楊劍橋告知，《說文》（大徐本）「爆」爲「蒲木切」，讀並母，只是《廣韻》失收了。這樣看來，「爆」讀並母濁音的現象古已有之。

　　《廣韻》中「博」爲：宕開一入鐸韻幫母，「補各切」，廣也，大也，通

也。杭州話（錢）和上饒市區話中，「博」皆讀〔pɔʔ⁷〕。「博」爲何讀濁音，原因不明。

（2）〔pʰ〕：譜〔pʰu⁵〕、迫〔pʰəʔ⁷〕、拼〔pʰiŋ¹〕

這三個字應該也是受到了現代漢語普通話的影響。據鍾明立（2008）研究，現代漢語普通話中，這三個字也是例外讀音。現代漢語普通話中，中古的全清聲母字，按規律應該依然讀不送氣音，但也有少數字例外，今讀送氣音。這三個字亦在例外之列。

《廣韻》中「譜」爲：遇合一上模韻幫母，「博古切」，籍錄。「譜」的聲旁「普」爲：遇合一上模韻滂母，「滂古切」，博也，大也，徧也。「普」杭州話（游）和上饒市區話皆音〔pʰu³〕，普通話音〔pʰu³〕。聲母皆爲送氣。「譜」在《語言自邇集》附錄《北京話字音表》中仍有兩讀：一爲〔pu³〕，一爲〔pʰu³〕，前者合乎音變規律，後者不合乎音變規律，現在普通話卻只有一種讀音〔pʰu³〕。因此漢語普通話的「譜〔pʰu³〕」可能是受到其聲符「普〔pʰu³〕」的感染而變讀爲滂母送氣音（鍾明立2008）。

《廣韻》中「迫」爲：梗開二入陌韻幫母，「博陌切」，逼也，近也，急也，附也。杭州話（游）音〔pʰʌʔ⁷〕，上饒市區話音〔pʰɛʔ⁷〕，普通話音〔pʰo⁵〕。聲母皆爲送氣。《中原音韻》「皆來」部入聲作上聲之下「迫伯百柏」等爲同一小韻，但是，「迫」的同聲符字「魄珀拍怕粕」等，則爲滂母，讀送氣。「迫」在《語言自邇集》附錄《北京話字音表》音〔po⁵〕，而現代漢語普通話卻爲「迫〔pʰo⁵〕」，這大概是受同聲符字「魄珀拍怕粕」等字的感染，讀爲送氣音（鍾明立 2008）。上饒鐵路話的「伯百柏」皆讀〔pɔʔ⁷〕，「魄拍」讀〔pʰəʔ⁷〕，應該也是同樣的原因。

《廣韻》中「拼」爲：梗開二平耕韻幫母，「北萌切」，爾雅云：使也，又從也。杭州話（錢）音〔pʰin¹〕，上饒市區話音〔pʰĩ¹〕，普通話音〔pʰin¹〕。聲母皆爲送氣。該字在普通話中也屬例外。鍾明立（2008）認爲現代漢語普通話「拼」的後鼻音韻尾〔ŋ〕變爲前鼻音韻尾〔n〕是「連音變化」的結果，但未對其聲母例外作出解釋，在此我們不過多討論韻母的問題。我們不妨看下《集韻》對「拼」的解釋：「拼，悲萌切。**與抨同**。……又《集韻》披耕切，音怦。」這裏值得注意的是《正韻》和《集韻》的解釋，「拼」與「抨、怦」

同音。「抔、怦」爲滂母，因此我們有理由推測，中古時「拼」已與「抔、怦」讀入滂母。「拼」在《語言自邇集》附錄《北京話字音表》音〔pʰin²〕，在這裏我們的假設也得到了證明。上饒鐵路話的「拼〔pʰiŋ¹〕」應該也是受現代漢語普通話的強勢影響而產生的例外讀音。

（3）〔m〕：秘〔miəʔ⁷〕、泌〔miəʔ⁷〕

《廣韻》中「秘」爲：止開重三去脂韻幫母，「兵媚反」，密也，神也，視也，勞也。杭州話（錢）和上饒市區話皆音〔pi⁵〕，普通話「秘」有兩讀，「一音〔mi⁵〕（秘密），一音〔pi⁵〕（秘魯）。從聲母來看，該字是受了普通話的影響。

《廣韻》中「泌」有三個音韻地位：①止開重三去脂韻幫母，「兵媚切」，泉兒；②臻開重四入質韻並母，「毗必切」，水決流，又必媚切；③臻開重三去質韻幫母，「鄙密切」，泌㵎水流。杭州話（筆者）音〔bi⁶〕，上饒市區話（筆者）音〔mi⁵〕，普通話「泌」有兩讀，「一音〔mi⁵〕（分泌），一音〔pi⁵〕（泉流輕快的樣子），不過後一種讀音不常見。從聲母來看，該字例外可能來源於上饒市區話或者普通話。

滂母（包括敷母）。滂母有 71 個字：46 個字讀〔pʰ〕，占 63.9%；21 個字讀〔f〕，占 31.0%；3 個字讀〔v〕，占 4.2%。另有 1 個例外字。

〔pʰ〕：屁〔pʰi¹〕、普〔pʰu³〕、怕〔pʰa⁵〕、破〔pʰo¹〕、派〔pʰɛ⁵〕、泡〔pʰɔ¹〕、炮〔pʰɔ⁵〕、票飄〔pʰiɔ¹〕、配沛〔pʰei⁵〕、剖〔pʰɣɯ¹〕、盼〔pʰɛ̃¹〕、騙〔pʰiɛ̃¹〕、捧〔pʰəŋ³〕、聘〔pʰiŋ³〕、胖〔pʰɑŋ¹〕、髈〔pʰɑŋ³〕、拍樸~素〔pʰəʔ⁷〕、匹闢〔pʰiəʔ⁷〕……

〔f〕：副〔fu³〕、妃〔fei¹〕、翻〔fɛ̃¹〕、紛蜂〔fəŋ¹〕、芳〔fɑŋ¹〕、福〔fəʔ⁷〕……

〔v〕：妨仿紡〔vɑŋ²〕。

滂母演變規律：

滂母＞敷母 *〔pʰ〕＞*〔pfʰ〕＞〔f〕或〔v〕/___合口三等

滂母＞滂母 *〔pʰ〕＞〔pʰ〕/___其它

例外：捧〔pʰəŋ³〕。

對滂母演變規律的解釋：

滂母合口三等讀入敷母（「捧」爲例外），這與幫母規律一致。據楊劍橋（2005：153）：「捧」，《廣韻》腫韻，敷奉切，發展到現代普通話當讀 fěng，今讀〔pʰ〕是例外。這個例外形成的時間並不長，因爲《中原音韻》「捧」和

「唪」分列，「捧」仍讀〔f-〕，《韻略易通》、《韻略匯通》「捧」在奉母上聲，仍是〔f-〕。據此看來，「捧」應是中古晚期產生的例外。

對滂母例外字的解釋：

滂母的例外字有 1 個：怖〔pu⁵〕。

怖〔pu⁵〕。《廣韻》中「怖」爲：遇合一去模韻滂母，「普故切」，惶懼也。杭州話（游）、上饒市區話和普通話皆讀〔pu⁵〕。據楊劍橋告知，「怖」就是「怕」，「怕」原爲「淡泊義」，王念孫《廣雅疏證》：怖，今人或言「怕」者，「怖」聲之轉爾。由此看來，「怖」的例外音變亦是古已有之。

並母（包括奉母）。並母有 122 個字：81 個字讀〔b〕，占 66.4%；9 個字讀〔f〕，占 7.4%；28 個字讀〔v〕，占 23.0%。另有 4 個例外字。

〔b〕：皮婢〔bi²〕、埠步〔bu²〕、婆〔bo²〕、爬〔ba²〕、暴〔bɔ²〕、排〔bɛ²〕、倍〔bei²〕、辦〔bɛ̃²〕、便〔biɛ̃²〕、朋笨〔bən²〕、屏〔biŋ²〕、旁〔baŋ²〕、白拔〔bəʔ⁸〕……

〔f〕：夫縛〔fu¹〕、輔〔fu³〕、番〔fɛ̃¹〕、蜂〔fəŋ¹〕、奉憤〔fəŋ³〕、肪方〔faŋ¹〕。

〔v〕：負〔vu²〕、肥〔vei²〕、煩〔vɛ̃²〕、俸〔vəŋ²〕、房〔vaŋ²〕、佛〔vəʔ⁸〕……

並母演變規律：

並母＞奉母　　*〔bʷi〕＞*〔bv〕＞*〔pf〕＞〔f〕或〔v〕/＿＿＿合口三等

並母＞並母　　*〔b〕＞〔b〕/＿＿＿其它

對並母演變規律的解釋：

並母演變規律與幫母、滂母一致，也是合口三等讀入奉母。

對並母例外字的解釋：

並母的例外字有 4 個，其中 3 個字讀〔p〕：爸〔pa¹〕、捕〔pu³〕、膘〔piɔ¹〕；1 個字讀〔pʰ〕：佩〔pʰei⁵〕。

（1）〔p〕：爸〔pa¹〕、捕〔pu³〕、膘〔piɔ¹〕

《集韻》：爸，果合一上戈韻並母，「部可切」。又必駕切，音霸，吳人呼父曰爸。杭州話（游）音〔pɑ⁵〕，上饒市區話音〔pa⁵〕，普通話亦音〔pa⁵〕。「爸」是個常用字，應該不是發音人讀半邊的結果，應爲語言接觸所致。只不過「爸」

本屬並母，卻爲何在這些方言中皆讀清不送氣塞音〔p〕呢？《正字通》：爸，夷語稱老者爲八八。或巴巴。後人因加父作爸字。」可見，「爸」字源爲「八」或「巴」，而「八」和「巴」皆爲幫母開口二等字，故而「爸」隨「八」或「巴」讀入幫母也是有可能的。

《廣韻》中「捕」爲：遇合一去模韻並母，「薄故切」，捉也。杭州話（筆者）音〔pu³〕，上饒市區話中音〔bu⁶〕，普通話音〔pu³〕。從聲母來看，該字可能受到了杭州話或者普通話的影響。

《廣韻》中「膘」有三個音韻地位：①效開重四上宵韻並母，「符少切」，脅前，又孚小切；②效開重四上宵韻滂母，「敷沼切」，脅前又音芟；③效開三上宵韻精母，「子小切」，又符小切。此處讀入的是第二個音韻地位。杭州話（筆者）音〔piɔ¹〕，上饒市區話音〔piɑo¹〕，普通話中「膘」音〔piau¹〕。四種話中「膘」的讀音大致相同，看來其聲母早已清化。

（2）〔pʰ〕：佩〔pʰei⁵〕。

《廣韻》中「佩」爲：蟹合一去灰韻並母，「蒲昧切」，玉之帶也。杭州話（游）音〔bei⁶〕，上饒市區話音〔pʰei⁵〕，普通話亦音〔pʰei⁵〕。上饒鐵路話的「佩」可能受到了普通話或者上饒市區話的影響。不過「佩」在普通話中也是一個例外字，因爲中古全濁聲母塞音、塞擦音的仄聲字，按規律，在普通話中皆讀不送氣清音，而「佩」本應在普通話中讀不送氣清塞音〔p〕，但實際上卻讀成了送氣清塞音〔pʰ〕。據鍾明立（2008）考證，普通話的「佩〔pʰei⁵〕」這個讀音是由元代的口語讀法發展而來的。

明母（包括微母）。明母有 148 個字：121 個字讀〔m〕，占 81.8%；17 個字讀〔ɦ〕，占 11.5%；9 個字讀〔ø〕，占 6.1%。另有 1 個例外字。

〔m〕：米〔mi³〕、摸〔mo¹〕、母〔mu³〕、馬〔ma³〕、埋〔mɛ²〕、毛〔mɔ²〕、秒〔miɔ³〕、眉〔mei²〕、某〔mɤɯ³〕、瞞〔mɛ̃²〕、門〔məŋ²〕、民〔miŋ²〕、忙〔mɑŋ²〕、麥〔məʔ⁸〕、蜜〔miəʔ⁸〕……

〔ɦ〕：霧〔ɦu²〕、味〔ɦuei²〕、萬〔ɦuɛ̃²〕、文〔ɦuəŋ²〕、亡〔ɦuɑŋ²〕……

〔ø〕：舞武侮鵡〔u³〕、務〔u¹〕、微〔uei¹〕、尾〔uei³〕、晚〔uɛ̃³〕、挽〔uɛ̃³〕。

明母演變規律：

明母＞微母　＊〔mʷi〕＞＊〔ŋʷ〕＞〔ɦ〕／＿＿＿合口三等陽調類

　　　　　　　　　　　　　　　＞〔ø〕／___合口三等陰調類

　　明母＞明母　＊〔m〕＞〔m〕／___其它

對明母演變規律的解釋：

明母合口三等讀入微母，這與幫組的演變規律一致。

對明母例外字的解釋：

明母只有一個例外字：帕〔pʰa¹〕。

　　《廣韻》中「帕」只有一個音韻地位：山開二入轄韻明母，「莫轄切」，額首飾。杭州話「帕」音〔pʰʌ⁵〕，上饒市區話（筆者）音〔pʰa⁵〕，普通話「帕」音〔pʰa⁵〕。四種話中「帕」的聲母讀音一致。至於「帕」讀作送氣塞音的源流，可參看《集韻》：「普駕切，音怕。……又莫白切，音陌。」可見，《集韻》時代，「帕」就已與「怕」同音了。

4.2　舌　音

4.2.1　舌頭音

　　端母。端母有 76 個字：70 個字讀〔t〕，占 92.1%。另有 4 個例外字。

　　〔t〕：堤〔ti¹〕、帝〔ti³〕、肚牛~〔tu³〕、帶〔tɛ⁵〕、朵〔tɔ³〕、刀〔tɔ¹〕、雕〔tiɔ¹〕、對〔tuei⁵〕、兜〔tɤɯ¹〕、丟〔tiɤɯ¹〕、單〔tɛ̃¹〕、典〔tiɛ̃³〕、短〔tuɛ̃³〕、等〔tən³〕、釘丁〔tiŋ¹〕、頓〔tuəŋ⁵〕、懂〔toŋ³〕、德〔təʔ⁷〕、滴〔tiəʔ⁷〕……

　　從中古漢語到上饒鐵路話，端母基本沒有變化。

　　　端母演變規律：　＊〔t〕＞〔t〕

對端母例外字的解釋：

　　端母例外字有 4 個，其中 3 個字讀〔d〕：且〔dɛ̃²〕、鍛〔duɛ̃²〕、盾〔duəŋ²〕；1 個字讀〔ȵ〕：鳥〔ȵiɔ³〕。

　　（1）〔d〕：且〔dɛ̃²〕、鍛〔duɛ̃²〕、盾〔duəŋ²〕

　　《廣韻》中「且」爲：山開一去寒韻端母，「得按切」，早也。「且」既屬端母，當讀不送氣清塞音〔t〕才是，杭州話（錢）音〔tE⁵〕，上饒市區話音〔tã⁵〕，普通話音〔tan⁵〕，唯上饒鐵路話例外。上饒鐵路話中另有兩個字以「且」爲聲符：但〔dɛ̃²〕（定母）、坦〔tʰɛ̃³〕（透母）。筆者猜測，上饒鐵路話的「且」可

能隨「但」讀入了定母。

《廣韻》中「鍛」爲：山合一去桓韻端母，「丁貫切」，打鐵。杭州話（游）音〔duɣõ⁶〕，上饒市區話音〔duẽ⁶〕，普通話音〔tuan⁵〕。從聲母來看，「鍛」可能是受了杭州話或者上饒市區話的影響。

《廣韻》中「盾」有兩個音韻地位：①臻合一上魂韻端母，「徒損切」，趙盾，人名；②臻合三上諄韻船母，千盾也。杭州話（游）音〔dən⁶〕，上饒市區話音〔di⁶〕，普通話音〔tuən⁵〕，皆讀入第一個音韻地位。上饒鐵路話的「盾」可能是受了杭州話或者上饒市區話的影響。

（2）〔ȵ〕：鳥〔ȵiɔ³〕

《廣韻》「鳥」爲：效開四上蕭韻端母，「都了切」，說文曰：長尾禽總名也。杭州話（錢）「鳥」有兩讀：一音〔ȵiɔ³〕，一音〔ciɔ³〕；上饒市區話也有兩讀：文讀爲〔ȵiɑo³〕，白讀爲〔tiɑo³〕；普通話也有兩個讀音：作「雄性生殖器」義時讀〔tiau³〕，作「飛禽總名」義時讀〔niau³〕。根據這些材料來看，上饒鐵路話的「鳥〔ȵiɔ³〕」大概是避諱的結果。《正韻》：「鳥，尼了切，音嫋。」可見，中古時，「鳥」字就有了異讀。

透母。透母有 62 個字：60 個字讀〔tʰ〕，占 96.8%。另有 2 個例外字。

〔tʰ〕：體〔tʰi³〕、土〔tʰu³〕、拖〔tʰo¹〕、他〔tʰa¹〕、太〔tʰɛ⁵〕、討〔tʰɔ³〕、挑〔tʰiɔ¹〕、偷〔tʰɣɯ¹〕、推〔tʰuei¹〕、腿〔tʰuei³〕、蛻〔tʰuei⁵〕、毯〔tʰɛ̃³〕、天〔tʰiɛ̃¹〕、吞〔tʰən¹〕、廳〔tʰiŋ¹〕、湯〔tʰɑŋ¹〕、躺〔tʰɑŋ³〕、痛〔tʰoŋ¹〕、燉〔tuən⁵〕、塔〔tʰəʔ⁷〕、禿脫〔tʰuəʔ⁷〕……

從中古漢語到上饒鐵路話，透母也基本沒有變化。

透母演變規律：　＊〔tʰ〕＞〔tʰ〕

對透母例外字的解釋：

透母有 2 個例外字，都讀〔d〕：貸〔dɛ²〕、臺〔dɛ²〕。

《廣韻》中「貸」爲：蟹開一去咍韻透母，「他代切」，借也，施也，假也。杭州話（游）音〔dɛ⁶〕，上饒市區話音〔tæ⁵〕，普通話音〔tai⁵〕。上饒鐵路話的「貸〔dɛ²〕」的聲母可能源於杭州話。不過也可能是發音人讀半邊的原因，因爲「貸」的聲符「代」爲定母，上饒鐵路話中定母讀〔d〕。

《廣韻》中「臺」有三個音韻地位：①蟹開一平咍韻見母，「徒哀切」，土

高四方曰臺，木名；②止開三平之韻以母，「與之切」，我也，又姓出姓苑，又音胎；③蟹開一平咍韻透母，「土來切」，三臺星，又天台山，名。杭州話（錢）音〔dɛ²〕，上饒市區話音〔dæ²〕，普通話音〔tʰai²〕。就聲母來說，上饒鐵路話的「臺」可能是受了杭州話或上饒市區話的影響。

定母。定母有 122 個字：118 個字讀〔d〕，占 96.7%。另有 4 個例外字。

〔d〕：地提〔di²〕、屠肚~子〔du²〕、袋〔dɛ²〕、陶〔dɔ²〕、條〔diɔ²〕、豆〔dɤɯ²〕、談〔dɛ̃²〕、墊〔diɛ̃²〕、段〔duɛ̃²〕、藤〔dən²〕、庭訂蜓〔diŋ²〕、囤屯〔duəŋ²〕、唐〔daŋ²〕、洞〔doŋ²〕、達〔dəʔ⁸〕、蝶〔diəʔ⁸〕、奪〔duəʔ⁸〕……

從中古漢語到上饒鐵路話，定母也基本沒有變化。

定母演變規律：　＊〔d〕＞〔d〕

對定母例外字的解釋：

定母有 4 個例外字，2 個讀〔tʰ〕：跳〔tʰiɔ⁵〕、濤〔tʰɔ¹〕，2 個字讀〔t〕：爹〔tie¹〕、墮〔to¹〕。

（1）〔tʰ〕：跳〔tʰiɔ⁵〕、濤〔tʰɔ¹〕

《廣韻》中「跳」爲：效開四平蕭韻定母，「徒聊切」，躍也。杭州話（錢）音〔tʰiɔ⁵〕，上饒市區話音〔tʰiao⁵〕，普通話音〔tʰiau⁵〕，皆讀送氣塞音。據楊劍橋告知，《漢書》「漢王逃」，「逃」寫成「跳」，二字通假，「跳」在《廣韻》中寫作「趒」，嘯韻他弔切，雀醒也。可見，「跳」字例外當爲古音通假所致。

《廣韻》中「濤」爲：效開一平豪韻定母，「徒刀切」，波濤。杭州話（游）音〔tʰɔ¹〕，上饒市區話音〔tʰao¹〕，普通話音〔tʰau¹〕，皆爲送氣。該字例外可能也是古已有之，只是不知何時。

（2）〔t〕：爹〔tie¹〕、墮〔to¹〕

《廣韻》中「爹」有兩個音韻地位：①果開一上歌韻定母，「徒可切」，北方人呼父；②假開三平麻韻知母，「陟邪切」，羌人呼父也。上饒鐵路話的「爹」讀入第一個音韻地位。杭州話（錢）音〔tiɑ¹〕，上饒市區話音〔te³〕，普通話音〔tie¹〕。四者皆讀〔t〕。上饒鐵路話的「父親」面稱爲「爸〔pa¹〕」，背稱爲「老子〔lɔ¹³tsɿ⁰〕」，並無「爹」之類的說法，可見該字讀音確是外來讀音。不過「爹〔tie¹〕」在普通話中也是例外字，因爲中古全濁聲母塞音、塞擦音的平聲字，按規律今讀送氣的清音。《正韻》：「爹，丁邪切。」可見「爹」

至少在明代就已讀入端母「丁邪切」了。

《廣韻》中「墮」有三個音韻地位：①止合重四平支韻曉母，「許規切」，同隓；②果合一上戈韻定母，「徒果切」，落也；③果合一上戈韻透母，「他果切」，倭墮髻也。上饒鐵路話的「墮」讀爲定母。杭州話（筆者）音〔do⁶〕，上饒市區話音〔to¹〕，普通話音〔tuo³〕。該字可能是受了上饒市區話或普通話的影響。

泥、娘母。泥、娘母共 49 個字：23 個字讀〔n〕，占 46.9%；19 個字讀〔ȵ〕，占 36.7%。另有 7 個例外字。

〔n〕：努〔nu³〕、拿〔na²〕、鬧〔nɔ²〕、奈〔nɛ²〕、那〔nei¹〕、內〔nuei²〕、男〔nɛ̃²〕、能〔nəŋ²〕、農〔noŋ²〕……

〔ȵ〕：尼〔ȵi²〕、女〔ȵy³〕、尿〔ȵiɔ²〕、鈕〔ȵiɤɯ³〕、年〔ȵiɛ̃²〕、娘〔ȵiaŋ²〕、捏〔ȵiəʔ⁷〕、溺〔ȵiəʔ⁸〕……

與大多數漢語方言一樣，上饒鐵路話的泥、娘母已經沒有區分。阮廷賢（2012）：邵榮芬從反切、漢藏對音資料中找到區分泥、娘母的證據，我們採用邵榮芬的觀點，但其娘母擬爲〔ȵ〕，而我們的日母已經擬爲〔ȵ〕，所以暫用潘悟雲的擬音。

泥、娘母演變規律：

泥母*〔n〕&娘母*〔ȵ〕＞〔n〕/ ___開口呼、合口呼

＞〔ȵ〕/ ___齊齒呼、撮口呼

對泥、娘母例外字的解釋：

泥、娘母有 7 個例外字，其中 6 個字均爲泥母字，讀〔l〕：怒〔lu²〕、糯〔lo²〕、寧〔liŋ²〕、嫩〔luən²〕、囊〔laŋ³〕、諾〔luəʔ⁸〕；另 1 個字爲娘母字，讀〔ts〕：黏~貼〔tsɛ̃¹〕。

（1）〔l〕：怒〔lu²〕、糯〔lo²〕、寧〔liŋ²〕、嫩〔luən²〕、囊〔laŋ³〕、諾〔luəʔ⁸〕

需要說明的是，以上的例外字均是女發音人方鳳麗的讀音。男發音人黃斌的讀音中，除「糯」外，其餘 5 字男發音人皆與女發音人不同。女發音人方鳳麗 54 歲，男發音人黃斌 48 歲。

現將各字在各方言點中的讀音詳列如下：

表5　上饒鐵路話泥娘母例外字音對照表

字	上饒鐵路話（男）	上饒鐵路話（女）	杭州話（錢）	杭州話（游）	上饒市區話	普通話
怒	nu^2	lu^2	nu^2		nu^6	nu^5
糯	lo^2	lo^2		nu^6	no^6	nuo^5
寧	$ȵiŋ^2$	$liŋ^2$	$ȵin^2$	$ȵin^2$	$ȵĩ^2$	$ȵiŋ^2$
嫩	$nəŋ^2$	$luəŋ^2$	$nən^6$	$nən^6$	$ȵĩ^2$	$nəŋ^3$
囊	$naŋ^3$	$laŋ^3$	$nɑŋ^3$		$nɛ̃^3$	$naŋ^2$
諾	$nuəʔ^8$	$luəʔ^8$	$nɔʔ^8$		$nɔʔ^8$	nuo^3

注：①表中空白處表示未查到該字讀音；

②第一行「女」表示「女發音人方鳳麗」，第二行「男」表示「男發音南人黃斌」；

③第三行「錢」表示錢乃榮的記音，第四行「游」表示游汝傑的記音。下同。

從表中讀音來看，男發音人只有「糯」混入日母讀〔l〕，其餘皆保留泥母讀音，讀〔n〕或〔ȵ〕，似乎男發音人的讀音更合規律些。女發音人的泥母則有6個字混入日母讀〔l〕，可能原因在於泥、娘、日三母關係密切，三母都是鼻音且上古音相同。章太炎有「娘日二母歸泥」之說，也說明三者關係密切。上饒鐵路話中，日母亦有一些字混入泥、娘母。然而爲何男發音人泥母讀〔l〕的例外少（只有1個），而女發音人泥母讀〔l〕的例外多（有6個）呢？原因可能是男發音人黃斌較年輕，受普通話的影響也較深。

（2）〔tsɛ̃〕：黏~貼〔tsɛ̃¹〕

「黏」在《廣韻》中爲：咸開三平鹽韻娘母，「女廉反」，俗黏。杭州話（游）音〔ȵiĩ¹〕，上饒市區話音〔ȵiɛ̃¹〕，普通話「黏」作「黏」義時音〔ȵian²〕，作「黏貼」義時音〔tsan¹〕。上饒鐵路話中「黏」音〔ȵiɛ̃²〕，「黏」音〔tsɛ̃¹〕，二者不同音。「黏」應該是受了普通話的影響。

4.2.2　舌上音

知母。知母有45個字：43個字讀〔ts〕，占95.6%。另有2個例外字。

〔ts〕：蜘〔tsʅ¹〕、株〔tsu¹〕、罩〔tsɔ⁵〕、追〔tsuei¹〕、肘〔tsɤɯ³〕、站車~〔tsɛ̃⁵〕、偵珍〔tsəŋ¹〕、張〔tsaŋ¹〕、椿〔tsuaŋ¹〕、中〔tsoŋ¹〕、摘〔tsəʔ⁷〕、竹啄〔tsuʔ⁷〕……

知母演變規律：　＊〔ȶ〕＞＊〔ʈ〕＞＊〔ʧ〕＞〔ʦ〕

對知母例外字的解釋：

知母例外字有 2 個，其中 1 個字讀〔ʥ〕：站~立〔ʥɛ̃²〕；1 個字讀〔tʰ〕：趟〔tʰɑŋ¹〕。

（1）〔ʥ〕：站~立〔ʥɛ̃²〕

上饒鐵路話的「站」有兩讀，一音〔ʦɛ̃⁵〕（車站），一音〔ʥɛ̃²〕（站立）。

《廣韻》中「站」爲：咸開二去咸韻知母，「陟陷切」，俗言獨立又作趈。杭州話（錢）音〔ʥᴇ⁶〕，上饒市區話音〔ʥã⁶〕。上饒鐵路話的「站~立〔ʥɛ̃²〕」可能是受到了杭州話或上饒市區話的影響。

（2）〔tʰ〕：趟〔tʰɑŋ¹〕

《廣韻》中「趟」音韻地位有二：①梗開二平庚韻知母，「竹盲切」，趟趟躍跳；②梗開二去庚韻知母，「豬孟切」，趟趟行皃。兩個音韻地位僅在平去之別。杭州話（筆者）音〔tʰᴀŋ⁵〕，上饒市區話音〔tʰã⁵〕，普通話音〔tʰɑŋ⁵〕。四話話聲母讀音相同。但爲何「趟」本應讀〔ʦ〕卻讀了〔tʰ〕呢？原因可能是「古無舌上音」，知組是後來從端組分化出來的，「趟」字現在的讀音可能是上古音的遺存。

徹母。徹母有 12 個字：11 個字讀〔ʦʦʰ〕，占 91.7%。另有 1 個例外字。

〔ʦʰ〕：拆〔ʦʰəʔ⁷〕、戳〔ʦʰuəʔ⁷〕、椿〔ʦʰuəŋ¹〕、黜〔ʦʰuəʔ⁷〕、癡〔ʦʰʅ¹〕、恥〔ʦʰʅ³〕、超〔ʦʰɔ¹〕、抽〔ʦʰɤɯ¹〕、暢〔ʦʰɑŋ³〕、寵〔ʦʰoŋ³〕、畜~生〔ʦʰuəʔ⁷〕。

徹母演變規律：　＊〔ȶʰ〕＞＊〔ʈʰ〕＞＊〔ʧ〕＞〔ʦʰ〕

對徹母例外字的解釋：

徹母例外字只有 1 個例外字讀〔l〕：嘮〔lɔ²〕。

《廣韻》中「嘮」爲：效開二平肴韻徹母，「敕交切」，嘮呶讙也。杭州話（游）音〔lɔ²〕，上饒市區話（筆者）音〔lɑo¹〕，普通話音〔lau¹〕。四種話「嘮」的聲母一致。《集韻》：「嘮，虛交切，音哮。……又郎刀切，音勞。」可見《集韻》時代「嘮」已有來母異讀。那爲什麼後來「嘮」未入徹母讀〔ʦʰ〕卻只入來母讀〔l〕呢？原因可能是受字形的影響。「勞澇撈」均爲來母字，皆讀〔l〕，「嘮」可能也受到這些聲旁相同的字的影響讀入了來母。在《語言自邇集》附錄《北京話字音表》中我們看得更清楚：「勞嘮撈澇癆」等字聲母皆爲〔l〕。

澄母。澄母有 65 個字：46 個字讀〔ʥ〕，占 67.2%；11 個字讀〔ts〕，占 18.8%；7 個字讀〔tsʰ〕，占 10.9%。

〔ʥ〕：除〔ʥu²〕、茶〔ʥa²〕、池馳〔ʥʅ²〕、趙朝〔ʥɔ²〕、綢稠〔ʥɯ²〕、錘〔ʥuei²〕、篆〔ʥuẽ²〕、沈〔ʥən²〕、撞〔ʥuaŋ²〕、直〔ʥəʔ⁸〕、濁〔ʥuəʔ⁸〕……

〔ts〕：滯〔tsʅ¹〕、治〔tsʅ¹〕、稚〔tsʅ³〕、墜〔tsuei⁵〕、陣〔tsən¹〕、枕〔tsən³〕、長生~〔tsaŋ³〕、蟲〔tsoŋ¹〕、仲〔tsoŋ⁵〕、擇〔tsəʔ⁷〕、澤〔tsəʔ⁷〕。

〔tsʰ〕：秩〔tsʰʅ¹〕、橙〔tsʰəŋ³〕、澄〔tsʰəŋ³〕、趁〔tsʰən⁵〕、沖〔tsʰoŋ¹〕、撤〔tsʰəʔ⁷〕、徹〔tsʰəʔ⁷〕。

澄母演變規律：

$$*\text{〔ɖ〕} > *\text{〔ɖ〕} > *\text{〔ʤ〕} > \text{〔ʥ〕} \ / \ \_\_\_\text{陽調類}$$
$$> *\text{〔ɖ〕} > *\text{〔t〕} > *\text{〔ʧ〕} > \text{〔ts〕 或 〔tsʰ〕} \ / \ \_\_\_\text{陰調類}$$

4.2.3 半舌音

來母。來母有 180 個字，全部讀〔l〕，無一例外。

〔l〕：梨〔li²〕、蘆〔lu²〕、呂〔ly³〕、老〔lɔ³〕、療〔liɔ²〕、肋〔lei²〕、淚〔luei²〕、樓〔lɯ²〕、流〔liɯ²〕、藍濫〔lẽ²〕、戀〔liẽ²〕、亂〔luẽ³〕、棱〔liŋ²〕、輪〔luən²〕、狼〔laŋ²〕、兩〔liaŋ³〕、龍〔loŋ²〕、六樂快~〔ləʔ⁷〕、例列〔liəʔ⁷〕、綠〔luəʔ⁸〕……

從中古漢語到上饒鐵路話，來母基本無變化。

來母演變規律： $*\text{〔l〕} > \text{〔l〕}$

4.3 齒 音

4.3.1 齒頭音

精母。精母有 89 個字：48 個字讀〔ts〕，占 53.9%；40 個字讀〔tɕ〕，占 44.9%。另有 1 個例外字。

〔ts〕：資〔tsʅ¹〕、租〔tsu¹〕、災〔tsɛ¹〕、左〔tsɔ³〕、早〔tsɔ³〕、走〔tsɯ³〕、醉〔tsuei¹〕、贊〔tsɛ̃⁵〕、鑽~洞〔tsuẽ³〕、鑽~子〔tsuẽ⁵〕、增〔tsəŋ¹〕、尊〔tsuən¹〕、宗〔tsoŋ¹〕、卒〔tsuəʔ⁷〕……

〔tɕ〕：姐〔tɕi³〕、蕉〔tɕiɔ¹〕、借〔tɕie⁵〕、酒〔tɕiɯ³〕、剪〔tɕiẽ³〕、津〔tɕiŋ¹〕、

俊〔tɕyn¹〕、獎〔tɕiaŋ³〕、接〔tɕiəʔ⁷〕……

精母演變規律：

$$*〔ts〕>〔ts〕/ \_\_\_\_ 一等、合口三等、開口三等止攝$$
$$>〔tɕ〕/ \_\_\_\_ 其它$$

例外：俊〔tɕyn¹〕、姊〔tɕi³〕。

對精母演變規律的解釋：

精母*〔ts〕>〔ts〕包含一等字並不奇怪，因爲一等主元音最低、最開；此外還包含合口三等字（「俊〔tɕyn¹〕」字例外），其原因可能是受到了合口介音 u 的影響；另外精組開口三等止攝字現多讀舌尖元音〔ɿ〕（「姊〔tɕi³〕」字例外），而〔ɿ〕在上饒鐵路話語音系統中只和〔ts〕相拼，不和〔tɕ〕相拼，所以精組止開三也是*〔ts〕>〔ts〕。

「俊〔tɕyn¹〕」潘悟雲擬音爲*〔tsʷin〕，筆者推測可能合口介音 u 和韻腹 i 先合併成了 y，從而導致聲母〔ts〕變〔tɕ〕，即：*〔tsʷin〕>*〔tsyn〕>〔tɕyn〕。

「姊〔tɕi³〕」高本漢、李方桂、王力、李榮、潘悟雲等諸位專家都擬音爲*〔tsi〕，從「姊」現在的讀音來看，韻母 i 沒有發生舌尖化的音變，那 i 的前高元音的特性必然導致聲母〔ts〕齶化爲〔tɕ〕，即：*〔tsi〕>〔tɕi〕。

對精母例外字的解釋：

精母只有 1 個例外字：縱〔dzoŋ²〕。

《廣韻》中「縱」有兩個音韻地位：①通合三平鍾韻精母，「即容切」，縱橫也；②通合三去鍾韻精母，「子用切」，放縱，說文：緩也。兩個音韻地位僅在於平去聲之別。杭州話（錢）音〔tsoŋ⁵〕，上饒市區話間〔tsuŋ⁵〕，普通話音〔tsoŋ⁵〕，皆爲清音，應該不太可能是語音接觸的影響。筆者發現，上饒鐵路話「從叢」（從母）二字皆音〔dzoŋ²〕，據此推測「縱」可能是受此二字相同聲符的影響使得聲母濁化。

清母。清母有 63 個字：38 個字讀〔tsʰ〕，占 60.3%；28 個字讀〔tɕʰ〕，占 43.5%。

〔tsʰ〕：刺〔tsʰɿ¹〕、醋粗〔tsʰu¹〕、錯〔tsʰo⁵〕、操〔tsʰɔ¹〕、猜〔tsʰɛ¹〕、湊〔tsʰɤɯ¹〕、催〔tsʰuei¹〕、參~加〔tsʰɛ̃¹〕、燦〔tsʰɛ̃³〕、村〔tsʰuəŋ¹〕、倉〔tsʰɑŋ¹〕、聰〔tsʰoŋ¹〕、促〔tsʰuəʔ⁷〕……

〔tɕʰ〕：妻〔tɕʰi¹〕、取〔tɕʰy³〕、秋〔tɕʰiɤɯ¹〕、請〔tɕʰiŋ³〕、槍〔tɕʰiaŋ¹〕、

七〔tɕʰiəʔ⁷〕……

清母演變規律：

    ＊〔tsʰ〕＞〔tsʰ〕／＿＿一等、三等止攝

          ＞〔tɕʰ〕／＿＿其它

    例外：脆〔tsʰuei⁵〕、促〔tsʰuəʔ⁷〕。

對清母演變規律的解釋：

清母＊〔tsʰ〕＞〔tsʰ〕，一等字包含在內仍然是一等主元音最低、最開的原因，還包含三等止攝字緣於聲韻拼合關係，清母止攝字多數讀〔ʅ〕，少數讀〔uei〕，均只和〔tsʰ〕相拼，而不和〔tɕʰ〕相拼。

「脆〔tsʰuei⁵〕、促〔tsʰuəʔ⁷〕」二字非止攝三等字，卻也隨止攝三等一起＊〔tsʰ〕＞〔tsʰ〕，可能是受到了介音u的影響。

從母。從母有64個字：31個字讀〔dz〕，占48.4%；21個字讀〔dʑ〕，占32.8%；4個字讀〔ts〕，占6.3%；6個字讀〔tɕ〕，占9.4%。另有2個例外字。

〔dz〕：瓷〔dzʅ²〕、坐〔dzo²〕、槽皂〔dzɔ²〕、材〔dzɛ²〕、罪〔dzuei²〕、殘〔dzɛ̃²〕、曾~經層〔dzəŋ²〕、存〔dzuəŋ²〕、藏隱~〔dzaŋ²〕、叢〔dzoŋ²〕、雜〔dzɐʔ⁸〕、鑿族〔dzuɐʔ⁸〕……

〔dʑ〕：劑〔dʑi²〕、就〔dʑiɤɯ²〕、錢〔dʑiɛ̃²〕、泉〔dʑyɛ̃²〕、秦〔dʑiŋ²〕、牆〔dʑiaŋ²〕、集〔dʑiəʔ⁸〕……

〔ts〕：茲〔tsʅ¹〕、睜〔tsəŋ¹〕、贈〔tsəŋ⁵〕、藏西~〔tsaŋ⁵〕。

〔tɕ〕：寂〔tɕi¹〕、聚〔tɕy¹〕、樵〔tɕiɔ¹〕、淨〔tɕiŋ⁵〕、捷〔tɕiəʔ⁷〕、截〔tɕiəʔ⁷〕。

從母演變規律：

    ＊〔dz〕＞〔dz〕或〔ts〕／＿＿一等、三等止攝

          ＞〔dʑ〕或〔tɕ〕／＿＿其它

    例外：從〔dzoŋ²〕、睜〔tsəŋ¹〕。

對從母演變規律的解釋：

從母＊〔dz〕＞〔dz〕或〔ts〕仍是一等字和三等止攝字，其原因與精母、清母的演變原因是一致的，此處不再贅述。不過除此之外，從母還有濁音清化的現象，陰調類讀爲〔ts〕或〔tɕ〕，陽調類讀爲〔dz〕或〔dʑ〕。

「從〔dzoŋ²〕」字本應讀〔dʑ〕，卻隨止攝一同讀爲〔dz〕，本人猜測這可能

與介音 i 的丟失有關係。「從」李榮、邵榮芬、蒲立本、潘悟雲等諸位專家都擬音爲*〔ʥioŋ〕。本來介音 i 的存在會導致二者聲母齶化爲〔ʥ〕，但齶化卻未發生，那原因只可能是介音 i 丟失了。即：從*〔ʥioŋ〕>*〔ʥ^ioŋ〕>〔ʣoŋ〕。

「睜〔tsəŋ¹〕」可能也跟介音 i 的丟失有關，不過更可能的原因是「睜」受其聲符「爭」的影響讀入了莊母（上饒鐵路話中莊母今皆爲〔ts〕聲母）。

對從母例外字的解釋：

從母有兩個例外字：1 個字讀〔tɕʰ〕：潛〔tɕʰiɛ̃³〕；1 個字讀〔t〕：蹲〔tuəŋ¹〕。

(1)〔tɕʰ〕：潛〔tɕʰiɛ̃³〕

《廣韻》中「潛」有兩個音韻地位：①咸開三平鹽韻從母，「昨鹽切」，水伏流，又藏也，亦水名，又姓，姓苑云：臨川人；②咸開三去鹽韻從母，「慈豔切」，藏也。兩個音韻地位僅有平、去聲之別。杭州話（游）音〔ʥiɪ⁶〕，上饒市區話音〔ʥiɛ̃²〕，普通話音〔tɕʰiɛn²〕。該字有可能是受了普通話的影響。

(2)〔t〕：蹲〔tuəŋ¹〕

《廣韻》中「蹲」爲：臻合一平魂韻從母，「徂尊切」，坐也，說文：踞也。杭州話音〔tuən¹〕，上饒市區話音〔tuĩ¹〕，普通話音〔tuən¹〕。「蹲」在這些方言中都是塞音〔t〕，在各自的方言中也都是例外字。鍾明立（2008）考證了普通話「蹲」字例外的來源：「蹲」本表示臀部著地、兩膝豎起而坐之義，後轉爲表示「兩腿儘量彎曲，像坐的樣子，但臀部不著地」的意義，但古音同，讀徂尊反，屬從紐，全濁音，平聲。按常規，今天聲母應該讀送氣清音〔tsʰ〕，但卻讀不送氣的清音〔t〕，屬於例外。「蹲」字的讀音〔tuən¹〕是由北京話的口語音發展而來的，產生時間不晚於 19 世紀中期。

心母。心母有 117 個字：54 個字讀〔s〕，占 46.2%；60 個字讀〔ɕ〕，占 51.3%；1 個字讀〔ʐ〕，占 0.9%。另有 2 個例外字。

〔s〕：私〔sɿ¹〕、訴〔su¹〕、蓑〔so¹〕、嫂〔sɔ³〕、腮文〔sɛ⁵〕、歲〔suei⁵〕、僧〔səŋ¹〕、三〔sɛ̃¹〕、算〔suɛ̃¹〕、損〔suəŋ³〕、桑〔saŋ¹〕、松〔soŋ¹〕、送〔soŋ⁵〕、腮白〔səʔ⁷〕、塑又〔suəʔ⁷〕……

〔ɕ〕：西〔ɕi¹〕、需〔ɕy¹〕、小〔ɕiɔ³〕、寫〔ɕie³〕、羞〔ɕiɤɯ¹〕、仙〔ɕiɛ̃¹〕、癬〔ɕyɛ̃³〕、迅〔ɕyn¹〕、心〔ɕiŋ¹〕、鑲〔ɕiaŋ¹〕、膝泄〔ɕiəʔ⁷〕……

〔ʐ〕：荀〔ʐyn²〕。

心母演變規律：

　　*〔s〕＞〔s〕／＿＿一等、開口三等止攝、合口三等多數〔註2〕

　　　　　＞〔ɕ〕或〔ʑ〕／＿＿其它

　　例外：撕〔sɿ¹〕。

對心母演變規律的解釋：

心母一等*〔s〕＞〔s〕是因爲一等主元音最低、最開。

心母開口三等止攝*〔s〕＞〔s〕同樣是受聲韻拼合規律的制約，〔ɿ〕只和〔s〕相拼，但不和〔ɕ〕相拼。

心母合口三等字多數*〔s〕＞〔s〕可能是受合口介音 u 的影響；而*〔s〕＞〔ɕ〕的少數心母開口三等字韻腹多爲高元音 i，可能是 u 和 i 合流爲 y，然後 y 致使聲母〔s〕齶化爲〔ɕ〕，如（此處皆採潘悟雲擬音）：需須*〔siu〕＞*〔sy〕＞〔ɕy〕；宣選*〔sʷiɛn〕＞*〔syɛn〕＞*〔ɕyɛn〕＞〔ɕyɛ̃〕；荀*〔sʷin〕＞*〔syn〕＞〔ʑyn〕。

心母開口四等*〔s〕＞〔ɕ〕、〔ʑ〕是可以解釋的，因爲四等韻韻頭多爲高元音 i，高元音易致聲母齶化。不過心母四等仍有一例外字：撕〔sɿ¹〕。該字高本漢、李方桂、王力擬音爲*〔siei〕，周法高、董同龢擬音爲*〔siɛi〕，李榮、蒲立本、潘悟雲擬音爲*〔sei〕，邵榮芬擬音爲*〔sɛi〕。如果不考慮韻腹音值問題，以上諸位專家的擬音可分兩派，一派有介音 i，如高本漢、李方桂、王力、周法高、董同龢；一派沒有介音 i，如李榮、蒲立本、潘悟雲、邵榮芬。在筆者看來，「斯廝」二字皆爲開口三等止攝字，心母開口三等止攝*〔s〕＞〔s〕，開口四等蟹攝的「撕」可能受「斯廝」二字同聲符的影響也讀入了〔s〕。

對心母例外字的解釋：

心母有 2 個例外字，1 個字讀〔ts〕：燥〔tsɔ¹〕，1 個字讀〔tsʰ〕：賜〔tsʰɿ¹〕。

（1）〔ts〕：燥〔tsɔ¹〕

《廣韻》中「燥」爲：效開一上豪韻心母，「蘇老切」，乾燥。杭州話（錢）音〔sɔ⁵〕，上饒市區話音〔tsɑo⁵〕，普通話音〔tsau⁵〕。從聲母讀音來看，上饒

___

〔註2〕心母合口三等多數（歲〔suei⁵〕、筍〔suəŋ³〕、聳〔soŋ³〕、粟〔zu¹〕、宿〔suəʔ⁷〕、肅〔suəʔ⁷〕）：*〔s〕＞〔s〕、〔z〕；心母合口三等少數（需須〔ɕy¹〕、選〔ɕyɛ̃³〕、宣〔ɕyɛ̃⁵〕、荀〔ʑyn²〕）：*〔s〕＞〔ɕ〕、〔ʑ〕。

鐵路話的「燥」與上饒市區話和普通話一致，而杭州話更可能是保留了古官話的讀音。《說文解字》：「燥，乾也，易曰：水流濕，火就燥。從火喿聲，**蘇到切**。」可見《說文》時代，「燥」仍讀擦音〔s〕。《語言自邇集》附錄《北京話字音表》「燥」音〔tsɑu⁵〕，與「澡藻躁懆噪」聲母同爲塞擦音〔ts〕，其中「澡藻躁」三字皆爲精母字，可能「燥」是受了這些同聲符字的影響也讀入了精組。

（2）〔tsʰ〕：賜〔tsʰ ʅ¹〕

《廣韻》中「賜」爲：開止三去支韻心母，「斯義切」，與也，惠也。杭州話（游）音〔dʑ ʅ⁶〕，上饒市區話音〔s ʅ⁵〕，普通話音〔tsʰ ʅ⁵〕。從讀音來看，該字可能是受了普通話的影響。《說文解字》：「賜，予也，從貝易聲，斯義切。」《說文》時代，「賜」仍讀擦音〔s〕。《語言自邇集》附錄《北京話字音表》「賜」音〔tsʰ ʅ⁵〕，聲母讀爲塞擦音〔tsʰ〕。可見該例外音變早在 19 世紀末之前就已發生。

　　邪母。邪母只有三等。上饒鐵路話邪母有 45 個字：5 個字讀〔s〕，占 11.1%；9 個字讀〔z〕，占 20.0%；7 個字讀〔ɕ〕，占 15.6%；19 個字讀〔ʑ〕，占 42.2%。另有 5 個例外字。

〔s〕：遂穗〔suei³〕、頌誦訟〔soŋ⁵〕。

〔z〕：飼嗣似祀寺〔z ʅ²〕、俗〔zu²〕、隧隋隨〔zuei²〕。

〔ɕ〕：夕汐〔ɕi¹〕、緒續序〔ɕy¹〕、象〔ɕiaŋ³〕、羨〔ɕiɛ̃⁵〕。

〔ʑ〕：斜謝邪〔ʑie²〕、袖〔ʑiɤɯ²〕、旋〔ʑyɛ̃²〕、旬〔ʑyn²〕、祥詳〔ʑiaŋ²〕、席〔ʑiəʔ⁸〕……

邪母演變規律：

　　邪母　＊〔z〕＞〔s〕或〔z〕／＿＿＿止攝、通攝
　　　　　　　　＞〔ɕ〕或〔ʑ〕／＿＿＿其它

對邪母演變規律的解釋：

　　邪母止攝在上饒鐵路話中皆讀〔ʅ〕或〔uei〕，〔ʅ〕只和〔s〕、〔z〕相拼而不和〔ɕ〕、〔ʑ〕相拼，而〔uei〕韻母也因爲合口介音 u 的影響使其只能和〔s〕、〔z〕相拼而不和〔ɕ〕、〔ʑ〕相拼，所以邪母止攝演變規律爲＊〔z〕＞〔s〕、〔z〕。

　　邪母通攝（確切地說是邪母通攝鍾韻）演變規律也爲＊〔z〕＞〔s〕，蒲立

本、周法高、潘悟雲等專家將通攝鍾韻都擬音爲＊〔ioŋ〕，阮廷賢擬音爲＊〔uioŋ〕，本人更傾向於後者，可能是高圓唇介音 u 與高不圓唇元音 i 不兼容，使得介音 i 脫落，從而使聲母（邪母）失去了齶化的條件，即：邪母通攝鍾韻＊〔zuioŋ〕＞＊〔zuⁱoŋ〕＞＊〔zuoŋ〕＞＊〔zoŋ〕＞〔soŋ〕。

對邪母例外字的解釋：

邪母例外字有 5 個，3 個字讀〔dʑ〕：辭〔dʑɿ²〕、詞〔dʑɿ²〕、祠〔dʑɿ²〕，2 個字讀〔dz〕：囚〔dziɤɯ²〕、泅〔dziɤɯ²〕。

（1）〔dʑ〕：辭〔dʑɿ²〕、詞〔dʑɿ²〕、祠〔dʑɿ²〕

《廣韻》中「辭、詞、祠」三字均爲：止開三平之韻邪母，「似茲切」。杭州話（游）三字皆音〔zɿ²〕，上饒市區話三字皆音〔dʑɿ²〕，普通話音〔tsʰɿ²〕。上饒鐵路話「辭、詞、祠」三字的讀音可能是上饒市區話的影響。

（2）〔dz〕：囚〔dziɤɯ²〕、泅〔dziɤɯ²〕

《廣韻》中「囚、泅」二字均爲：流開三平尤韻邪母，「似由切」。杭州話（游）二字皆音〔dʑiy⁶〕，上饒市區話二字皆音〔dʑiu²〕，普通話音〔tɕʰiou²〕。上饒鐵路話的「囚、泅」二字讀音可能是受了杭州話或上饒市區話的影響。

4.3.2 正齒音

知照系三等字屬齊齒呼和撮口呼，到了元代，知照系裏有一部分字變爲卷舌音（舌尖後音），到了明代以後，在北方話裏，知照系全部變爲卷舌音。（王力 2008，581）。上饒鐵路話不存在舌尖後音（即卷舌音），故而知照系聲母只能變爲舌尖前音。

章母。章母有 80 個字：77 個字讀〔ts〕，占 96.3%。另有 3 個例外字。

〔ts〕：志〔tsɿ¹〕、珠〔tsu¹〕、蔗〔tsa¹〕、招〔tsɔ¹〕、戰〔tsɛ̃⁵〕、舟〔tsɤɯ¹〕、錐〔tsuei¹〕、專〔tsuɛ̃¹〕、終〔tsoŋ¹〕、針〔tsəŋ¹〕、準〔tsuən³〕、障〔tsɑŋ¹〕、掌〔tsɑŋ³〕、汁折~斷，~疊〔tsəʔ⁷〕、燭粥〔tsuəʔ⁷〕……

章母演變規律：　＊〔tɕ〕＞〔ts〕

對章母例外字的解釋：

章母例外字有 3 個，其中 2 個字讀〔dz〕：執〔dzəʔ⁸〕、侄〔dzəʔ⁸〕，1 個字讀〔tsʰ〕：顫〔tsʰɛ̃⁵〕。

（1）〔ʥ〕：執〔ʥəʔ^8〕、侄〔ʥɛʔ^8〕。

《廣韻》中「執」爲：深開三入緝韻章母，「之入切」，持也，操也，守也，攝也，説文作𦥑捕辠人也。杭州話（錢）該字有兩讀，一音〔tsəʔ^7〕，一音〔ʥəʔ^8〕，上饒市區話音〔tsɪʔ^7〕，普通話音〔tʂʅ^2〕。「執」可能是受了杭州話的影響。

《廣韻》中「侄」爲：臻開三入質韻章母，「之日切」，堅也，又牢。杭州話（錢）音〔ʥəʔ^8〕，上饒市區話音〔ʥɛʔ^8〕，普通話音〔tʂʅ^2〕。上饒鐵路話的「侄」與杭州話、上饒市區話同爲濁音，可能是受二者的影響。

（2）〔ts^h〕：顫〔ts^{h}ɛ̃^{5}〕。

《廣韻》中「顫」爲：山開三去仙韻章母，「之膳切」，四皮寒動。杭州話（游）音〔ʥɥõ^6〕，上饒市區話音〔ts^{h}an^5〕，普通話有兩讀，一音〔tʂ^{h}an^5〕，一音〔tʂan^5〕。上饒鐵路話的「顫」大概是受了普通話或者上饒市區話的影響。不過普通話的「顫〔tʂ^{h}an^5〕」這一字音也是例外，而「顫〔tʂan^5〕」是合乎規律的。鍾明立（2008）指出，「顫」本爲章紐，《中原音韻》「先天」部去聲之下，「戰顫」爲同一小韻，楊耐思擬作＊〔tʃien^5〕，清代後期北京話，「顫」字多出一個讀送氣的口語音：《語言自邇集》「顫」有〔tʂan^5〕和〔tʂ^{h}an〕兩讀。可見「顫」的送氣音例外是源於北京話口語音。

昌母。昌母有25個字，全部讀〔ts^h〕，無一例外。

〔ts^h〕：齒〔ts^{h}ʅ^3〕、處〔ts^{h}u^1〕、扯〔ts^{h}ei^1〕、吹車~輛〔ts^{h}uei^1〕、臭〔ts^{h}ɤɯ^1〕、穿〔ts^{h}uɛ̃^{1}〕、稱〔ts^{h}əŋ^1〕、春〔ts^{h}uəŋ^1〕、昌〔ts^{h}ɑŋ^1〕、充〔ts^{h}oŋ^1〕、尺〔ts^{h}əʔ^7〕、觸〔ts^{h}uəʔ^7〕、出〔ts^{h}uəʔ^7〕……

昌母演變規律：　＊〔tɕ^h〕＞〔ts^h〕

船母。船母有18個字：2個字讀〔s〕，占11.1%；13個字讀〔z〕，占72.2%；3個字讀〔ʥ〕，占16.7%。

〔s〕：述〔suəʔ^7〕、術〔suəʔ^7〕。

〔z〕：示〔zʅ^2〕、射蛇又〔zei^2〕、蛇〔zuei^2〕、神〔zəŋ^2〕、剩〔zəŋ^2〕、繩〔zəŋ^2〕、順〔zuəŋ^2〕、實食舌蝕〔zəʔ^8〕、贖〔zuəʔ^8〕。

〔ʥ〕：船〔ʥuɛ̃^{2}〕、乘〔ʥəŋ^2〕、唇〔ʥuəŋ^2〕。

船母演變規律：　＊〔ʑ〕＞＊〔ɕ〕＞〔s〕或〔z〕

$$> {}^*\,[\text{dʑ}] > [\text{dʑ}]$$

注：分化條件不明。

對船母演變規律的解釋：

船母擬音爲 ${}^*[\text{ʑ}]$，上饒鐵路話中船母多數讀 $[\text{s}]$、$[\text{z}]$，少數讀 $[\text{dʑ}]$，但分化條件未明。其分化條件未明的狀況也與船、禪兩母相混相關，下文會專門討論。

書母。書母有 59 個字：51 個字讀 $[\text{s}]$，占 86.4%；4 個字讀 $[\text{z}]$，占 6.8%。另有 4 個例外字。

$[\text{s}]$：詩 $[\text{sʅ}^1]$、書 $[\text{su}^1]$、燒 $[\text{sɔ}^1]$、賒又 $[\text{sei}^1]$、水 $[\text{suei}^3]$、收 $[\text{sɤɯ}^1]$、扇動詞 $[\text{sɛ̃}^1]$、扇名詞 $[\text{suɛ̃}^1]$、深 $[\text{sən}^1]$、沈 $[\text{sən}^3]$、商 $[\text{saŋ}^1]$、賒 $[\text{səʔ}^7]$、失識 $[\text{səʔ}^7]$、叔 $[\text{suəʔ}^7]$……

$[\text{z}]$：聖 $[\text{zən}^2]$、獸 $[\text{zɤɯ}^2]$、黍暑 $[\text{zu}^2]$。

書母演變規律： ${}^*[\text{ç}] > [\text{s}]$ 或 $[\text{z}]$

對書母例外字的解釋：

書母有 4 個例外字，3 個字讀 $[\text{tsʰ}]$：翅 $[\text{tsʰʅ}^1]$、鼠 $[\text{tsʰu}^3]$、舂 $[\text{tsʰoŋ}^1]$，1 個字讀 $[\text{dʑ}]$：弛 $[\text{dʑʅ}^2]$。

（1）$[\text{tsʰ}]$：翅 $[\text{tsʰʅ}^1]$、鼠 $[\text{tsʰu}^3]$、舂 $[\text{tsʰoŋ}^1]$

《廣韻》中「翅」爲：止開三去支韻書母，「施智切」，鳥翼。杭州話（錢）音 $[\text{tsʰʅ}^5]$，上饒市區話音 $[\text{tɕʰi}^5]$，普通話音 $[\text{tʂʰʅ}^5]$。從讀音上看，該字音近於杭州話和普通話。《正韻》：「翅，式至切，音試。……又申之切，音詩。」可見「翅」在明代時仍爲擦音，至於何時變爲送氣的塞擦音，筆者也不知。

《廣韻》中「鼠」爲：遇合三上魚韻書母，「舒呂切」，小獸名，善爲盜，說文曰：穴蟲之總名也。杭州話（游）音 $[\text{tsʰʅ}^3]$，上饒市區話音 $[\text{tɕʰy}^3]$，普通話音 $[\text{su}^3]$。該字可能是受了杭州話的影響。

《廣韻》中「舂」爲：通合三平鍾韻書母，「書容切」，世本曰：雍父作舂，呂氏春秋曰：赤冀作舂。杭州話音 $[\text{tsʰoŋ}^1]$，上饒市區話音 $[\text{tsʰoŋ}^1]$，普通話音 $[\text{tʂʰoŋ}^1]$。四者聲母大致一樣。

（2）$[\text{dʑ}]$：弛 $[\text{dʑʅ}^2]$

《廣韻》中「弛」爲：止開三上書支韻母，「施是切」，釋也，說文云：弓

解也。杭州話（筆者）音〔ʥɻ²〕，上饒市區話音〔ʥɻ²〕，「弛」的聲母爲濁音，也不太可能是普通話影響。筆者推測「弛」是受到了形近字「馳、池」的影響，因爲「馳、池」皆爲澄母，字音均爲〔ʥɻ²〕。當然，「弛」也可能是受到了杭州話或者上饒市區話的影響。

禪母。禪母有 58 個字：14 個字讀〔s〕，占 24.1%；23 個字讀〔z〕，占 39.7%；19 個字讀〔ʥ〕，占 32.8%。另有 2 個例外字。

〔s〕：視嗜〔sɻ³〕、殊〔su¹〕、裳〔saŋ¹〕、甚〔sən³〕、涉逝〔səʔ⁷〕……

〔z〕：市氏〔zɻ²〕、豎〔zu²〕、紹〔zɔ²〕、售〔zɣɯ²〕、睡〔zuei²〕、善〔zɛ̃²〕、腎〔zəŋ²〕、十〔zəʔ⁸〕、熟屬〔zuəʔ⁸〕……

〔ʥ〕：酬〔ʥɣɯ²〕、垂〔ʥuei²〕、蟬〔ʥɛ̃²〕、晨〔ʥən²〕、純〔ʥuəŋ²〕、常〔ʥaŋ²〕、殖〔ʥəʔ⁸〕、鐲〔ʥuəʔ⁸〕……

禪母演變規律：

$$^*〔ʥ〕>^*〔z̢〕>^*〔ɕ〕>〔s〕或〔z〕$$
$$>〔ʥ〕$$

注：分化條件不明。

對禪母演變規律的解釋：

禪母只有三等字，其中古擬音爲 *〔ʥ〕。在上饒鐵路話中，禪母分化爲兩類讀音：一部分字讀〔s〕、〔z〕，一部分字讀〔ʥ〕，但其分化條件未明（這種狀況與船母類似）。唯一可以確定的是，絕大多數禪母止攝字讀〔s〕、〔z〕，如市〔zɻ²〕、睡〔zuei²〕等 9 個字均讀〔s〕、〔z〕，但也有例外，如垂〔ʥuei²〕、瑞〔luei²〕。

對禪母例外字的解釋：

禪母的例外字有 2 個，1 個字讀〔ts〕：褶〔tsəʔ⁷〕，1 個字讀〔l〕：瑞〔luei²〕。

（1）〔ts〕：褶〔tsəʔ⁷〕

《廣韻》中「褶」有三個音韻地位：①深開三入緝韻禪母，「是執切」，袴褶；②深開三入緝韻邪母，似入切，袴褶；③咸開四入帖韻定母，徒協切，袷也。上饒鐵路話的「褶」讀入第一個音韻地位。杭州話（游）音〔tsʌʔ⁷〕，上饒市區話（筆者）音〔tsəʔ⁷〕，普通話音〔tʂɤ³〕。該字可能是語言接觸的結果，不過也可能是聲母本身濁音清化的結果。

（2）〔l〕：瑞〔luei²〕。該讀音是女發音人方鳳麗的讀音，男發音人黃斌讀爲〔ʐuei²〕。

《廣韻》中「瑞」爲：止合三去支韻禪母，「是僞切」，祥瑞也，符也，應也。杭州話（游）音〔dʑʮei⁶〕，上饒市區話音〔lui⁶〕，普通話音〔ʐuei⁵〕。從聲母來看，上饒鐵路話的「瑞」可能是受了上饒市區話的影響。

阮廷賢（2012）有關「船、禪」兩母擬音問題的討論：

> 陸志韋、蒲立本、邵榮芬、潘悟雲等專家都認爲韻圖中船、禪的位置不對，應該換過來，船母是個擦音〔ʐ〕，而禪母是個塞擦音〔dʐ〕。從我們所調查的上饒鐵路話來看，船母多數讀〔s〕，可能船母擬音爲擦音〔ʐ〕是沒有問題的；禪母則有〔s〕、〔dʑ〕兩種讀法，則不太好確定禪母的古音是不是塞擦音〔dʐ〕，但因爲船母已經擬音爲擦音〔ʐ〕，所以禪母也只能擬爲塞擦音〔dʐ〕了。

莊母。莊母有 25 個字：24 個字讀〔ts〕，占 96%。另有 1 個例外字。

〔ts〕：阻〔tsu³〕、渣〔tsa¹〕、抓〔tsua¹〕、債〔tsɛ¹〕、皺〔tsɤɯ⁵〕、盞〔tsɛ̃³〕、爭〔tsən¹〕、裝〔tsuaŋ¹〕、窄〔tsəʔ⁷〕、捉〔tsuəʔ⁷〕……

莊母演變規律：　＊〔tʃ〕＞〔ts〕

對莊母例外字的解釋：

莊母只有一個例外字讀〔tsʰ〕：側〔tsʰəʔ⁷〕。

《廣韻》中「側」爲：曾開三入職韻莊母，「阻力切」，傍側。杭州話音〔tsəʔ⁷〕，上饒市區話音〔tsɛʔ⁷〕，普通話有三讀（《現代漢語詞典》第 5 版）：一音〔tsʰɤ⁵〕，一音〔tsɤ⁵〕，一音〔tʂai¹〕，只是後面兩種讀法不太常見罷了。從聲母來看，「側」杭州話和上饒市區話皆讀不送氣塞擦音，上饒鐵路話和普通話皆讀送氣塞擦音，該字可能是受了普通話的影響。不過側的送氣讀法在普通話中也是例外讀音，據鍾明立（2008）考證，20 世紀前期，「側」字蓋受同聲符字「測惻廁」等讀音的感染，增加一個送氣音，形成同義異讀。

初母。初母有 26 個字，其中 25 個字讀〔tsʰ〕。另有 1 個例外字。

〔tsʰ〕：初〔tsʰu¹〕、岔〔tsʰa¹〕、釵〔tsʰɛ¹〕、吵抄〔tsʰɔ¹〕、鏟〔tsʰɛ̃³〕、篡〔tsʰuɛ̃³〕、襯〔tsʰən⁵〕、窗〔tsʰuaŋ¹〕、囪〔tsʰoŋ¹〕、插〔tsʰəʔ⁷〕……

初母演變規律：　＊〔tʃʰ〕＞〔tsʰ〕

對初母例外字的解釋：

初母只有一個例外字讀〔tʂ〕：柵〔tʂəʔ⁷〕。

《廣韻》中「柵」有三個音韻地位：①山開二去刪韻生母，「所晏切」，籬柵；②梗開二入陌韻初母，「測戟切」，村柵，說文曰：豎編木；③梗開二入麥韻初母，「楚革切」，豎木立柵，又村柵。「柵」在上饒鐵路話中聲母爲〔tʂ〕，可能歸入初母較好，因爲上饒鐵路話生母爲〔s〕，初母爲〔tʂʰ〕，相較之，「柵」的聲母〔tʂ〕與初母〔tʂʰ〕只有送氣與不送氣之別，而與生母〔s〕則是塞擦音與擦音之別。

「柵」杭州話（游）音〔tʂʰʌʔ⁷〕，上饒市區話（筆者）音〔tsa¹〕，普通話有四種讀音：一音〔tʂa⁵〕，一音〔ʂan¹〕，一音〔ʂʅ¹〕，一音〔tʂʰɤ⁵〕，不過後面三種讀音爲專名或地名，皆不常見。從聲母讀音來看，上饒鐵路話和上饒市區話的「柵」可能都受到了普通話〔tʂa⁵〕的影響。爲何普通話「柵」聲母本應讀〔tʂʰ〕卻讀爲了〔tʂ〕呢？《語言自邇集》附錄《北京話字音表》「柵」有〔tʂa⁵〕和〔ʂan⁵〕兩讀，可見 19 世紀末的北京話仍保留著規律讀音〔ʂan⁵〕，只是不知例外讀音〔tʂa⁵〕是如何產生的。

崇母。崇母有 18 個字：15 個字讀〔dʑ〕，占 83.3%，3 個字讀〔s〕，占 16.7%。

〔dʑ〕：柴〔dʑɛ²〕、查〔dʑa²〕、巢〔dʑɔ²〕、饞〔dʑɛ̃²〕、鍘〔dʑəʔ⁸〕、鋤〔dʑu²〕、愁〔dʑɤɯ²〕、床〔dʑuaŋ²〕、崇〔dʑoŋ²〕……

〔z〕：士柿事〔zʅ²〕。

崇母演變規律：　＊〔dʒ〕＞＊〔dʑ〕＞〔z〕／＿＿＿止攝
　　　　　　　　　　　　　＞〔dʑ〕／＿＿＿其它

對崇母演變規律的解釋：

崇母讀〔z〕的只有三個字，其實也可作例外處理，但因爲這三個字均是止攝，故而處理爲演變規律也未嘗不可。這三個字，在《廣韻》中的反切上字均爲「鉏」（今普通話音〔tʂʰu²〕），三個字在杭州話和上饒市區話中的聲母讀音均爲〔z〕，在普通話中的聲母讀音爲〔ʂ〕，都與各自崇母的一般讀法不合，加之前文所述聲母的規律中，也多是止攝爲特例，可見止攝對聲母的巨大影響。

生母。生母有 56 個字：54 個字讀〔s〕，占 92.9%。另有 2 個例外字。

〔s〕：沙〔sa¹〕、捎捎〔sɔ¹〕、篩〔sɛ¹〕、衰〔suɛ¹〕、山〔sɛ̃¹〕、生〔səŋ¹〕、殺〔səʔ⁷〕、搜〔sɤɯ¹〕、師〔sʅ¹〕、梳〔su¹〕、耍〔sua³〕、率~領〔suɛ¹〕、雙〔suɑŋ¹〕、閂〔suɛ̃¹〕、甥〔səŋ³〕、刷〔suaʔ⁷〕……

生母的演變規律　＊〔ʃ〕＞〔s〕

對生母例外字的解釋：

生母有 2 個例外字，1 個字讀〔tsʰ〕：產〔tsʰɛ̃³〕，1 個字讀〔l〕：率效~〔liəʔ⁸〕。

（1）〔tsʰ〕：產〔tsʰɛ̃³〕。

《廣韻》中「產」為：山開二上山韻生母，「所簡切」，生也。杭州話（錢）音〔tsʰɛ¹〕，上饒市區話音〔tsʰã³〕，普通話音〔tʂʰan³〕。「產」在四種話中皆讀送氣塞擦音，皆為例外。清代段玉裁的《說文解字注》對「產」的解釋為：「生也。從生。彥省聲。所簡切……按今南北語言皆作**楚簡切**。」段玉裁的注中「產」由「所簡切」變為「楚簡切」，可見在《說文》時代，「產」的讀音就已經發生了變化。

（2）〔l〕：率效~〔liəʔ⁸〕。上饒鐵路話中「率」作「率領」義時音〔suɛ¹〕，是合乎音變規律的，故此處不討論「率」作「率領」義時的讀音。

《廣韻》中「率」有兩個音韻地位：①止合三去脂韻生母，「所類切」，鳥網也；②臻合三入術韻生母，「所律切」，循也，領也，將也，用也，行也。「率〔liəʔ⁸〕」為入聲，讀入的是第二個音韻地位。「率」杭州話（游）音〔liəʔ⁸〕，上饒市區話（筆者）音〔lɛʔ⁸〕，普通話音〔ly³〕。「率」讀邊音在這些話中皆為例外。其實「率」讀邊音早在中古時就已存在，《集韻》《韻會》《正韻》：「率，劣戌切。」《釋文》：「率，音律。」

俟母。高本漢的聲母系統無俟母。李榮在聲母系統中增補俟母，擬音為＊〔ʒ〕，但由於俟母只有「俟」、「漦」兩個字，且此二字過於生僻，因此在上饒鐵路話中未能調查到這兩個字的讀音。

4.3.3　半齒音

日母。日母有 44 個字：35 個字讀〔l〕，占 79.5%。另有 9 個例外字。

〔l〕：如〔lu²〕、饒~命〔lɔ²〕、繞〔lɔ²〕、揉〔lɤɯ³〕、蕊〔luei²〕、燃〔lɛ̃²〕、扔〔ləŋ¹〕、人〔ləŋ²〕、絨〔loŋ²〕、閏〔luəŋ²〕、日〔ləʔ⁸〕、入褥〔luəʔ⁸〕……

　　潘悟雲（2000：52）批評高本漢：「日母的ȵʑ-就是把兩類讀音合在一起……在《切韻》系統中，只有日母擬作複輔音……方言中的文白異讀屬於不同的歷史層次，把不同歷史層次的內容放在一起作歷史比較，也是不妥當的。」阮廷賢（2012：195）：「我們覺得潘先生的話是對的。蒲立本、周法高、潘悟雲、李榮、董同龢等諸位先生把日母擬爲〔ȵ〕是較合理的。日母是鼻音聲母，跟泥母關係較近。現在很多方言中，日母仍是個鼻音，有的方言讀成濁擦音或濁塞擦音，那是由鼻音演變出來的。」因此，對於日母的擬音，筆者與蒲立本、周法高、潘悟雲、李榮、董同龢等諸位專家一致，將日母擬音爲〔ȵ〕。

　　　　日母演變規律：　＊〔ȵ〕＞〔l〕

　　對日母演變規律的解釋：

　　上饒鐵路話絕大多數的日母字混入來母讀〔l〕，這只是女發音人方鳳麗的讀法，男發音人黃斌日母絕大多數字讀〔z〕。

　　日母讀〔l〕具有類型學特徵，很多現代漢語方言的日母開始讀爲〔l〕聲母，如現在上海話日母也出現了大量〔l〕聲母文讀（如「人〔lən²³〕、入〔loʔ²³〕、如〔lu²³〕」等字）〔註3〕。據鄭張尚芳告知，日母后期由〔ȵʑ〕演變爲半舌半齒音〔ʎʒ〕，所以日母演變爲半舌音聲母〔l〕也是說得通的。筆者認爲這一現象還可以從語言接觸的角度考慮，日母讀〔l〕聲母極可能是受到了普通話的強勢影響，普通話日母讀〔z〕，方言區的人們學習普通話不夠標準，於是以本方言中與〔z〕聲母音質較爲接近的〔l〕聲母來代替。如果方言區的人普通話習得程度較高，一般會以音質更爲接近的〔z〕聲母代替，上饒鐵路話男發音人黃斌就是一例。如考慮共時變異，上饒鐵路話日母演變規律可表述爲：＊〔ȵ〕＞〔l〕＞〔z〕。這一規律或是漢語方言日母演變的普遍規律。

　　對日母例外字的解釋：

　　日母有9個例外字，其中3個字讀〔ȵ〕：熱〔ȵiəʔ⁸〕、軟〔ȵyẽ³〕、惹文〔ȵia²〕；3個字讀〔ɦ〕：兒〔ɦə²〕、而〔ɦə²〕、饒上~〔ɦiɔ²〕；3個字讀〔ø〕：耳〔ɚ³〕、二〔ɚ⁵〕、貳〔ɚ⁵〕。

〔註3〕　朱貞淼《21世紀上海市區方言的新變化》，浙江金華「第七屆國際吳方言研討會」宣讀。未刊，作者見贈。

（1）〔ȵ〕：熱〔ȵiəʔ⁸〕、軟〔ȵyɛ̃³〕

上饒鐵路話中，「熱」、「軟」兩日母字混入泥、娘母讀〔ȵ〕，也顯示出泥、娘、日三母的密切關係。下表是兩字在各方言中的讀音：

表6　上饒鐵路話日母「熱軟惹」例外字音對照表

字	上饒鐵路話	杭州話（錢）	杭州話（游）	上饒市區話	普通話
熱	ȵiəʔ⁸	ȵiiʔ⁸	zʮəʔ⁸	ȵiaʔ⁸	ʐɤ⁵
軟	ȵyɛ̃³	ȵʮo³	ʮʮõ³	ȵyE³	ʐuan³
惹	ȵia²	ȵɑ³	ȵiA³	ȵia²	ʐɤ³

從聲母來看，上饒鐵路話的「熱」、「軟」、「惹」二字可能受到了杭州話或者上饒市區話的影響。

（2）〔ɦ〕：兒〔ɦəʳ²〕、而〔ɦəʳ²〕、饒上~〔ɦiɔ²〕

三字在各方言點的讀音如下：

表7　上饒鐵路話日母「兒而饒」例外字音對照表

字	上饒鐵路話（男）	上饒鐵路話（女）	杭州話（錢）	杭州話（游）	上饒市區話	普通話
兒	ɦɔ²	ɦəʳ²	ɦəʳ²	əl²	ə²	əʳ²
而	ɦɔ²	ɦəʳ²	ɦəʳ²	əl²	ə²	əʳ²
饒上~	iɔ³	ɦiɔ²	ȵiɔ²	ȵiɔ²	iɑo⁵	ʐau²

兒〔ɦəʳ²〕、而〔ɦəʳ²〕。二字皆爲日母止攝，單就韻母來看，男發音人黃斌無卷舌，女發音人方鳳麗有卷舌。以上各點中，只有上饒市區話無卷舌，加之男發音人黃斌可熟練使用上饒市區話，所以男發音人的「兒」和「而」可能受到了上饒市區話的影響，下面的「耳二貳」三字亦是如此。本章主要討論女發音人的讀音。從有無卷舌來看，女發音人的「兒」和「而」更可能受到了杭州話和普通話影響。

饒上~〔ɦiɔ²〕。從聲調來看，男發音人黃斌的「饒上~」也可能是受了上饒市區話的影響，因爲都是陰調類，其餘皆讀陽調類。女發音人方鳳麗的讀音「饒上~〔ɦiɔ²〕」較爲奇怪。從聲調來看，該讀音無疑是受了杭州話（當然也可能是普通話）的影響，但從聲母來看，其〔ɦ〕更接近零聲母〔ø〕，與上饒市區話更近。大概這個字的讀音是方言雜糅的一種語音表現吧，也就是說聲母可能取自

上饒市區話，而聲調（也可能包括韻母）則可能取自杭州話。

（3）〔ø〕：耳〔ɚ³〕、二〔ɚ⁵〕、貳〔ɚ⁵〕

三字在各方言點的讀音如下：

表 8　上饒鐵路話日母「耳二貳」例外字音對照表

字	上饒鐵路話（男）	上饒鐵路話（女）	杭州話（錢）	杭州話（游）	上饒市區話	普通話
耳	ɔ³	ɚ³	ʔər³	ɐl³	ɚ³	ɚ³
二貳	ɔ⁵	ɚ⁵	/	ɐl⁴	ɚ⁶	ɚ⁵

由於前已討論過男發音人日母止攝的讀音。此處不再贅述。女發音人的讀音從聲韻調上來看，此三字讀音與普通話十分對應，可能是受了普通話的影響。

4.4　喉　音

影母。影母有 114 個字：107 個字讀〔ø〕，占 93.9%。另有 7 個例外字。

〔ø〕：衣〔i¹〕、烏〔u¹〕、淤〔y¹〕、哀〔ɛ¹〕、蒿〔o¹〕、奧〔ɔ⁵〕、妖邀〔iɔ¹〕、咬〔iɔ³〕、歐〔ɤɯ¹〕、委〔uei³〕、鴉〔ia¹〕、蛙〔ua¹〕、安〔ɛ̃¹〕、厭〔iɛ̃¹〕、閹〔iɛ̃¹〕、彎〔uɛ̃¹〕、冤〔yɛ̃¹〕、熨〔yn¹〕、恩〔ən¹〕、溫〔uən¹〕、音〔iŋ¹〕、擁〔ioŋ¹〕、央〔iaŋ¹〕、汪〔uaŋ¹〕、一〔iəʔ⁷〕、惡~人〔əʔ⁷〕……

影母演變規律：　＊〔ʔ〕＞〔ø〕

對影母例外字的解釋：

影母例外字有 7 個，其中 6 個字讀〔ŋ〕：襖〔ŋɔ²〕、挨〔ŋɛ²〕、矮〔ŋɛ³〕、壓〔ŋəʔ⁷〕、鴨〔ŋəʔ⁷〕、惡善~〔ŋəʔ⁷〕，1 個字讀〔ɕ〕：闍又，~雞，闍掉的公雞〔ɕiɛ̃¹〕。

（1）〔ŋ〕：襖〔ŋɔ²〕、挨〔ŋɛ²〕、矮〔ŋɛ³〕、壓〔ŋəʔ⁷〕、鴨〔ŋəʔ⁷〕、惡善~〔ŋəʔ⁷〕。下表是以上六字在上饒鐵路話、上饒市區話和杭州話中的讀音：

表 9　上饒鐵路話影母例外字音對照表

	襖	挨	矮	壓	鴨	惡善~
上饒鐵路話	ŋɔ²	ŋɛ²	ŋɛ³	ŋəʔ⁷	ŋəʔ⁷	ŋəʔ⁷

上饒市區話	ŋao³	ŋæ¹	ŋæ³	ŋaʔ⁷	ŋaʔ⁷	ŋɔʔ⁷
杭州話（游）	ɔ³	/	iE³	iAʔ⁷	iAʔ⁷	oʔ⁷
杭州話（錢）	ʔɔ¹	ʔE¹	ʔE³	/	ʔaʔ⁷	ʔɔʔ⁷

從上表中，我們很容易看出，上饒鐵路話影母讀〔ŋ〕的這六個例外字，顯然是受了上饒市區話的影響。

（2）〔ɕ〕：閹又，~雞，閹掉的公雞〔ɕiɛ̃¹〕。上饒鐵路話「閹」一音〔iɛ̃¹〕，一音〔ɕiɛ̃¹〕，前者聲母爲零聲母，合乎音變規律，後者不合音變規律。

《廣韻》中「閹」有兩個音韻地位：①咸開重三平鹽韻影母，「央炎切」，男無勢精閉者；②咸開重三上鹽韻影母，「衣儉切」，閹閹。兩個音韻地位只有聲調上的區別。杭州話（游）音〔ĩĩ¹〕，上饒市區話音〔iɛ̃¹〕，普通話音〔iɛn¹〕。上饒鐵路話「閹」的這一又音來源不明。暫且存疑。

雲母。雲母有 46 個字：36 個字讀〔ɦ〕，占 78.3%，10 個字讀〔ø〕，占 21.7%。

〔ɦ〕：盂〔ɦy²〕、衛彗〔ɦuei²〕、尤〔ɦiɤɯ²〕、炎〔ɦiɛ²〕、員圓〔ɦyɛ̃²〕、榮〔ɦioŋ²〕、雲〔ɦyn²〕、王〔ɦuaŋ²〕……

〔ø〕：污〔u¹〕、雨〔y³〕、羽〔y³〕、禹〔y³〕、宇〔y³〕、有〔iɤɯ³〕、又〔iɤɯ³〕、泳〔ioŋ³〕、詠〔ioŋ³〕、永〔ioŋ³〕。

雲母演變規律： *〔ɦ〕＞〔ɦ〕/ ＿＿＿陽調類

＞〔ø〕/ ＿＿＿陰調類

對雲母演變規律的解釋：

筆者在本章的《說明》中曾指出，上饒鐵路話聲母中，用〔ɦ〕表示陽調類零聲母字或同部位半元音（如 j、w、ɥ 等）的濁擦成分，零聲母〔ø〕配陰調類字。中古匣母的擬音*〔ɦ〕與現代上饒鐵路話的聲母〔ɦ〕是不完全對等的，前者是一個真正的濁喉擦音，後者則表示陽調類零聲母字或同部位半元音（如 j、w、ɥ 等）的濁擦成分。所以對於演變規律「*〔ɦ〕＞〔ɦ〕」，並不是說該聲母從中古到現在沒有變化，但考慮到語音比較的系統性，仍以「*〔ɦ〕＞〔ɦ〕」這樣的演變規律標示。

雲母只有三等。雲母讀〔ø〕的字多爲合口呼，不過雲母多數字仍讀〔ɦ〕。由於聲母〔ɦ〕和〔ø〕在上饒鐵路話語音系統中是互補的，所以雲母的演變規律實際上可以記爲：*〔ɦ〕＞〔ø〕。

以母。以母有 96 個字：61 個字讀〔ɦ〕，占 63.5%；31 個字讀〔ø〕，占 32.3%。另有 4 個例外字。

〔ɦ〕：移〔ɦi²〕、裕〔ɦy²〕、爺〔ɦie²〕、搖〔ɦiɔ²〕、唯〔ɦuei²〕、油〔ɦiɤɯ²〕、閻〔ɦiɛ̃²〕、孕〔ɦyn²〕、淫〔ɦiŋ²〕、羊〔ɦiɑŋ²〕、容〔ɦioŋ²〕、葉〔ɦiəʔ⁸〕、浴〔ɦyəʔ⁸〕……

〔ø〕：翼〔i³〕、耀〔iɔ¹〕、野〔ie³〕、悠〔iɤɯ¹〕、焰〔iɛ̃¹〕、尹〔iŋ¹〕、養〔iɑŋ³〕、勇〔ioŋ³〕……

以母演變規律：　＊〔j〕＞〔ø〕/＿＿＿陰調類
　　　　　　　　　　　＞〔ɦ〕/＿＿＿陽調類

對以母演變規律的解釋：

以母也只有三等，演變規律與雲母相同。以母讀〔ø〕的字多集中在開口呼，與雲母剛好相反，不過以母多數字仍讀〔ɦ〕。同樣，由於〔ø〕和〔ɦ〕互補，以母的演變規律也可記為：＊〔j〕＞〔ø〕。

對以母例外字的解釋：

以母例外字有 4 個，2 個字讀〔l〕：銳〔luei²〕、融〔loŋ²〕，1 個字讀〔tɕ〕：捐〔tɕyɛ̃¹〕，1 個字讀〔tɕʰ〕：鉛〔tɕʰiɛ̃¹〕。

（1）〔l〕：銳〔luei²〕、融〔loŋ²〕

這兩個字讀為〔l〕是發音人方鳳麗的讀音，男發音人黃斌讀為〔z〕：銳〔zuei²〕、融〔zoŋ²〕。

《廣韻》中「銳」有兩個音韻地位：①蟹合三去祭韻以母，「以芮切」，利也；②蟹合一去泰韻定母，「杜外切」，矛也，又弋稅切。杭州話（游）音〔sɥei⁵〕，上饒市區話音〔dui⁶〕，普通話音〔ʐuei⁵〕。從聲母讀音來看，上饒鐵路話的「銳」讀入日母，可能是受了普通話的影響，因為普通話日母讀〔ʐ〕。

《廣韻》中「融」為：通合三平東韻以母，「以戎切」，和也，朗也。杭州話（游）音〔ɦioŋ⁶〕，上饒市區話音〔yŋ²〕，普通話音〔ʐoŋ²〕。同樣的原因，上饒鐵路話「融」讀入日母，也可能是受了普通話的影響。

張衛東（2002：17）〔註4〕在研究了 1886 年《語言自邇集》的附錄《北京

〔註4〕張衛東，從《語言自邇集・異讀字音表》看百年來北京音的演變，《廣東外語外貿大學學報》2002 年第 13 卷第 4 期，15-23。

話字音表》後發現：非日母字讀 ʐ，這是北京話近百年來的一個顯著變化。下列諸字，都不是日母字（多爲以母），但當年都有 ʐ 聲母的異讀音。日後，其中不少字 ʐ 聲母異讀音成爲正音：

表 10　普通話非日母字讀 ʐ 舉例

	今　音	《表》音
阮（疑）	ʐuan³	ʐuan³，yɛn²，yɛn³
允（以）	yn³	ʐun³，yŋ³，yu³
瑞（禪）	ʐui⁴	ʐui⁴，ʂui⁴
銳（以）	ʐui⁴	ʐui⁴，tui⁴，uei⁴
睿（以）	ʐui⁴	ʐui⁴，uei⁴
容（以）	ʐoŋ²	ʐuŋ²，yŋ²
溶（以）	ʐoŋ²	ʐuŋ²，yŋ²
榕（以）	ʐoŋ²	ʐuŋ²，yŋ²
蓉（以）	ʐoŋ²	ʐuŋ²，yŋ²
鎔（以）	ʐoŋ²	ʐuŋ²，yŋ²
榮（雲）	ʐoŋ²	ʐuŋ²，yŋ²
嫈（匣）	ɕiŋ²，iŋ²	ʐuŋ²，yŋ²
縈（影）	iŋ²	ʐoŋ²，yŋ²
融（以）	ʐoŋ²	ʐoŋ²，yŋ²
傭（影）	yŋ²	ʐoŋ²，yŋ²

（2）〔tɕ〕：捐〔tɕyɛ̃¹〕

《廣韻》中「捐」爲：山合三平仙韻以母，「與專切」，棄也。杭州話（錢）音〔tɕyo¹〕，上饒市區話音〔tɕyɛ̃¹〕，普通話音〔tɕyɛn¹〕。「捐」的聲母讀音在四種話中是一致的。鍾明立（2008）認爲：「捐〔tɕyɛn¹〕」本讀與專反，屬以紐，次濁，平聲。發展至今，按語音發展的一般規律，應讀陽平，但卻讀爲陰平，屬於例外。「捐〔tɕyɛn¹〕」可能是由後起音「全專切」發展而來的，同時受了同聲符字「娟」、「鵑」等讀音的影響。筆者對鍾明立的看法無法苟同。且看清代段玉裁《說文解字注》：「捐，棄也。棄，捐也。二篆爲轉注。……與專切。十四部。按俗音居專切。」可見，至少在清代「捐」就已經讀入見母（居專切）了，而並不一定是由「全專切」發展而來的。

（3）〔tɕʰ〕：鉛〔tɕʰiɛ̃¹〕

《廣韻》中「鉛」爲：山合三平仙韻以母，「與專切」，說文曰：青金也。與「捐」的音韻地位是一致的。杭州話「鉛」（游）音爲〔tɕʰiĩ¹〕，上饒市區話音〔iɛ̃²〕，普通話一音〔tɕʰiɛn¹〕，一音〔iɛn²〕（地名）。上饒鐵路話「鉛」的聲母讀音可能是受到了杭州話和普通話的影響。「鉛」雖與「捐」的音韻地位一致，但「鉛」在清代段玉裁《說文解字注》仍爲「與專切」，讀音尚未發生變化。《語言自邇集》附錄《北京話字音表》「鉛」有了兩讀：一音〔iɛn²〕，一音〔tɕʰiɛn¹〕。鍾明立（2008）認爲：「鉛」的今音〔tɕʰiɛn¹〕是從《古今韻會舉要》的後起讀音「全專切」發展而來的，該切語屬從紐，全濁，平聲。其聲調本應爲陽平，卻讀爲陰平，鍾明立認爲是對「全專切」的反切誤讀所致。

曉母。曉母有 81 個字：40 個字讀〔ɕ〕，占 49.4%；1 個字讀〔ʐ〕，占 1.2%；35 個字讀〔h〕，占 43.2%；2 個字讀〔ɦ〕，占 2.5%。另有 3 個例外字。

〔ɕ〕：希〔ɕi¹〕、虛〔ɕy¹〕、孝〔ɕiɔ⁵〕、休〔ɕiɤɯ¹〕、掀〔ɕiɛ̃¹〕、獻〔ɕiɛ̃⁵〕、楦〔ɕyɛ̃⁵〕、熏〔ɕyn¹〕、興〔ɕiŋ¹〕、香〔ɕiaŋ¹〕、向〔ɕiaŋ²〕、兄〔ɕioŋ¹〕、吸〔ɕiəʔ⁷〕、蓄〔ɕyəʔ⁷〕……

〔ʐ〕：訓〔ʐyn²〕。

〔h〕：虎〔hu³〕、火〔ho³〕、耗〔hɔ¹〕、海〔hɛ³〕、花〔hua¹〕、吼〔hɤɯ¹〕、罕〔hɛ̃¹〕、歡〔huɛ̃¹〕、葷〔huəŋ¹〕、夯〔haŋ¹〕、慌〔huaŋ¹〕、謊〔huaŋ³〕、喝瞎〔həʔ⁷〕……

〔ɦ〕：賄諱〔ɦuei²〕。

曉母演變規律：

　＊〔h〕＞〔h〕或〔ɦ〕/＿＿＿一等、二等、合口三等止攝

　　　＞〔ɕ〕或〔ʐ〕/＿＿＿其它 [註5]

例外字：葷〔huəŋ¹〕、謊〔huaŋ³〕、孝〔ɕiɔ⁵〕。

對曉母演變規律的解釋：

曉母合口三等止攝讀〔h〕的字是「揮輝徽〔huei¹〕、諱〔ɦuei²〕、毀〔huei³〕」這五個字，這幾個字現均爲合口，各家對中古止攝的擬音中都擬了介音 i，可

〔註 5〕這裏的「其它」指曉母開口三、四等及除止攝外的合口三等字。

能是因爲合口三等的緣故，使得介音 i 脫落了，以曉母止合三微韻爲例（此處採蒲立本、周法高的擬音）：＊〔huiəi〕＞＊〔huⁱəi〕＞＊〔huəi〕＞〔huei〕。與此相對，曉母開口三等止攝就沒有讀爲〔h〕，而是一律讀爲〔ç〕，如：犧戲希稀〔çi¹〕、喜〔çi³〕，原因在於開口三等不存在 u 介音，自然也不太容易使介音 i 脫落。

曉母合口三等，除止攝外，還有兩個字也讀爲〔h〕：葷〔huəŋ¹〕、謊〔huɑŋ³〕。

「葷」是曉合三臻攝文韻字，與「葷」同爲曉合三臻攝文韻字的「熏勳薰訓」四個字卻都讀爲〔ç〕，獨「葷」讀爲〔h〕。杭州話（游）音〔huən¹〕，上饒市區話音〔xuĩ¹〕，普通話音〔xun¹〕。「葷」的聲母在四種話中是比較接近的。「葷」古爲「許雲切」，《語言自邇集》附錄《北京話字音表》「葷」有兩讀：一音〔xun¹〕，一音〔çyn¹〕，現在普通話「葷」只有例外讀音〔xun¹〕而無規律讀音〔çyn¹〕之讀法。

「謊」是曉合三宕攝陽韻字，「許昉切」。各家對宕攝陽韻的擬音差別不大，潘悟雲將陽韻擬音爲＊〔iɐŋ〕。因「謊」爲合口三等字，應有介音 u，故「謊」可擬音爲＊〔huiɐŋ〕，其聲母讀爲〔h〕的原因應與止攝合口三等一致，都是介音 u 的出現導致了介音 i 的脫落，即：謊＊〔huiɐŋ〕＞＊〔huⁱɐŋ〕＞＊〔huɐŋ〕＞〔huɑŋ〕。

曉母二等絕大多數字＊〔h〕＞〔h〕，「孝〔çiɔ⁵〕」字例外。潘悟雲將二等介音擬爲＊ɯ，筆者認爲是很合理的，從上饒鐵路話來看，二等多數字的介音＊ɯ 後化爲介音 u，使得這些字本身變爲合口呼，便於與〔h〕相拼。

「孝」爲肴韻，潘悟雲將肴韻擬音爲＊〔ɯau〕，可能介音＊ɯ 前化爲了介音 i，使得聲母也發生了齶化，即：孝＊〔huɯau〕＞＊〔hɨau〕＞＊〔hiau〕＞＊〔çiau〕＞〔çiɔ〕。「孝」杭州話（游）音〔çiɔ⁵〕，上饒市區話音〔kʰɑo⁵〕，普通話音〔çiao⁵〕。「孝」也可能是受了杭州話或者普通話的影響。不過「孝」《唐韻》爲「呼教切」，在《集韻》、《韻會》、《正韻》卻爲「許教切」，可見「孝」字的讀音在中古時代就已經發生了變化。

對曉母例外字的解釋：

曉母的例外字有 3 個，1 個字讀〔ɦ〕：賄又〔ɦuei²〕，1 個字讀〔kʰ〕：況〔kʰuɑŋ¹〕，1 個字讀〔ø〕：歪〔uɛ¹〕。

（1）〔ɦ〕：賄又〔ɦuei²〕

上饒鐵路話「賄」有兩讀：一音〔huei²〕，一音〔ɦuei²〕，前者合乎音變規律，後者不合音變規律。

《廣韻》中「賄」爲：蟹合一上灰韻曉母，「呼罪切」，財也，又贈送也。「賄」杭州話（游）音〔huer³〕，上饒市區話音〔xui⁵〕，普通話音〔xuei⁵〕。語言接觸無法對該字例外作出解釋，可能這一例外是聲母弱化的結果，即（此處採潘悟雲擬音）：賄*〔huoi〕＞*〔huei〕＞〔ɦuei〕。

（2）〔kʰ〕：況〔kʰuaŋ¹〕。

《廣韻》中「況」爲：宕合三去陽韻曉母聲，「許訪切」，匹擬也，善也，矧也，俗況。杭州話（游）音〔huʌŋ³〕，上饒市區話音〔kʰuaŋ⁵〕，普通話音〔kʰuaŋ⁵〕。上饒鐵路話「況」的聲母讀音與上饒市區話和普通話一致。「況」古爲「許放切」，在普通話中也是例外，《語言自邇集》附錄《北京話字音表》「況」有兩讀：一音〔huan⁵〕，一音〔kʰuaŋ⁵〕，前者爲規律讀音，後者爲例外讀音，現在普通話只保留了後者。

（3）〔ø〕：歪〔uɛ¹〕

《廣韻》中「歪」爲：蟹合二平佳韻曉母，「火媧切」。杭州話（錢）音〔ʔuɛ¹〕，上饒市區話音〔uæ¹〕，普通話音〔uai¹〕。「歪」在四種話中的聲韻調差別都不算太大。明代梅膺祚《字彙》：「歪，烏乖切，音崴。不正也。」可見明代時「歪」的字音就已變化了，由「火媧切」變爲「烏乖切」，反切上字「烏」爲影母字，上饒鐵路話影母讀爲零聲母，「歪」也就讀入了零聲母。

匣母。匣母有 146 個字：61 個字讀〔ɦ〕，占 41.8%；39 個字讀〔ɕ〕，占 26.7%；35 個字讀〔h〕，占 24.0%。另有 11 個例外字。

〔ɦ〕：狐〔ɦu²〕、禍〔ɦo²〕、話〔ɦua²〕、懷壞〔ɦuɛ²〕、回彙〔ɦuei²〕、閒又，講~話〔ɦiɛ̃²〕、完〔ɦuɛ̃²〕、院〔ɦyɛ̃²〕、魂〔ɦuən²〕、螢〔ɦiŋ²〕、行銀~〔ɦaŋ²〕、皇〔ɦuaŋ²〕、洪〔ɦoŋ²〕……

〔ɕ〕：係〔ɕi¹〕、蝦〔ɕia¹〕、效〔ɕio²〕、鞋〔ɕie²〕、閒〔ɕiɛ̃²〕、懸〔ɕyɛ̃²〕、杏〔ɕiŋ¹〕、項〔ɕiaŋ²〕、協轄〔ɕiəʔ⁸〕……

〔h〕：乎〔hu¹〕、火〔ho³〕、晃〔huaŋ³〕、烘〔hoŋ¹〕、鶴〔həʔ⁷〕……

匣母今讀〔h〕、〔ɦ〕、〔ɕ〕，規律難辨。喉牙音的開口二等字變化比較複

雜，阮廷賢（2012）認為「二等有個前低的主要元音，這個前低元音使得喉牙音聲母向前移」。筆者同意這一觀點，因為匣母開口二等*〔ɦ〕＞〔ç〕，聲母前化，極可能是前元音的影響。

對匣母例外字的解釋：

匣母有 10 個例外字，其中 3 個字讀〔tç〕：艦〔tçiɛ̃¹〕、械〔tçie⁵〕、莖〔tçiŋ¹〕，1 個字讀〔tçʰ〕：洽〔tçʰia¹〕，3 個字讀〔k〕：缸〔kaŋ¹〕、汞〔koŋ³〕、棍〔kuəŋ⁵〕，1 個字讀〔kʰ〕：潰崩~〔kʰuei¹〕，1 個字讀〔g〕：潰~膿〔guei²〕，1 個字讀〔ø〕：橫又,~對,蠻不講理〔uaŋ¹〕。

需要說明的是，這 10 個例外字中，讀〔tç〕和〔tçʰ〕的字均為開口二等字，讀〔k〕和〔kʰ〕的字多為合口一等字（「缸」是例外，為開口二等字）。匣母例外字中的開口二等字多數前化讀〔tç〕和〔tçʰ〕，其道理也是一樣的，「二等有個前低的主要元音，這個前低元音使得喉牙音聲母向前移」。

（1）〔tç〕：艦〔tçiɛ̃¹〕、械〔tçie⁵〕、莖〔tçiŋ¹〕

《廣韻》中「艦」為：咸開二上銜韻匣母，「胡黤切」，禦敵船四方施板以御矢如牢。杭州話（筆者）音〔tçiĩ¹〕，上饒市區話音〔tçiɛ̃¹〕，普通話音〔tçiɛn⁵〕。四種話讀音大致相同。不過該字在普通話中也屬例外，按規律普通話匣母開口二等為〔ç〕聲母，而今卻讀為〔tç〕聲母。《語言自邇集》附錄《北京話字音表》中「艦」有兩個讀音：一為〔çiɛn⁵〕，一為〔tçiɛn⁵〕。可見在 1886 年的北京話中「艦」還是有符合規律的讀音的。只是可能在後來出版的字典中漸漸取消了〔çiɛn⁵〕的讀音，而只保留了〔tçiɛn⁵〕的讀音。其原因可能是讀半邊字的結果，因為無論是簡體的「舰」還是繁體的「艦」，其聲旁（「见」、「監」）都讀〔tçiɛn⁵〕，「艦」可能是受到了聲符的影響。

《廣韻》中「械」為：蟹開二去皆韻匣母，「胡介切」，器械，又杻械。杭州話（筆者）音〔tçiɛ¹〕，上饒市區話音〔ɣæ⁶〕，普通話音〔çie⁵〕。從聲母來看，該字可能受到了杭州話的影響。不過也可能是發音人讀半邊的結果，其聲符「戒」為見母去聲開口二等，讀為〔tçie⁵〕，「械」可能是受了聲符的影響。

《廣韻》中「莖」有兩個音韻地位：①梗開二平耕韻匣母，「戶耕切」，草木幹也；②梗開二平耕韻影母，「烏莖切」，爾雅釋草云：姚莖塗薺。杭州

話（游）音〔tɕin¹〕，上饒市區話音〔tɕiĩ¹〕，普通話音〔tɕiŋ¹〕。從讀音來看，四種話「莖」的聲母讀音大致相同。不過與「艦」一樣，普通話的「莖」按規律也當讀〔ɕ〕聲母，而今卻讀〔tɕ〕聲母，屬於例外。《語言自邇集》附錄《北京話字音表》中「莖」也只有一個讀音〔tɕiŋ¹〕。可見，至少在 1886 年以前，該例外音變就已經發生。不過以「巠」爲聲旁的「經勁頸徑」（見母開口三四等）皆讀〔tɕ〕聲母，「莖」可能受了這些同聲旁字的影響也讀入了見母。

（2）〔tɕʰ〕：洽〔tɕʰia¹〕

《廣韻》中「洽」爲：咸開二入洽韻匣母，「侯夾切」，和也，合也，沾也。杭州話（游）音〔tɕʰiʌʔ⁷〕，上饒市區話音〔ɣaʔ⁸〕，普通話音〔tɕʰia⁵〕。從聲母來看，該字可能受到了杭州話或普通話的影響。與「艦、莖」類似，「洽」在普通話中按規律當讀〔ɕ〕聲母，而今卻讀〔tɕʰ〕聲母，屬於例外。《語言自邇集》附錄《北京話字音表》中「洽」有兩讀：一爲〔tɕʰia⁵〕，一爲〔ɕia³〕。可見在 19 世紀末的北京話中「洽」仍保留著規律讀音〔ɕia³〕，只是後來這一規律讀音被淘汰了，只保留了例外讀音。現在「洽」的例外讀音〔tɕʰia⁵〕可能來自北京話的口語音。

（3）〔k〕：缸〔kaŋ¹〕、汞〔koŋ³〕、棍〔kuəŋ⁵〕

《廣韻》中「缸」爲：江開二平江韻匣母，「下江切」，甖缸。杭州話音〔kʌŋ¹〕，上饒市區話音〔kã¹〕，普通話音〔kaŋ¹〕。四種話中「缸」的讀音大致一樣。普通話中，「缸」按規律亦應讀〔ɕ〕聲母，卻讀入了〔k〕聲母，屬於例外。《語言自邇集》附錄《北京話字音表》中「缸」亦音〔kaŋ¹〕。可見該字例外早已存在。至於何時發生了音變例外，筆者也無從知曉。

《廣韻》中「汞」爲：通合一上東韻匣母，「胡孔切」，水銀滓。杭州話（游）音〔koŋ³〕，上饒市區話（筆者）音〔koŋ³〕，普通話音〔koŋ³〕。四種話中「汞」的讀音一致。普通話中「汞」也是例外，按規律應讀〔h〕聲母，卻讀爲〔k〕聲母。《語言自邇集》附錄《北京話字音表》中「汞」音〔hoŋ⁵〕，是合規律讀音。可見〔koŋ³〕音是後起的。其原因可能是讀半邊的結果。郭力、田範芬、鍾明立等諸位專家都曾對「汞」有過討論，大致都認爲「汞」的例外讀音是緣於聲符「工」的影響。

《廣韻》中「棍」爲：臻合一上魂韻匣母，「胡本切」，木名。杭州話（游）

音〔kuən⁵〕，上饒市區話音〔kuĩ⁵〕，普通話音〔kuən⁵〕。四種話中「棍」的聲母讀音一致。同樣，普通話中「棍」也是例外，按規律應讀〔h〕聲母，卻讀為〔k〕聲母。《語言自邇集》附錄《北京話字音表》中「棍」音〔kuən⁵〕，可見該字早已發生例外音變，至於例外音變發生在何時，筆者也無從查證。

（4）〔kʰ〕：潰崩~〔kʰuei¹〕；〔g〕：潰~膿〔guei²〕

《廣韻》中「潰」為：蟹合一去灰韻匣母，「胡對切」，逃散，又亂也。杭州話（游）音〔guei⁶〕，上饒市區話（筆者）音〔kʰui¹〕，普通話音〔kʰuei⁵〕。上饒鐵路話的「潰」有兩讀，〔guei²〕可能是受了杭州話的影響，〔kʰuei¹〕則可能是受了普通話的影響。「潰」在普通話中也是例外，按規律當讀〔h〕聲母，卻讀為〔kʰ〕聲母。《語言自邇集》附錄《北京話字音表》中「潰」音〔huei⁵〕，可見19世紀末「潰」仍為規律讀音，其例外讀音〔kʰuei⁵〕為晚近產生的例外。「潰」可能是受了同聲符的「匱簣饋賣」等字的影響，也讀為了〔kʰuei⁵〕。

（5）〔ø〕：橫又，~對，蠻不講理〔uaŋ¹〕

上饒鐵路話「橫」有兩個讀音：一音〔ɦɘŋ²〕，一音〔uaŋ¹〕，前者是合規律讀音，後者為例外讀音。

《廣韻》中「橫」有三個音韻地位：①宕合一平唐韻見母，「古黃切」，長安門名，又戶觥切；②梗合二平庚韻匣母，「戶盲切」，縱橫也；③梗合二去庚韻匣母，「戶孟切」，非理來，又音宏。杭州方言詞典「橫」音〔ɦuaŋ⁶〕，上饒市區話「橫」有兩讀，一音〔uẼ⁴〕，一音〔uẼ⁶〕，普通話也有兩讀，一音〔hɘŋ²〕，一音〔hɘŋ⁵〕。該字例外明顯源於杭州話。

4.5 牙 音

見母。見母有263個字：125個字讀〔k〕，占47.5%；129個字讀〔tɕ〕，占49.0%。另有9個例外字。

〔k〕：估〔ku¹〕、雇〔ku⁵〕、歌〔ko¹〕、高〔kɔ¹〕、該〔kɛ¹〕、瓜〔kua¹〕、給〔kei³〕、規〔kuei¹〕、勾〔kɤɯ¹〕、夠〔kɤɯ⁵〕、間量詞，一~〔kẼ¹〕、官攢〔kuẼ¹〕、更〔kɘŋ¹〕、滾〔kuəŋ³〕、剛〔kaŋ¹〕、光〔kuaŋ¹〕、共〔koŋ¹〕、隔〔kəʔ⁷〕……

〔tɕ〕：機〔tɕi¹〕、加〔tɕia¹〕、解~開〔tɕie³〕、酵交〔tɕiɔ¹〕、糾〔tɕiɤɯ¹〕、間名詞詞肩〔tɕiẼ¹〕、減〔tɕiẼ³〕、絹〔tɕyẼ¹〕、今〔tɕin¹〕、僵降〔tɕiaŋ¹〕、均〔tɕyn¹〕、

界揭〔tɕiəʔ⁷〕……

見母的演變規律分列如下：

見母合口三等　＊〔k〕＞〔k〕／＿＿止攝

＞〔tɕ〕／＿＿其它

見母開口三等　＊〔k〕＞〔k〕／＿＿通攝

＞〔tɕ〕／＿＿其它

見母四等　＊〔k〕＞〔tɕ〕

例外字：桂〔kuei⁵〕。

見母一等、二等合口　＊〔k〕＞〔k〕

例外字：閘〔tɕiəʔ⁷〕。

見母二等開口　＊〔k〕＞〔k〕／＿＿梗江攝

＞〔tɕ〕／＿＿其它

例外字：間量詞，一～〔kɛ̃¹〕、講〔tɕiaŋ³〕。

綜合以上各條演變規律，現將見母的演變規律歸納如下：

＊〔k〕＞〔k〕／＿＿一等、二等合口及開口梗江攝、三等合口止攝

及開口通攝

＞〔tɕ〕／＿＿其它〔註6〕

上面的演變規律歸納起來仍顯雜亂，或可粗線條概括如下：

＊〔k〕＞〔k〕／＿＿一等、二等合口

＞〔tɕ〕／＿＿其它〔註7〕

對見母演變規律的解釋：

見母一等讀〔k〕很容易理解，因為一等主元音最低、最開，但「閘〔tɕiəʔ⁷〕」字例外。「閘」可能是發音人讀半邊的結果，其聲符「甲」為見母開口二等，上饒鐵路話中讀〔tɕiəʔ⁷〕。

見母二等合口讀〔k〕可能是介音 u 的緣故。

見母二等開口多數讀字已經齶化讀〔tɕ〕，大概也是因為「二等有個前低的

〔註6〕這裏的「其它」指見母二等開口（梗江攝除外）、三等合口（止攝除外）、三等開口（通攝除外）、四等。

〔註7〕這裏的「其它」指見母二等開口、三等、四等多數字。

主元音」，獨梗、江兩攝未變，不知緣由。「間量詞，一~〔kɛ̃¹〕、講〔tɕiaŋ³〕」二字是例外字，「講」字可能是受了普通話的影響。「間」字有兩讀，作量詞讀〔kɛ̃¹〕，作名詞讀〔tɕiɛ̃¹〕。「間」杭州話音〔tɕiĩ¹〕，上饒市區話音〔kã¹〕，普通話一音〔tɕiɛn¹〕，一音〔tɕiɛn⁵〕，可見上饒鐵路話作量詞的「間」是緣於上饒市區話。

見母合口三等多數字齶化為〔tɕ〕，獨止攝未變，原因是這些止攝字今多讀為〔uei〕韻母，有了介音 u 的存在，自然就不易發生前齶化。

見母開口三等多數字亦齶化為〔tɕ〕，獨通攝未變，原因是這些通攝字今皆讀為〔oŋ〕韻母，具備了合口呼的性質，自然也不易發生前齶化。

見母四等讀〔tɕ〕是由於四等主元音前、高的性質。獨「桂」字例外，該字為合口四等字，潘悟雲擬音為＊〔kʷei〕，可能是合口介音的存在，使得該字聲母未發生前齶化。

對見母例外字的解釋：

見母例外字有 9 個，其中 4 個字讀〔kʰ〕：會~計〔kʰuɛ⁵〕、愧〔kʰuei¹〕、昆〔kʰuən¹〕、礦〔kʰuaŋ¹〕，1 個字讀〔tsʰ〕：串〔tsʰuɛ̃⁵〕，2 個字讀〔tɕʰ〕：箕〔tɕʰi¹〕、吃〔tɕʰiəʔ⁷〕，1 個字讀〔ɕ〕：酵又〔ɕio¹〕，1 個字讀〔h〕：恍〔huaŋ³〕。

（1）〔kʰ〕：會~計〔kʰuɛ⁵〕、愧〔kʰuei¹〕、昆〔kʰuən¹〕、礦〔kʰuaŋ¹〕

《廣韻》中「會」有兩個音韻地位：①蟹合一去泰韻匣母，「黃外切」；②蟹合一去泰韻見母，「古外切」。「會~計」杭州話（游）音〔kuei⁵〕，上饒市區話音〔kʰuæ⁵〕，普通話音〔kʰuai⁵〕。另據王力《漢語語音史》（2012：708）：「會~計」隋唐音為〔kuai〕，現北京、漢口、蘇州、梅縣、廣州聲母皆為〔kʰ〕，獨廈門、福州仍為〔k〕。據鍾明立（2008：19）研究，由「會」得聲的「古外切」的字（如「儈膾澮鄶獪」）蓋受另一些同聲符的字如「噲」（苦夬切）的感染，變讀為溪紐送氣，現皆音〔kʰuai⁵〕，而「劊檜」二字易使人聯想到其貶義（如劊子手、秦檜）仍讀見紐，現音〔kuei⁵〕。這些字的聲符「會」大概也隨著其中的多數字變讀為溪紐送氣了。

《廣韻》中「愧」為：止合重三去脂韻見母，「俱位切」，同媿。杭州話（游）音〔kʰuei⁵〕，上饒市區話音〔kʰui⁵〕，普通話音〔kʰuei⁵〕。四種話「愧」的聲母讀音一致。《語言自邇集》附錄《北京話字音表》「愧」有兩讀，一音〔kuei⁵〕，一音〔kʰuei⁵〕，前者為規律讀音，後者為例外讀音，現在普通話只保留了後者。

據鍾明立（2008：21-22）研究，「愧」大概是受了同聲符字「魁傀」（此二字皆爲溪母）等讀音的感染，變爲送氣。

《廣韻》中「昆」爲：臻合一平魂韻見母，「古渾切」，崑崙山名。杭州話（錢）音〔kʰuən¹〕，上饒市區話音〔kʰuĩ¹〕，普通話〔kʰuen¹〕。四地皆爲送氣。在王力的《漢語語音史》（2012：708）中「昆」字在北京、漢口、蘇州、梅縣、廣州五地亦讀送氣塞音〔kʰ〕。據鍾明立（2008：19-20）考證，「昆」字讀送氣塞音的例外產生於18世紀明代後期，金尼閣《西儒耳目資》列音韻譜「第四十八攝 uen 三字孫母之二十一」下，昆組字有〔kuen¹〕、〔kʰuen¹〕兩讀。另據本人查證，1886 年出版的《語言自邇集》附錄《北京話字音表》中「昆」仍有〔kuen¹〕、〔kʰuen¹〕兩讀。只是現在普通話只保留了例外讀音〔kʰuen¹〕，而淘汰了規律讀音〔kuen¹〕。

《廣韻》中「礦」爲：梗合二上庚韻見母，「古猛切」，金璞也。杭州話（錢）音〔kʰuʌŋ⁵〕，上饒市區話音〔kʰuã⁵〕，普通話音〔kʰuaŋ⁵〕。四種話中聲母皆爲送氣。李榮（1965：122）將「礦」歸因於字形的影響：這字照例應該讀 gǒng，據老輩說，四五十年前，不單讀書讀 gǒng，連拉洋片的也說「非洲開金礦（gǒng）」。「礦」字現在無論說話讀書，一般都讀如「曠」kuàng，只有年長的人才知道有 gǒng 的音。據鍾明立（2008：20-21）考證，20 世紀前期，「礦」字蓋受同聲符字「曠壙纊」（按：此三字皆爲溪母）等讀音的感染，增加一個讀溪紐去聲的讀音，與原有的見紐上聲讀音形成異讀。另據筆者查證，《語言自邇集》附錄《北京話字音表》中「礦」只有〔koŋ³〕，這說明至少在 19 世紀末，「礦」的讀音還未發生變化，這也從另一方面說明「鍾明立考證『礦』字的例外音變發生在 20 世紀前期」是較爲可信的。

（2）〔tsʰ〕：串〔tsʰuɛ̃⁵〕

《廣韻》中「串」爲：山合二去刪韻見母，「古患切」，穿也，習也。杭州話（游）音〔tsʰɣõ¹〕，上饒市區話（筆者）音〔tsʰuã¹〕，普通話音〔tʂʰuɛn⁵〕。四種話讀音大致一樣。《正韻》：「串，樞絹切，音釧。物相連貫也。**與穿讀去聲通。穿**，亦作串。又五換切，音玩。義同。」可見，明代「串」就已讀爲「樞絹切，音釧」，「樞」和「釧」皆爲昌母，現普通話的昌母讀爲〔tʂʰ〕，上饒鐵路話昌母讀爲〔tsʰ〕，這樣現在「串」在這些話中讀爲送氣塞擦音也就不奇怪了。

（3）〔tɕʰ〕：箕〔tɕʰi¹〕、吃〔tɕʰiəʔ⁷〕

《廣韻》中「箕」爲：止開三平之韻見母，「居之切」，箕帚也。杭州話和上饒市區話（筆者）音〔tɕi¹〕，普通話音〔tɕi¹〕。從語言接觸的角度似乎無法對這一例外字進行解釋。不過筆者發現清代段玉裁的《說文解字注》有一句「箕，渠之切或居之切」，若爲「居之切」，「居」爲見母合口三等，今普通話中當爲不送氣塞擦音〔tɕ〕，若爲「渠之切」，「渠」爲群母平聲，按規律今讀送氣塞擦音〔tɕʰ〕。《語言自邇集》附錄《北京話字音表》中「箕」更是只有〔tɕʰi²〕一種讀音，這說明古代「箕」的聲母可能是有送氣和不送氣兩讀的。

《廣韻》中「吃」爲：臻開三入迄韻見母，「居乞切」，語難，漢書曰：司馬相如吃而善著書也。杭州話（游）音〔tɕʰyoʔ⁷〕，上饒市區話音〔tɕʰiɪʔ⁷〕，普通話音〔tʂʰʅ¹〕。上饒鐵路話的「吃」與杭州話和上饒市區話一致。這一例外其實是字形的影響，據陶寰告知，吳語的「吃」一般寫作「喫」，一般調查時，發音人並不知道他們「吃」就是「喫」，於是便把二字讀爲同音了，「喫」爲溪母開口四等字，按上饒鐵路話音變規律，溪母四等讀〔tɕʰ〕聲母，「吃」自然也隨「喫」讀爲了〔tɕʰ〕聲母。更有趣的是，《語言自邇集》附錄《北京話字音表》中「吃」就記有三種讀音：一音〔tʂʰʅ¹〕，一音〔tɕʰi¹〕，一音〔tɕi¹〕。只不過後來的普通話中只保留了第一種讀音。

（4）〔ɕ〕：酵又〔ɕio¹〕。

上饒鐵路話中「酵」有兩讀，一音〔tɕio¹〕，一音〔ɕio¹〕。前者是規律讀音，後者是例外讀音。

《廣韻》中「酵」爲：效開二去肴韻見母，「古孝切」，酒酵。杭州話的「酵」，游汝傑記音爲〔ɕio⁵〕，錢乃榮記音爲〔tɕio⁵〕，上饒市區話「酵」音〔xɑo⁵〕，普通話音〔tɕiɑu⁵〕。上饒鐵路話的「酵」可能受了杭州話或者普通話的影響。普通話的「酵〔tɕiɑu⁵〕」是合規律讀音，但亦有些人將「酵」讀爲〔ɕiɑu⁵〕，李榮（1965：122）將此歸因於字形的影響：「酵」字和「教」同音，北京一帶「酵」字多見於書面，如「發酵、酵母菌」之類，因此有些人就依偏旁讀「孝」xiào。錢、游兩位對杭州話「酵」字的記音也不盡相同，可見該字讀半邊的情況還是很常見的。

（5）〔h〕：恍〔huaŋ³〕

《廣韻》中「恍」爲：宕合一平唐韻見母，「古黃切」，武也。杭州話音〔huAŋ³〕，上饒市區話皆音〔xuã³〕，普通話音〔xuaŋ³〕。「恍」字常見於書面語，故受普通話影響的機率較大。「恍」字在普通話中也是例外字，按規律，「恍」當讀〔k〕聲母，今卻讀〔x〕聲母。《集韻》《韻會》：「恍，虎晃切。與慌怳同。」可見中古時「恍」就有喉音（虎晃切）和牙音（古黃切）兩讀了。只是後來只保留了喉音（虎晃切）的讀法。19 世紀末的《語言自邇集》附錄《北京話字音表》中「恍」就已經只剩下〔xuaŋ³〕一種讀法了。

溪母。溪母有 100 個字：57 個字讀〔kʰ〕，占 57%；40 個字讀〔tɕʰ〕，占 40%。另有 3 個例外字。

〔kʰ〕：苦〔kʰu³〕、枯〔kʰu¹〕、科〔kʰo¹〕、掐〔kʰa¹〕、誇〔kʰua¹〕、敲又〔kʰɔ¹〕、楷開〔kʰɛ¹〕、筷〔kʰuɛ⁵〕、魁〔kʰuei¹〕、口〔kʰɤɯ³〕、看〔kʰɛ̃¹〕、寬〔kʰuɛ̃¹〕、坑〔kʰəŋ¹〕、坤〔kʰuəŋ¹〕、空〔kʰoŋ¹〕、康〔kʰaŋ¹〕、抗〔kʰaŋ⁵〕、筐〔kʰuaŋ¹〕、客〔kʰəʔ⁷〕……

〔tɕʰ〕：器〔tɕʰi¹〕、區〔tɕʰy¹〕、敲又〔tɕʰiɔ¹〕、丘〔tɕʰiɤɯ¹〕、纖愆〔tɕʰiɛ̃¹〕、勸〔tɕʰyɛ̃⁵〕、慶〔tɕʰiŋ¹〕、欽〔tɕʰiŋ¹〕、腔〔tɕʰiaŋ¹〕、恰〔tɕʰiəʔ⁷〕……

溪母演變規律：

　　*〔kʰ〕＞〔kʰ〕／＿＿一等、二等、三等宕通攝

　　　　　　＞〔tɕʰ〕／＿＿其它

　　例外：敲又〔kʰɔ¹〕、巧〔tɕʰiɔ³〕、腔〔tɕʰiaŋ¹〕、恰〔tɕʰiəʔ⁷〕。

對溪母演變規律的解釋：

溪母一等讀〔kʰ〕聲母，原因仍是一等主元音最低最開。

溪母二等讀〔kʰ〕聲母，其中開口二等多數字亦讀〔kʰ〕聲母，這一點與匣母、見母不同，匣母、見母的開口二等多數已齶化，分別讀入〔ɕ〕、〔tɕ〕兩母。不知道是溪母的送氣性質阻滯了其開口二等的齶化，還是其它原因。不過溪母開口二等仍有少數字發生了齶化：巧〔tɕʰiɔ³〕、腔〔tɕʰiaŋ¹〕、恰〔tɕʰiəʔ⁷〕。

溪母三等除宕通兩攝外皆讀〔tɕʰ〕聲母。溪母三等宕、通兩攝字爲：筐〔kʰuaŋ¹〕、框〔kʰuaŋ¹〕、恐〔kʰoŋ³〕。這些字今皆爲合口呼或者說帶有合口呼的性質，故而未發生齶化。

溪母四等讀〔tɕʰ〕聲母，獨「敲〔kʰɔ¹〕」字例外。「敲」在上饒鐵路話中有兩讀，一音〔tɕʰiɔ¹〕，一音〔kʰɔ¹〕。杭州話（錢）「敲」亦有兩讀，一音〔tɕʰiɔ¹〕，一音〔kʰɔ¹〕，上饒市區話音〔kʰɑo¹〕，普通話音〔tɕʰiɑo¹〕。王力的《漢語語音史》（2012：706）認爲「敲」字聲母讀〔kʰ〕爲白讀，讀〔tɕʰ〕爲文讀：敲，蘇州白話〔kʰæ〕，文言〔tɕʰiæ〕；揚州白話〔kʰɔ〕，文言〔tɕʰiɔ¹〕；漢口白話〔kʰau〕，文言〔tɕʰiau〕。可能上饒鐵路話和杭州話的「敲」也是同樣的情況。

對溪母例外字的解釋：

溪母例外字有 3 個，其中 2 個字讀〔k〕：跤〔kɔ¹〕、奎〔kuei¹〕，1 個字讀〔h〕：恢〔huei¹〕。

（1）〔k〕：跤〔kɔ¹〕、奎〔kuei¹〕

《廣韻》中「跤」爲：效開二平肴韻溪母，「口交切」，脛骨近足細處。杭州話（筆者）音〔kɔ¹〕，上饒市區話（筆者）音〔kao¹〕，普通話音〔tɕiau¹〕。該字可能是受到了杭州話或者上饒市區話的影響。該字按規律當讀送氣，在普通話中也爲例外字，可能受到了其聲符「交」的影響。

《廣韻》中「奎」爲：蟹合四平齊韻溪母，「苦圭切」，星名。杭州話（游）音〔kʰueɪ¹〕，上饒市區話音〔kʰui¹〕，普通話音〔kʰuei²〕。幾乎可以排除語言接觸的影響。「奎」可能是受了與其同聲符的「桂」字的影響而讀入了見母。

（2）〔h〕：恢〔huei¹〕

《廣韻》中「恢」爲：蟹合一平灰韻溪母，「苦回切」，大也。杭州話（游）間〔hueɪ¹〕，上饒市區話音〔xui¹〕，普通話音〔xuei¹〕。由於〔h〕和〔x〕的發音位置較近（前者在喉部，後者在軟齶），音質差別不大，故而上饒鐵路話的「恢」受三種話影響的可能性都有。「恢」在普通話中也是例外，按規律當讀〔kʰ〕聲母，今卻讀爲〔x〕聲母。《語言自邇集》附錄《北京話字音表》「恢」有兩讀，一音〔kʰuei²〕，一音〔xuei¹〕。可見 19 世紀末的北京話中還是保留著讀〔kʰ〕的規律讀音的，只是當時讀〔x〕的例外已經產生了，在後來的語言發展中，人們漸漸淘汰了規律讀音〔kʰuei²〕，而只保留了例外讀音〔xuei¹〕。究其原因，可能是人們讀半邊的結果，「恢」的聲符「灰」爲曉母合口一等，按規律當讀〔x〕，大概「恢」也隨其聲符「灰」讀入了曉母。

群母。群母有 72 個字：46 個字讀〔dʑ〕，占 63.9%；17 個字讀〔tɕ〕，占 23.6%；

5 個字讀〔g〕，占 6.9%。另有 4 個例外字。

〔dʑ〕：技妓〔dʑi²〕、茄~子〔dʑie²〕、強〔dʑiaŋ²〕、橋喬蕎〔dʑio²〕、件乾〔dʑiẽ²〕、及〔dʑiəʔ⁸〕、臼〔dʑiɤɯ²〕、琴〔dʑiŋ²〕、瓊〔dʑioŋ²〕、劇〔dʑy²〕、權〔dʑyɛ̃²〕、裙〔dʑyn²〕……

〔tɕ〕：忌〔tɕi¹〕、咎〔tɕiɤɯ¹〕、儉〔tɕiɛ̃³〕、傑〔tɕiəʔ⁷〕、競〔tɕiŋ¹〕、莒〔tɕy¹〕、卷〔tɕyɛ̃³〕……

〔g〕：葵〔guei²〕、櫃〔guei²〕、跪逵〔guei²〕、狂〔guaŋ²〕。

群母演變規律：

　　* 〔g〕＞〔g〕／＿＿＿合口三等止宕攝

　　　　　＞〔dʑ〕或〔tɕ〕／＿＿＿其它

對群母演變規律的解釋：

群母只有三等字。合口三等止、宕兩攝未變，可能是由於合口介音 u 的存在，阻止了群母的齶化。

對群母例外字的解釋：

群母例外字有 4 個，其中 2 個字讀〔tɕʰ〕：祈〔tɕʰi³〕、歧〔tɕʰi¹〕，1 個字讀〔dʑ〕：仇報~〔dʑɤɯ²〕，1 個字讀〔k〕：拐~杖〔kuɛ³〕。

（1）〔tɕʰ〕：祈〔tɕʰi³〕、歧〔tɕʰi¹〕

《廣韻》中「祈」為：止開三平微韻群母，「渠希切」，求也，報也，告也。杭州話和上饒市區話（筆者）音〔tɕʰi¹〕，普通話音〔tɕʰi²〕。四者讀音大致一樣。

《廣韻》中「歧」為：止開重四平支韻群母，「巨支切」，歧路。杭州話和上饒鐵路話（筆者）音〔tɕi¹〕，普通話音〔tɕʰi²〕。該字可能是受了普通話的影響。

（2）〔dʑ〕：仇報~〔dʑɤɯ²〕。

《廣韻》中「仇」為：流開三平尤韻群母，「巨鳩切」，讎也。杭州話音〔dʑei²〕，上饒鐵路話音〔dʑiu²〕，普通話有兩讀，一音〔tʂʰou²〕，一音〔tɕʰiou²〕（作「姓」）。從聲母來看，可能是受了杭州話的影響。

（3）〔k〕：拐~杖〔kuɛ³〕。

《廣韻》中「拐」為：蟹合二上佳韻群母，「求蟹切」，手腳之物枝也。杭州話音〔kuɛ³〕，上饒鐵路話音〔kuæ³〕，普通話音〔kuai³〕。四話話中聲母讀音

一致。該字可能是語言接觸導致，也可能是聲母濁音清化所致。

疑母。疑母有 86 個字：49 個字讀〔ɦ〕，占 55.7%；28 個字讀〔ø〕，占 31.8%；10 個字讀〔ŋ〕，占 11.4%；8 個字讀〔ɲ〕，占 9.1%。另有 1 個例外字。

〔ɦ〕：愚〔ɦy²〕、吳〔ɦu²〕、宜〔ɦi²〕、牙〔ɦia²〕、堯〔ɦiɔ²〕、外〔ɦsuɛ²〕、危〔ɦuei²〕、岸〔ɦĩɛ̃²〕、頑〔ɦuɛ̃²〕、岩〔ɦiɛ̃²〕、原〔ɦyɛ̃²〕、吟〔ɦiŋ²〕、昂文〔ɦiaŋ²〕、業〔ɦiəʔ⁸〕……

〔ø〕：五〔u³〕、語〔y³〕、礙〔ɛ⁵〕、藕〔ɤɯ³〕、雅〔ia³〕、瓦〔ua³〕、魏〔uei³〕、眼〔iɛ̃³〕、仰〔iaŋ³〕、齶〔əʔ⁷〕……

〔ŋ〕：鵝〔ŋo²〕、俄〔ŋo²〕、餓〔ŋo²〕、蛾〔ŋo²〕、我〔ŋo³〕、熬〔ŋɔ²〕、傲〔ŋɔ²〕、偶〔ŋəɯ³〕、硬〔ŋəŋ²〕、額~頭〔ŋəʔ⁸〕。

〔ɲ〕：疑又〔ɲi²〕、逆〔ɲi²〕、牛〔ɲiɤɯ²〕、硯〔ɲiɛ̃²〕、研〔ɲiɛ̃³〕、昂白〔ɲiaŋ²〕、凝〔ɲiŋ²〕、孽〔ɲiəʔ⁸〕。

中古音疑母是個中舌軟齶鼻濁音﹡〔ŋ〕。上饒鐵路話疑母的演變比較雜亂，〔ŋ〕母主要分佈在疑母開口一二等，現在上饒鐵路話中為洪音；〔ɲ〕母主要分佈在開口三四等，現在上饒鐵路話中為細音；〔ɦ〕母和〔ø〕母則在一二三四等中均有分佈。

對疑母例外字的解釋：

疑母只有一個例外字：僥〔tɕiɔ¹〕。

《廣韻》中「僥」為：效開四平蕭韻疑母，「五聊切」，僬僥，國名，人長一尺五寸，一雲三尺。杭州話（游）音〔tɕiɔ³〕，上饒市區話音〔tɕiao³〕，普通話有兩讀，一音〔tɕiau³〕，一音〔iau²〕（「僬僥」，指古代傳說中的矮人）。該字在普通話中也為例外。《集韻》：「僥，吉了切，音矯。僥倖，求利不止貌。」可見，中古時「僥」就有了又音「吉了切」，讀入了見母。

4.6 上饒鐵路話聲母規律小結

4.6.1 銳 音

端 系

端組三母變化不大，多數仍讀舌頭音。端組今為聲母〔t〕、〔tʰ〕、〔d〕。

泥組各母的變化也不大，泥娘母今爲鼻音〔n〕、〔ȵ〕，來母仍爲邊音〔l〕。

精組沒有二等字，精組一等、三等止攝及多數合口三等字保持不變，其餘（四等字和止攝除外的開口三等字）多齶化。精組洪音今爲聲母〔ts〕、〔tsʰ〕、〔dz〕、〔s〕，精組細音今爲聲母〔tɕ〕、〔tɕʰ〕、〔dʑ〕、〔ɕ〕。

知系

知組與精組洪音合流，今爲聲母〔ts〕、〔tsʰ〕、〔dz〕。

莊組亦與精組洪音合流，今爲聲母〔ts〕、〔tsʰ〕、〔dz〕、〔s〕。

章組多數聲母亦與精組洪音合流，今爲聲母〔ts〕、〔tsʰ〕、〔dz〕、〔s〕，不過日母與來母合流，讀〔l〕。

總之，知系大多併入精組洪音。

4.6.2　鈍　音

見　系

見組：除疑母外，見組一等、二等合口及二等開口和三等止、宕、江、梗、通等攝的字保持不變，其餘（多爲開口二等、三等和四等字，但前述幾攝除外）皆齶化。除疑母外，見組洪音今讀聲母〔k〕、〔kʰ〕、〔g〕，見組細音今讀聲母〔tɕ〕、〔tɕʰ〕、〔dʑ〕。疑母較複雜，今讀〔ɦ〕、〔ø〕、〔ŋ〕、〔ȵ〕四個聲母。

影組：影母字今多弱化爲零聲母；曉母一等字、二等字、合口三等止攝字保持不變，仍讀〔h〕，其餘皆齶化爲〔ɕ〕；匣母多數開口一等（果、遇、宕、通四攝除外）讀〔h〕，開口二等、四等齶化讀〔ɕ〕，其餘（合口一二等及開口一等果、遇、宕、通四攝）讀〔ɦ〕。

喻組只有雲、以兩母，今爲聲母〔ɦ〕、〔ø〕。

幫　系

幫組合口三等演變爲非組，另有少數開口三等字也演變爲非組（通常是止、流、通等攝字），其它各等字多數保持不變。幫組今爲聲母〔p〕、〔pʰ〕、〔b〕、〔m〕，非組今爲聲母〔f〕、〔ɦ〕、〔ø〕。

4.6.3　聲母的層次及其來源

上饒鐵路話聲母中，幫非組的分化、精見組的齶化，都可歸結爲自身的演變。可算得上層次的，應是全濁聲母的清化。全濁聲母的保留，應是上饒鐵路話所享有的吳語特徵；全濁聲母的清化，更多的是受到普通話的強勢影響。

除此之外，〔ɦ〕聲母的使用，也是吳語特有的一種標記方法。前面討論已經很多，在此不多作討論。

4.6.4　韻母對聲母演變的影響

上饒鐵路話中，止、宕、梗、通等攝常常造成聲母的分化演變，其中尤以止攝爲甚。鄭張尚芳的解釋是，止攝古爲前高元音，處在音變鏈的最頂端，在演變時要麼舌尖化，要麼裂化，這就常常會導致聲母隨之發生相應的演變。

4.7　例外字來源讀音綜合列表

上饒鐵路話聲母例外字來源讀音綜合列表詳見本文 6.4 節。此處不另列。

4.8　上饒鐵路話聲母統計表

表 11　上饒鐵路話聲母統計表

	b	p	pʰ	m	f	d	t	tʰ	n	ŋ	ȵ	l	ʥ	ts	tsʰ	s	ʥ	tɕ	tɕʰ	ɕ	g	k	kʰ	h	ɦ	∅
幫	2	98	3	2	32																					
滂		1	46		24																					
並	81	3	1		37																					
明			1	121																					17	9
端						3	70			1																
透						2		60																		
定						118	2	2																		
泥娘									23		19	6	1													
知								1					1	43												
徹													1		11											
澄													46	11	7											
精													1	48				40								
清															38				28							
從													1	31	4		21	6	1							

心									1	1	54		61						
邪								3		14	2		26						
章								2	77	1									
昌									25										
船								3		15									
書								1		3	55								
禪							1	19	1		33								
莊									24	1									
初									1	25									
崇								15		3									
生							1			1	54								
俟																			
影					6							1						107
曉												41			1		37	1	1
匣										3	1	39	1	3	1	35	61	1
雲											2					34	10
以							2				1	1					61	31
來							180											
日						2	35									3	3
見									1		129	2	1	125		4	1	
溪											40			2		57	1	
群								1		46	17	2		5		1		
疑					10	8					1					49	28

第五章　上饒鐵路話韻母及
其音變例外 〔註1〕

5.1　上饒鐵路話的入聲舒化與舒聲促化

5.1.1　入聲舒化與舒聲促化的定義及其相關研究

　　中古音有平上去入四聲，平上去爲舒聲，入聲收塞音尾，又名促聲。一個漢字由入聲讀爲舒聲，就稱之爲入聲舒化；反之，一個漢字由舒聲讀爲入聲，則稱之爲舒聲促化。

　　由於現代漢語普通話的強勢推廣，入聲舒化是漢語方言演變的總趨勢，而舒聲促化則是漢語方言演變的特殊現象，其與漢語方言演變的主流是相悖的。不過越是特殊的現象，就越有研究的意義和價值，前人也因此更關注漢語方言的舒聲促化現象。

　　鄭張尚芳（2012：105-119）對舒促互變現象曾有專門的敘述：「全國看來，入聲發展的總趨勢是逐步走向消亡，隨著不同塞尾的歸併、弱化、消失逐漸併入舒聲。官話是入聲變舒的先鋒。在官話強大的影響下，各方言有些促聲字轉化爲舒聲是不足爲奇的。但相反的，又有一些方言出現舒聲轉爲促聲的

────────────────

〔註1〕本章韻母部分的說明與第四章聲母說明同，此處不再贅述。

現象。這種現象以入聲帶ʔ尾的晉語、吳語、江淮話最爲發達。贛語、閩語次之。湘語及西南官話中有入聲的方言裏也有字例發現。」

賀巍（1996）將晉語的舒聲促化分爲七類：（1）作後綴；（2）作詞素；（3）作詞頭；（4）作代詞；（5）區別詞類或意義；（6）讀音與意義混用；（7）語音系統的制約。

邢向東（2000）以部分「舒聲促化字」（鼻臂譬秘蔗廁裕）爲例，通過現代方音和中古音、上古音的比較，並聯繫漢字諧聲關係，根據王力「上古漢語分長短入，長入在中古變爲去聲」的理論，認爲這些字是上古漢語長入字在現代方音中的遺留，而不是眞正的舒聲促化。

鄭丹（2012）也曾指出，司門前話中有一批舒聲字讀爲入聲調，這批具有「舒聲促化調」的字其實是小稱變調。

除了以上所介紹的研究者之外，漢語方言學界仍有大量專家學者在關注和研究漢語方言的入聲舒化和舒聲促化現象，並有相關的論文問世。不過由於這些研究大都未超出以上所列的範圍，故此不再一一贅述。

5.1.2 　上饒鐵路話的入聲舒化現象

在現代漢語普通話的強勢影響下，入聲舒化是漢語方言發展的總趨勢，上饒鐵路話也不例外。

據筆者調查，上饒鐵路話發音人方鳳麗（54 歲）有 32 個入聲舒化字，發音人黃斌（48 歲）有 56 個入聲舒化字。從年齡層級來看，年紀越小，入聲舒化越嚴重，這也從一個側面反映出官話對漢語方言的滲透越來越強。上饒鐵路話的入聲舒化在「咸深山臻宕江曾梗通」九攝中都有分佈。詳見下表：

表 12　上饒鐵路話入聲舒化詳表

韻攝	發音人方鳳麗（54 歲）		發音人黃斌（48 歲）	
	例　字	數量	例　字	數量
咸	拉〔la¹〕、霎〔sa¹〕、掐〔kʰa¹〕	3	炸〔tsa¹〕、掐〔kʰa¹〕、狹峽〔ʑia²〕、洽〔tɕʰia¹〕	5
深	給〔kei³〕	1	給〔kei³〕、習襲〔zi²〕、泣〔tɕʰi¹〕	4
山	帕〔pʰa¹〕、挖〔ua¹〕、撮〔tsʰo¹〕	3	撮〔tsʰo¹〕、挖〔ua¹〕、匹〔pʰi¹〕、必〔pi¹〕①	4

臻	乞〔tɕʰi¹〕、逸乙〔i¹〕、秩〔tsʰʅ¹〕、沒~有〔mei²〕	5	逸乙〔i¹〕、乞〔dʑi²〕、述〔su³〕、屈〔tɕʰy¹〕、鬱〔y¹〕。	6
宕	縛〔fu¹〕	1	縛〔fu¹〕、索〔so³〕、勺〔zɔ²〕	3
江	雹〔bɔ²〕、趵〔pɔ¹〕	2	雹〔pɔ¹〕	1
曾	翼〔i³〕、憶億抑〔ɦi²〕、勒〔lei¹〕、肋〔lei²〕	6	勒〔lei¹〕②、翼〔i³〕、憶億抑〔ɦi²〕、域〔y³〕	6
梗	逆〔n̠i²〕、劇〔dʑy²〕、疫役〔ɦi²〕、亦〔i¹〕、寂〔tɕi¹〕	6	逆〔n̠i²〕、劇〔dʑy²〕、疫役益〔ɦi²〕、亦譯〔i¹〕、寂〔tɕi¹〕、剔〔tʰi¹〕、溺〔n̠i²〕	10
通	俗粟〔zu²〕、旭〔ɕy¹〕、續〔ɕy³〕、欲〔ɦy²〕	5	谷〔ku³〕、督③篤〔tu¹〕、束〔su¹〕、屬蜀〔su³〕、辱〔lu³〕、褥〔lu²〕、酷〔kʰu³〕、旭續〔ɕy¹〕、曲〔tɕʰy³〕、玉欲〔ɦy²〕、獄〔y¹〕、鬱育〔y³〕	17
總計		32		56

注：①「必」有兩讀：〔pi¹〕（~須）；〔piəʔ⁷〕（未~）。

　　②「勒」有兩讀：〔lei¹〕（~死）；〔ləʔ⁷〕（~令退學）。

　　③「督」有兩讀：〔tu¹〕（總~）；〔tuəʔ⁷〕（~促）。

上表所列的入聲舒化字，依據韻母舒化路徑的不同可簡略列表歸納如下：

表13　上饒鐵路話各入聲韻舒化路徑列表

入聲韻	舒化路徑	例　字
〔əʔ〕	〔əʔ〕＞〔əi〕＞〔ei〕	勒〔lei¹〕、肋〔lei²〕
〔iəʔ〕	〔iəʔ〕＞〔i〕	乞〔tɕʰi¹〕、逸乙〔i¹〕、翼〔i³〕、憶億抑〔ɦi²〕、逆〔n̠i²〕、疫役〔ɦi²〕、亦〔i¹〕、寂〔tɕi¹〕
	〔iəʔ〕＞〔i〕＞〔ei〕	給〔kei³〕
	〔iəʔ〕＞〔i〕＞〔ʅ〕	秩〔tsʰʅ¹〕
〔uəʔ〕	〔uəʔ〕＞〔u〕	縛〔fu¹〕、俗粟〔zu²〕
	〔uəʔ〕＞〔əʔ〕＞〔əi〕＞〔ei〕	沒~有〔mei²〕
	〔uəʔ〕＞〔o〕	撮〔tsʰo¹〕
〔yəʔ〕	〔yəʔ〕＞〔y〕	劇〔dʑy²〕、旭〔ɕy¹〕、續〔ɕy³〕、欲〔ɦy²〕
〔aʔ〕	〔aʔ〕＞〔a〕	拉〔la¹〕、霎〔sa¹〕、揩〔kʰa¹〕、帕〔pʰa¹〕
〔uaʔ〕	〔uaʔ〕＞〔ua〕	挖〔ua¹〕
〔ɔʔ〕	〔ɔʔ〕＞〔ɔ〕	雹〔bɔ²〕、趵〔pɔ¹〕

注：上饒鐵路話二代發音人中無〔uaʔ〕、〔ɔʔ〕兩個入聲韻，此二韻一部分併入〔uəʔ〕、〔əʔ〕兩入聲韻，另一部分舒化併入〔ua〕、〔ɔ〕兩陰聲韻。

5.1.3　上饒鐵路話的舒聲促化

5.1.3.1　上饒鐵路話舒聲促化字舉例

據筆者調查，上饒鐵路話也存在舒聲促化現象，發音人方鳳麗（54 歲）促化字 27 個，發音人黃斌（48 歲）促化字 15 個，發音人劉紅（40 歲）促化字 8 個，且黃、劉二人的促化字都未超出方氏的促化字範圍。

從年齡層級上看，促化字數量呈階梯狀分佈，年齡越大，促化字數越多；年齡越小，促化字數越少。其原因可能是普通話的強勢推廣，使得一些促化字回歸到了舒聲字的大本營中。

現將三位發音人的促化字分列如下：

方：個、阿、塑、漱、騾、耶、也、且、屬、臂、募、赴、戈、靴、瘸、遮、赦、賒、社、腮、鰓、例、勵、值、廁、鼻、秘

黃：戈、靴、瘸、遮、赦、賒、社、腮、鰓、例、勵、值、廁、鼻、秘

劉：個、塑、靴、例、值、廁、鼻、秘

前文已經說過，黃、劉二人的促化字都未超出方氏的促化字範圍，因此以方氏促化字爲綱即可統攝黃、劉二人的促化字。詳見下表：

表 14　上饒鐵路話促化字詳表（方氏）

促化字	音韻地位	促化字	音韻地位
個又〔kəʔ⁷〕	果開一歌　去聲　見母	塑又〔suəʔ⁷〕	遇合一模　去聲　心母
阿又〔aʔ⁷〕	果開一歌　平聲　影母	赴又〔fəʔ⁷〕	遇合三虞　去聲　滂母
戈〔kəʔ⁷〕	果合一戈　平聲　見母	腮白〔səʔ⁷〕	蟹開一咍　平聲　心母
騾又〔luəʔ⁸〕	果合一戈　平聲　來母	鰓白〔səʔ⁷〕	蟹開一咍　平聲　心母
靴〔çyəʔ⁷〕	果合三戈　平聲　曉母	屬又〔liəʔ⁸〕	蟹開三祭　去聲　來母
瘸〔dʑyəʔ⁸〕	果合三戈　平聲　群母	例〔liəʔ⁸〕	蟹開三祭　去聲　來母
遮〔tsəʔ⁷〕	假開三麻　平聲　章母	勵〔liəʔ⁸〕	蟹開三祭　去聲　來母
赦〔səʔ⁷〕	假開三麻　去聲　書母	值〔dʑəʔ⁸〕	止開三之　去聲　澄母
賒文〔səʔ⁷〕	假開三麻　平聲　書母	廁〔tsʰəʔ⁷〕	止開三之　去聲　初母
社~會〔zəʔ⁸〕	假開三麻　上聲　禪母	鼻〔biəʔ⁸〕	止開重四脂　去聲　並母
耶〔iəʔ⁷〕	假開三麻　平聲　以母	臂〔biəʔ⁸〕	止開重四支　去聲　幫母
也〔iəʔ⁷〕	假開三麻　上聲　以母	秘〔miəʔ⁸〕	止開重三脂　去聲　幫母
且又〔tɕʰiəʔ⁷〕	假開三麻　上聲　清母	漱又〔suəʔ⁷〕	流開三尤　去聲　生母
募又〔məʔ⁸〕	遇合一模　去聲　明母		流開一侯　去聲　心母

注：「只」作副詞時爲平上聲，先秦作「止」或「祇」；作量詞時爲入聲，繁體作「隻」。

上饒鐵路話「只」作副詞「只有」時音〔tsๅ³〕，作量詞「一隻」時音〔tsəʔ⁷〕。因此嚴格來說，上饒鐵路話的量詞「隻」並不算是舒聲促化，只有副詞「只」讀爲入聲時才能算作舒聲促化，而且很多前賢所討論的舒聲促化的「只」大都是副詞「只」而非量詞「隻」。鑒於此，表中未將讀入聲的量詞「只」列出。

由上表可見，上饒鐵路話的舒聲促化字涉及到了六個陰聲韻攝，即果、假、遇、蟹、止、流六攝均有促化現象出現，獨效攝沒有。即便是對促化字最少的發音人劉紅來說，其促化範圍也涉及到了果、遇、蟹、止四個陰聲韻攝。

從聲調來看，平聲促化有 10 例，上聲促化有 3 例，去聲促化有 14 例，對促化字最少的發音人劉紅來說，平聲促化有 1 例，去聲促化有 7 例。

聲母對於舒聲促化的影響不是太大，本文暫不討論。

5.1.3.2　上饒鐵路話舒聲促化的類型

上饒鐵路話的舒聲促化字，根據其成因的不同可分爲以下幾種類型：

（1）虛詞促化。詞頭「阿」、副詞「也」、連詞「且並且」、量詞「個」均屬此類。虛詞易促化，「這跟虛助成分時常輕讀有關。」鄭張尚芳（2012）曾指出舒聲促化的原因：「促化與音節輕讀關係密切。……虛字容易促化，這自然也跟虛助成分時常輕讀有關。」

（2）語音系統的制約。「由於促化字混同入聲，多數方言要受本方言系統的制約而並韻，……有的方言甚至都省併成一個 əʔ 韻。（鄭張尚芳 2012）」這裏的促化情況又可分爲以下兩類：

A. 舒聲韻的缺位。上饒鐵路話的大部分促化字都是受普通話影響而產生的，這些字受普通話影響後，在上饒鐵路話的語音系統裏無法找到相對應的舒聲韻，於是只能促化到相應的入聲韻裏。如下表所列的這些字，受普通話影響後本應讀 ɤ、uo、ye 等韻母，但上饒鐵路話語音系統中不存在這樣的舒聲韻，因此只能促化爲音近的入聲韻 əʔ、uəʔ、yəʔ。

表 15　普通話韻母在上饒鐵路話中的促化表

促　化　字	普通話韻母	上饒鐵路話入聲韻
個、戈、遮、赦、賒、社、廁	ɤ	əʔ
騾	uo	uəʔ
靴、瘸	ye	yəʔ

B. 聲韻配合關係。這裏主要是針對幫組字來講的，「募」、「赴」二字在普通話中讀〔u〕韻母，促化後本應讀〔uəʔ〕韻母，但因幫組合口對 u 介音有同化作用，因此促化爲了〔əʔ〕韻母。即：募*〔mu〕>*〔muəʔ〕>〔məʔ〕；赴*〔fu〕>*〔fuəʔ〕>〔fəʔ〕。

（3）鄰近方言的影響。這裏所謂的鄰近方言主要是指上饒鐵路話的來源方言杭州話和遷入地方言上饒市區話。下表所列上饒鐵路話的促化字，有的可能受到了杭州話的影響，有的也可能受到了上饒市區話的影響。

表 16　上饒鐵路話促化字受鄰近方言影響的情況

促化字	《廣韻》聲調	上饒鐵路話	杭 州 話	上饒市區話
阿	平	$aʔ^7$	$ɑʔ^7$（游）	/
值	去	$ʥəʔ^8$	$ʥəʔ^8$（游）	$ʥɿʔ^8$
鼻	去	$biəʔ^8$	$biɿʔ^8$（錢）	$bɛʔ^8$
塑	去	$suəʔ^7$	$sɔʔ^7$（錢）	/
廁	去	$tsʰəʔ^7$	/	$tsʰɛʔ^7$
赦	去	$səʔ^7$	/	$sɛʔ^7$
戈	平	$kəʔ^7$	/	$kɛʔ^7$
個	去	$kəʔ^7$	/	$kɛʔ^7$
臂	去	$biəʔ^8$	/	$pɛʔ^7$
秘	去	$miəʔ^8$	/	$miɛʔ^8$
例	去	$liəʔ^8$	/	$liɛʔ^8$
耶	平	$iəʔ^7$	/	$iɿʔ^7$
也	上	$iəʔ^7$	/	$iɿʔ^7$

注：「／」表示該字在此方言中無入聲讀法。

上表所列促化字有 13 個，其中 3 個字可能受杭州話影響，9 個字可能受上饒市區話影響，另外 1 個字「值」可能是吳語的常見促化字，很難斷定是受杭州話還是上饒市區話影響。杭州話對上饒鐵路話舒聲促化的影響小於上饒市區話，原因可能是杭州話本身促化字就少，所以很難對上饒鐵路話的促化字產生影響，而杭州話促化字少又可能緣於其半官話的性質。因爲一種方言越向官話靠攏，其更有可能頻繁發生的現象是入聲舒化，而非反向的舒聲促化。

另據楊劍橋、游汝傑告知，表 16 中的促化字在吳語中一直都有入聲的讀

法。這樣看來，這些字舒聲促化的年代已經相當久遠了。另外，我們還可以從表 16 中觀察到，這些促化字在《廣韻》中大部分讀去聲。邢向東（2000）曾根據王力「上古漢語分長短入，長入在中古變爲去聲」的理論，指出這些中古去聲字是上古漢語長入字在現代方音中的遺留，而不是眞正的舒聲促化。若照吳語的實際情況來看，邢向東的分析是合乎道理的。

（4）語流音變。處在雙音詞前字位置的字常會促化。「募捐」、「耶穌」、「厲害」等詞的前字「募」、「耶」和「厲」即屬此例。

（5）同聲符字的感染。「値」可能是受鄰近方言的影響，不過也有可能是受到同聲符的「直植殖」等字的影響從而讀入了曾攝職韻。同樣，「秘」可能也是受到了同聲符字「泌」的影響從而讀入了臻攝質韻。

5.1.4　小　結

前已說過，當代漢語方言演變的主流是入聲舒化，而舒聲促化卻是與主流趨勢完全相反的逆流。調查表明，上饒鐵路話既有入聲舒化現象，又有舒聲促化現象。何以在同一種方言中存在兩種完全相反的音變路徑呢？這其實並不矛盾。

首先，上饒鐵路話是一種移民方言。從地理位置上看，上饒鐵路話通行於上饒市信州區的鐵路新村一帶（上饒鐵路新村位置詳見圖 2），而上饒市區話又屬吳語處衢片，這樣一來，上饒鐵路話也就處在吳語的四面包圍之中（上饒市的語言地理詳見圖 3）。鄭張尚芳（2012）曾提及，*舒聲促化現象以入聲帶ʔ尾的晉語、吳語、江淮話最爲發達。贛語、閩語次之。*吳語舒聲促化現象如此發達，處在吳語包圍之中的上饒鐵路話也就難免不受其影響。

另外，我們還可以看一下上饒鐵路話入聲舒化字與舒聲促化字分佈的年齡差異。詳見下表：

表 17　上饒鐵路話入聲舒化與舒聲促化年齡差異

	方鳳麗 54 歲	黃斌 48 歲	劉紅 40 歲
入聲舒化	32 字	56 字	／
舒聲促化	27 字	15 字	8 字

觀察上表可知，年齡越小，入聲舒化字越多，舒聲促化字則越少。這說明，

由於現代漢語普通話的強勢影響，上饒鐵路話的入聲舒化字開始逐漸增多，舒聲促化字開始逐漸減少。這其實是與漢語方言演變的總趨勢是一致的。

　　一種方言中同時存在兩種相悖逆的音變路徑（入聲舒化和舒聲促化），這種現象雖看似荒誕，但可能會廣泛地存在於晉語、吳語、江淮官話（甚至是贛語、閩語）等漢語方言中。因為晉語、吳語、江淮官話、贛語、閩語舒聲促化現象極為發達，而它們受現代漢語普通話的影響，無疑又會普遍存在入聲舒化現象。

　　鑒於本節已經對上饒鐵路話的入聲舒化和舒聲促化兩類音變例外作了詳細討論，其中舒聲促化的論述尤為詳盡。故此，下文在討論韻母系統演變規律的例外時，為避免重複，凡涉及舒聲促化現象的，皆不再贅述，但會列出每個入聲舒化字的具體舒化路徑〔註2〕。特此說明。

5.2　陰聲韻攝

果　攝

開口	一等歌韻	〔a〕	他〔tʰa¹〕、那又〔na³〕、哪〔na³〕、阿〔a¹〕、大~小，~夫〔da²〕
		〔o〕	多〔to¹〕、舵〔do²〕、左〔tso³〕、歌個〔ko¹〕、我〔ŋo³〕、餓〔ŋo²〕……
		例外	那又，~邊〔nei³〕、個又〔kəʔ⁷〕、阿又〔aʔ⁷〕。
	三等戈韻	〔ie〕	茄~子〔dʑie²〕。
合口	一等戈韻	〔o〕	婆〔bo²〕、墮〔to¹〕、坐〔dzo²〕、糯〔no²〕、過〔ko¹〕、火〔ho³〕……
		例外	爸〔pa¹〕、戈〔kəʔ⁷〕、騾又〔luəʔ⁸〕
	三等戈韻	〔yəʔ〕	靴〔ɕyəʔ⁷〕、瘸〔dʑyəʔ⁸〕

果攝演變規律及例外：

（1）開口一等歌韻：*〔a〕＞〔o〕

上饒鐵路話中歌韻今讀〔a〕、〔o〕兩個韻母，讀〔a〕韻的「他、那、哪、

阿」等字從韻母上看較爲古老（上饒鐵路話音系中無單元音〔a〕、〔ɑ〕的前後對立，統一併入歸入音位／a／），其餘讀〔o〕的「多、舵、左、歌」等字從韻母上看較爲晚近。

歌韻有兩個例外字：那〔nei³〕、個又〔kəʔ⁷〕、阿又〔aʔ⁷〕。後兩字皆爲舒聲促化。

那〔nei³〕。上饒鐵路話中「那」有兩讀，一音〔na³〕，一音〔nei³〕。杭州話（筆者）音〔nɑ¹〕，上饒市區話無「那」字的讀音，應該是受到普通話的影響。李榮（1965）在《語音演變規律的例外》一文中就已指出，北京口語的「〔nei³〕」是「那一」的合音，另據李榮調查北京口語「〔nai³〕」也是「那一」的合音，故筆者推測「那一」合音的演變途徑應爲：〔na〕＋〔i〕＞〔nai〕＞〔nei〕。

（2）開口三等戈韻：*〔iɑ〕＞*〔ia〕＞〔ie〕。

上饒鐵路話的戈韻三等只有一個字「茄」，讀〔ie〕韻，應是主元音高化的結果。

（3）合口一等戈韻：*〔uɑ〕＞*〔uo〕＞〔o〕。

上饒鐵路話合口一等戈韻今多讀〔o〕韻，與歌韻合流。

合口一等戈韻有兩個例外字：爸〔pa¹〕、戈〔kəʔ⁷〕。「戈」爲舒聲促化。

爸〔pa¹〕。《集韻》：爸，果合一上戈韻並母，「部可切」。又必駕切，音霸，吳人呼父曰爸。杭州話（游）音〔pʌ⁵〕，上饒市區話音〔pa⁵〕，普通話音〔pa⁵〕，四者「爸」的韻母讀音大體一致。「爸」的聲母和韻母皆爲例外，本文聲母部分已對其聲母之例外作出解釋。《正字通》：「夷語稱老者爲八八。或巴巴。後人因加父作爸字。」「巴」爲假攝二等麻韻，可能「爸」隨「巴」讀入了假攝。還有一種可能是合口介音 u 的丟失，即：爸*〔buɑ〕＞*〔bʰɑ〕＞*〔bɑ〕＞〔pa〕。

（4）合口三等戈韻：*〔uiɑ〕＞*〔uia〕＞*〔ya〕＞*〔ye〕＞〔yəʔ〕
合口三等戈韻只有「靴、瘸」兩個字，皆爲舒聲促化。

假　攝

		〔ia〕	加〔tɕia¹〕、蝦〔ɕia¹〕、鴉〔ia¹〕、衙牙〔ɦia²〕……
開口	二等麻韻	〔a〕	爬〔ba²〕、罵〔ma²〕、查〔dʑa²〕、沙〔sa¹〕、拿〔na²〕……
		〔ie〕	爹〔tie¹〕、借〔tɕie⁵〕、且〔tɕʰie³〕、謝〔zie²〕、爺〔ɦie²〕……
	三等麻韻	〔ei〕	扯車~輛〔tsʰei¹〕、賒白〔sei¹〕、蛇射〔zei²〕、社公~〔zei²〕、舍〔zei²〕。
		例外	姐〔tɕi¹〕、車又,~輛〔tsʰuei¹〕、蛇又〔zuei²〕、遮〔tsəʔ⁷〕、赦賒文〔səʔ⁷〕、社~會〔zəʔ⁸〕、耶也〔iəʔ⁷〕、且又〔tɕʰiəʔ⁷〕。
合口	二等麻韻	〔ua〕	瓜〔kua¹〕、耍〔sua³〕、誇〔kʰua¹〕、劃華中~〔ɦua²〕、花〔hua¹〕……
		例外	傻〔sa³〕。

假攝演變規律及例外：

（1）開口二等麻韻：

$$^*〔a〕 > 〔ia〕／見系\_\_\_$$
$$> 〔a〕／其它\_\_\_$$

開口麻韻二等以聲母為條件分化，見系因聲母齶化，韻母也須帶 i 介音，於是產生了〔ia〕韻母，其餘聲母后仍為〔a〕韻母。

（2）開口三等麻韻：

$$^*〔ia〕 >^*〔ie〕 >^*〔^ie〕 >^*〔e〕 > 〔ei〕／章組\_\_\_$$
$$>^*〔ie〕／其它\_\_\_$$

開口三等麻韻也以聲母為條件分化，章組後讀〔ei〕韻母，其它聲母后讀〔ie〕韻母。章組中古為齶化聲母（〔tɕ〕組），但今讀舌尖前音（〔ts〕組），無法與 i 介音相配，因此 i 介音弱化消失。

開口三等麻韻有 10 個例外字，其中 7 個皆為舒聲促化，另外 3 個例外字為「姐〔tɕi³〕、車又,~輛〔tsʰuei¹〕、蛇又〔zuei²〕」。

姐〔tɕi³〕。上饒鐵路話中「姐、姊」同音，「姊」為精母上聲開口三等止攝脂韻，「姐」蓋隨「姊」讀入了止攝。杭州話和上饒市區話「姐」亦音〔tɕi³〕，可見上饒鐵路話的這一例外應是受了杭州話和上饒市區話的影響。

車又,~輛〔tsʰuei¹〕。上饒鐵路話「車~輛」有兩讀，一音〔tsʰei¹〕，一音〔tsʰuei¹〕。

上饒鐵路話的「車~輛」可能是語言接觸的結果。杭州話「車~輛」音〔tsʰɥiɛ¹〕，上饒市區話「車~輛」音〔tsʰɛ¹〕。上饒鐵路話的「車~輛〔tsʰuei¹〕」

蓋源於杭州話，而「車~輛〔tsʰei¹〕」蓋源於上饒市區話。

蛇又〔suei²〕。上饒鐵路話「蛇」有兩讀，一音〔sei²〕，一音〔suei²〕。

上饒鐵路話的「蛇」可能是語言接觸的結果。杭州話「蛇」音〔dʑɥeɪ²〕，上饒市區話「蛇」音〔ze²〕。上饒鐵路話的「蛇〔zuei²〕」蓋源於杭州話，而「蛇〔zei²〕」蓋源於上饒市區話。

關於「車」、「蛇」等字的讀音問題，筆者曾請教鄭張尙芳，鄭張對此的解釋是，「車、蛇」二字皆爲章組字，章組後期同莊組並混，合爲照組 tʃ，而舌叶音聲母容易滋生合口介音 ɥ，合口介音 ɥ 進一步發展就會變爲合口介音 u，因此「車、蛇」在一些方言中讀〔ɥɪ〕和〔uei〕韻母；不過「車、蛇」在有些方言中沒有走滋生合口介音的道路，因此在一些方言中讀〔ɛ〕和〔ei〕韻母。

（3）合口二等麻韻：

＊〔ua〕＞〔ua〕。

合口二等麻韻古今未發生太大變化，皆爲〔ua〕韻母，但有一字例外：傻〔sa³〕。

傻〔sa³〕。「傻」爲生母合口二等麻韻字，杭州話無該字讀音，上饒市區話音〔sa³〕，普通話音〔ʂa³〕。《韻箋逸字》：「傻音灑。」「灑」在《廣韻》中有六個音韻地位，其中一個音韻地位是「假開二上麻韻生母」，此音韻地位與「傻」的音韻地位僅有開闔口之別，可見中古時「傻」就已隨「灑」讀入了開口二等。

遇　攝

合口	一等模韻	〔o〕	做〔tso¹〕、摸〔mo¹〕、模慕墓募暮〔mo²〕、措〔tsʰo⁵〕、錯〔tsʰo⁵〕。
		〔u〕	步〔bu²〕、途〔du²〕、都~城〔tu¹〕、估〔ku¹〕、素〔su¹〕、午〔u³〕……
		例外	都全部〔tɤɯ¹〕、媽〔ma³〕、募又〔məʔ⁸〕、塑又〔suəʔ⁷〕。
開口	三等魚韻	〔y〕	舉〔tɕy³〕、去〔tɕʰy⁵〕、渠〔dʑy²〕、女〔ɲy³〕、呂〔ly³〕、虛〔ɕy¹〕……
		〔u〕	豬〔tsu¹〕、鼠〔tsʰu³〕、薯〔zu²〕、屠〔du²〕、除〔dʑu²〕、助〔dʑu²〕……

合口	三等虞韻	〔y〕	拘〔tɕy¹〕、縷〔ly³〕、句〔tɕy⁵〕、取趣〔tɕʰy³〕、需〔ɕy¹〕、雨〔y³〕……
		〔u〕	赴〔fu¹〕、住〔dʑu²〕、主〔tsu³〕、殊〔su¹〕、輸〔su¹〕、舞〔u³〕……
		例外	赴又〔fəʔ⁷〕。

遇攝演變規律及例外：

（1）一等合口模韻：

＊〔uo〕＞〔o〕＞〔u〕。

模韻有〔o〕、〔u〕兩韻母，明母字和少數精、清母字讀〔o〕，其餘皆高化為〔u〕。明母讀〔o〕的原因可能是唇音對合口介音 u 有同化作用，從而導致了合口介音 u 的丟失。模韻有 4 個例外字：都全部〔tɤɯ¹〕、媽〔ma³〕、募又〔məʔ⁸〕、塑又〔suəʔ⁷〕。其中「募、塑」皆為舒聲促化。

都全部〔tɤɯ¹〕。當「都」作「都城」義解時，音〔tu¹〕，合乎模韻的音變規律，而當其作「全部」義解時，音〔tɤɯ¹〕，不合音變規律，該例外屬流攝讀音。「都」杭州話音〔to¹〕，上饒市區話音〔tɛʔ⁷〕，普通話音〔tou¹〕。應是受了普通話或杭州話的影響。《語言自邇集》附錄《北京話字音表》中記有「都」的以上兩種讀音（〔tu¹〕和〔tou¹〕），說明該例外出現在 19 世紀末之前。《廣韻》中亦未查到該例外的反切。該字可能經歷了高元音裂化的階段：都全部＊〔tuo¹〕＞＊〔to¹〕＞＊〔tu¹〕＞〔tɤɯ¹〕。

媽〔ma³〕。「媽」為模韻字，本應讀作〔mu〕或〔mo〕，今卻讀為低元音。杭州話音〔mɑ¹〕，上饒市區話音〔mʌ³〕，普通話音〔ma¹〕。四者讀音大致相同。《博雅》：「媽，母也，一曰牝馬……又俗讀若馬平聲。稱母曰媽。」可見三國時期已產生了這一例外，《語言自邇集》附錄《北京話字音表》仍能查到「媽」的三種讀音：〔mu³〕、〔ma¹〕、〔ma⁵〕。「媽〔ma〕」字的例外可能是受到了親屬稱謂「爸〔pa〕」的同化。

（2）三等開口魚韻：

＊〔io〕〔註3〕＞〔y〕／見系、精組、泥組＿＿＿＿

〔註3〕關於中古魚韻的音值，學界爭論頗多，高本漢認為魚韻屬合口，擬音為＊〔ʷo〕，但多數學者認為魚韻屬開口，羅常培、周法高、李榮、邵榮芬、馬伯樂、陸志韋、蒲立本等擬音為＊〔io〕，鄭張尚芳擬音為＊〔ɨʌ〕，潘悟雲擬音為＊〔ɔ〕。平山久雄

　　　　　　＞〔u〕／其它＿＿＿

（3）三等合口模韻：

　　 *〔uo〕＞〔u〕＞〔y〕／見系、精組＿＿＿

　　　　　　　＞〔u〕／其它＿＿＿

模韻有一個例外字：赴又〔fəʔ⁷〕，爲舒聲促化。

上饒鐵路話魚虞相混。魚虞韻的規律可合併如下：

　　魚虞＞〔y〕／見系、精組、泥組＿＿＿

　　　　＞〔u〕／其它＿＿＿

蟹　攝

灰	合口	〔uei〕	隊〔duei²〕、潰~膿〔guei²〕、潰崩~〔kʰuei¹〕、碎〔suei¹〕、彙〔ɦuei²〕……
		〔ei〕	賠〔bei²〕、杯〔pei¹〕、佩〔pʰei⁵〕、煤〔mei²〕、內〔nei²〕……
咍	開口	〔ɛ〕	苔〔dɛ²〕、才〔ʥɛ²〕、來〔lɛ²〕、海〔hɛ³〕、哀〔ɛ¹〕、耐〔nɛ²〕……
		例外	倍〔bei²〕、腮白鰓白〔səʔ⁷〕。
泰	開口	〔ei〕	貝〔bei²〕、沛〔pʰei⁵〕、昧〔mei²〕。
		〔ɛ〕	帶〔tɛ⁵〕、奈〔nɛ²〕、賴〔lɛ²〕、丐〔kɛ⁵〕、害〔hɛ²〕、艾〔ɛ⁵〕……
		例外	〔a〕：大~小，~夫〔da²〕。
	合口	〔uɛ〕	外〔ɦuɛ²〕、會~計〔kʰuɛ⁵〕。
		〔uei〕	兌〔tuei⁵〕、最〔tsuei³〕、會~不~繪〔ɦuei²〕。
佳	開口	〔a〕	叉差~別〔tsʰa¹〕、灑〔sa¹〕、罷〔pa¹〕。
		〔ɛ〕	灑又曬〔sɛ¹〕、牌〔bɛ²〕、買〔mɛ²〕、賣〔mɛ³〕、柴〔ʥɛ²〕、蟹文〔ɦiɛ²〕……
		〔ia〕	佳〔tɕia¹〕、崖涯〔ɦia²〕。
		〔ie〕	街〔tɕie¹〕、鞋〔çie²〕、蟹文〔çie³〕。
	合口	〔ua〕	畫〔ɦua²〕、卦掛〔kua¹〕、蛙〔ua¹〕。
		〔uɛ〕	拐〔kuɛ³〕、歪〔uɛ¹〕。

（1995:337）根據敦煌《毛詩音》、日本萬葉假名、朝鮮譯音、越南譯音、現代閩
方言以及中古漢語內部材料，將魚韻音值的變遷歷程作了描繪：a（上古）＞ïɐ（漢）
＞ïə（魏三國）＞ïɵ（六朝隋唐）＞y/u（宋以後）。

皆	開口	〔ε〕	排〔bε²〕、拜〔pε⁵〕、埋〔mε²〕、豺〔dʑε²〕、齋〔tsε¹〕、楷〔kʰε¹〕……
		〔ie〕	皆階〔tɕie¹〕、介戒屆械界疥芥〔tɕie⁵〕。
		例外	揩〔kʰa¹〕。
	合口	〔uε〕	怪〔kuε¹〕、乖〔kuε⁵〕、塊〔kʰuε⁵〕、壞懷槐淮〔ɦuε²〕。
夬	開口	〔ε〕	敗〔bε²〕、邁〔mε²〕。
	合口	〔ua〕	話〔ɦua²〕。
		〔uε〕	快筷〔kʰuε⁵〕。
祭	開口	〔i〕	幣蔽敝弊斃〔bi²〕、厲〔li²〕、祭際〔tɕi¹〕、西〔ɕi¹〕。
		〔ʅ〕	世逝誓勢〔sʅ²〕、滯〔tsʅ¹〕。
		例外	厲又例勵〔liəʔ⁸〕。
	合口	〔uei〕	蛻〔tʰuei⁵〕、贅〔dʑuei²〕、脆〔tsʰuei⁵〕、稅歲〔suei⁵〕、銳〔luei²〕。
廢	合口	〔ei〕	廢〔fei⁵〕、肺〔fei⁵〕。
齊	開口	〔i〕	閉〔pi⁵〕、米〔mi³〕、題〔di²〕、禮〔li³〕、齊〔dʑi²〕、西〔ɕi¹〕……
		〔ʅ〕	撕〔sʅ¹〕。
	合口	〔uei〕	奎〔kuei¹〕、桂〔kuei⁵〕、惠慧〔ɦuei²〕。

蟹攝各韻演變規律及例外：

（1）灰韻：

　　＊〔uoi〕＞〔uei〕＞〔ei〕／幫組、泥母____

　　　　　　＞〔uei〕／其它____

灰韻只有合口。灰韻在幫組和泥母后 u 介音消失，讀〔ei〕韻母，原因可能是脣鼻音聲母對合口介音 u 有同化作用。

（2）咍韻：

　　＊〔əi〕＞＊〔ai〕＞＊〔εi〕＞〔ε〕

咍韻只有開口。現讀〔ε〕韻母，但有 3 字例外：倍〔bei²〕、腮白鰓白〔səʔ⁷〕。其中「腮白、鰓白」為舒聲促化。

倍〔bei²〕。「倍」為咍韻字，按規律當讀〔ε〕韻母，今卻讀〔ei〕韻。《集韻》：「倍，補妹切，音背。」「妹」、「背」皆為灰韻幫組字，可見早在《集韻》時，「倍」就已讀入灰韻了。

（3）泰韻：

　　開口　＊〔ɑi〕＞＊〔ai〕＞＊〔ɛi〕＞〔ei〕／幫組＿＿＿

　　　　　　　　　＞＊〔ai〕＞＊〔ɛi〕＞〔ɛ〕／其它＿＿＿

　　合口　＊〔uɑi〕＞＊〔uai〕＞＊〔uɛi〕＞〔uei〕

　　　　　　　　　＞＊〔uai〕＞＊〔uɛi〕＞〔uɛ〕

　　泰韻開口以唇音爲分化條件，泰韻合口因轄字較少，無法看出演變條件。

　　泰韻開口有一個例外字：大~小，~夫〔da²〕。《廣韻》「大」有兩個音韻地位：一爲蟹攝泰韻，一爲果攝歌韻。「大小、大夫」皆音〔da²〕，可見都讀入了果攝歌韻。

（4）佳韻：

　　開口　＊〔œi〕＞＊〔œi〕＞＊〔œ〕＞〔ia〕＞〔ie〕／見系＿＿＿

　　　　　　　　　＞＊〔œi〕＞＊〔œ〕＞〔a〕＞〔ɛ〕／其它＿＿＿

　　合口　＊〔uœi〕＞＊〔uœi〕＞＊〔uœ〕＞〔ua〕＞〔uɛ〕

　　佳韻開口今讀〔a〕、〔ɛ〕、〔ia〕、〔ie〕四韻，以見系聲母爲分化條件。佳韻合口今讀〔ua〕、〔uɛ〕二韻，因轄字較少，無法看出分化條件。

（5）皆韻：

　　開口　＊〔æi〕＞＊〔æi〕＞＊〔æ〕＞＊〔ɛ〕＞＊〔ie〕＞〔ie〕／見母細音＿＿＿

　　　　　　　　　＞＊〔æi〕＞＊〔æ〕＞〔ɛ〕／其它＿＿＿

　　合口　＊〔uæi〕＞＊〔uæi〕＞＊〔uæ〕＞〔uɛ〕

　　皆韻開口今有〔ɛ〕、〔ie〕兩韻，以見母細音爲分化條件。合口今讀〔uɛ〕韻。

　　皆韻開口有一個例外字：揩〔kʰa¹〕。皆韻字皆高化，「揩」卻低化爲〔a〕，讓人費解。杭州話（錢）音〔kʰɑ¹〕，上饒市區話音〔kʰæ¹〕，普通話音〔kʰai¹〕。看來該字可能受了杭州話的影響。

（6）夬韻：

　　開口　＊〔ai〕＞＊〔ɛi〕＞〔ɛ〕

　　合口　＊〔uai〕＞＊〔uai〕＞〔ua〕＞〔uɛ〕

　　夬韻只有 4 個字，開口讀〔ɛ〕，合口讀〔ua〕、〔uɛ〕。

（7）祭韻：

開口　＊〔ɛi〕＞＊〔ɛi〕＞＊〔ɛ〕＞＊〔e〕＞〔i〕＞〔ɿ〕

合口　＊〔uɛi〕＞〔uei〕

祭韻開口讀〔i〕、〔ɿ〕兩韻，合口讀〔uei〕。祭韻開口有 3 個例外字：厲又例勵〔liəʔ⁸〕。皆為舒聲促化。

（8）廢韻：

＊〔ɐi〕＞＊〔ɛi〕＞〔ei〕。廢韻只有兩個字，今皆讀〔ei〕韻。

（9）齊韻：

開口　＊〔ei〕＞＊〔ɛi〕＞＊〔e〕＞〔i〕＞〔ɿ〕

合口　＊〔uei〕＞〔uei〕

齊韻開口讀〔i〕、〔ɿ〕兩韻，合口讀〔uei〕，演變規律與祭韻同。

蟹攝各韻演變方向如下：

開口：

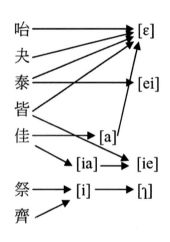

合口：

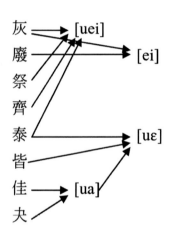

止　攝

止攝只有三等韻，支、脂、之、微四韻合流，但開闔口讀音不同。詳見下表：

開口	〔ɿ〕	支脂之韻知系〔註4〕、精組	詞〔dzɿ²〕、脂芝〔tsɿ¹〕、思〔sɿ¹〕、事〔zɿ²〕……
	〔i〕	支脂之韻其它、微韻全部	皮〔bi²〕、技〔dʑi²〕、機〔tɕi¹〕、器〔tɕʰi¹〕、氣汽〔tɕʰi⁵〕、希〔ɕi¹〕、醫〔i¹〕、椅〔i³〕……
	〔ɚ〕	日母	耳〔ɚ³〕、而兒〔ɦɚ²〕、二貳〔ɚ⁵〕。

〔註4〕此處知繫日母除外。

	例外	被備〔bei²〕、碑悲卑〔pei¹〕、費〔fei⁵〕、眉黴〔mei²〕、美〔mei³〕、篩〔sɛ¹〕、值〔ʥəʔ⁸〕、廁〔tsʰəʔ⁷〕、鼻臂〔biəʔ⁸〕、秘〔miəʔ⁸〕。	
合口	〔ei〕	微韻幫組	飛非匪妃〔fei¹〕、肥〔vei²〕。
	〔uei〕	微韻其它、支脂全部	跪〔guei²〕、累〔luei²〕、水〔suei³〕、味〔ɦuei²〕……
	例外	衰〔suɛ¹〕、季〔tɕi⁵〕、遺~失〔ɦi²〕。	

止攝演變規律及例外：

（1）止攝開口：

微韻*〔ɨi〕＞〔i〕

支脂之＞〔ɿ〕／知系、精組____〔註5〕

　　＞〔ɚ〕／日母____

　　＞〔i〕／其它____

上饒鐵路話知系和精組洪音今讀〔ts〕組聲母，按聲韻配合關係，也只能和〔ɿ〕韻母相配。日母止攝較爲特殊，今讀兒化韻。

止攝開口例外字多達15字，可分以下三類分別討論：

①〔ei〕：被備〔bei²〕、碑悲卑〔pei¹〕、費〔fei⁵〕、眉黴〔mei²〕、美〔mei³〕。

幫組例外字最多，有9個，佔了止攝開口例外字的半數以上。止攝開口部分幫組字讀〔ei〕韻，其實是讀入了止攝合口。其原因是幫組聲母本身就有合口性質，很容易將開口韻讀入合口韻。但需要說明的是，止攝開口的幫組聲母中，只是少部分字讀入合口，多數字仍是遵從止攝開口演變規律的，如：皮〔bi²〕、比〔pi³〕等字。

②篩〔sɛ¹〕。「篩」杭州話（游）音〔sE¹〕，上饒市區話音〔sæ¹〕，普通話音〔ʂai¹〕。四種話中「篩」的讀音大致相同。《玉篇》：「篩，所街切。」《篇海》：「篩，山皆切，從麗平聲。」「街」爲皆韻（或佳韻）開口二等，「皆」爲皆韻開口二等，可見早在《玉篇》中，「篩」就已讀入了蟹攝皆韻（或佳韻）。由於「篩」非見母字，按上饒鐵路話「皆韻」和「佳韻」的演變規律，當讀〔ɛ〕韻母。

〔註5〕爲簡潔起見，此處不再列出「支脂之」三韻的擬音，此三韻開口中古皆爲前高（或半高）元音。

③值〔ʣəʔ⁸〕、廁〔tsʰəʔ⁷〕、鼻臂〔biəʔ⁸〕、秘〔miəʔ⁸〕。五字皆爲舒聲促化。

（2）止攝合口：

微韻*〔uɨi〕>*〔uei〕>〔ei〕／幫組____

　　　　　　　　　　>〔uei〕／其它____

支脂>〔uei〕〔註6〕

止攝合口本應全讀〔uei〕韻母，但幫組聲母對合口介音 u 有同化作用，故微韻幫組今皆讀爲〔ei〕韻母。

止攝合口有 3 個例外字：衰〔suɛ¹〕、季〔tɕi⁵〕、遺~失〔ɦi²〕。

衰〔suɛ¹〕。《廣韻》中「衰」有兩個音韻地位：①止合三平支韻初母，「楚危切」，小也，減也，殺也；②止合三平脂韻生母，「所追切」，微也。從讀音來看，上饒鐵路話的「衰」讀入了第二個音韻地位。杭州話音〔sɥei¹〕，上饒市區話音〔sui¹〕，普通話音〔ʂuai¹〕。該字可能是受了普通話的影響。

季〔tɕi⁵〕。杭州話音〔tɕi⁵〕，上饒市區話音〔tɕi⁵〕，普通話音〔tɕi⁵〕。《唐韻》《集韻》《韻會》：「季，居悸切，达音記。」「記」爲見母去聲止開三之韻，可見「季」很早就讀入了止攝開口。

遺~失〔ɦi²〕。杭州話音〔ɦi²〕，上饒市區話音〔i²〕，普通話音〔i²〕。「遺」的情況與「季」類似，《集韻》《韻會》：「遺，夷佳切，达音夷。」「夷」爲以母平聲止開三脂韻，可見「遺」也早就讀入了止攝開口。

效 攝

效攝只有開口，無合口。

一等	豪	〔ɔ〕	全部	褒〔pɔ¹〕、稻〔dɔ²〕、遭〔tsɔ¹〕、牢〔lɔ²〕……
二等	肴	〔iɔ〕	見系	交〔tɕiɔ¹〕、敲〔tɕʰiɔ¹〕、巧〔tɕʰiɔ³〕、效〔ʑiɔ²〕……
		〔ɔ〕	其它	炮〔pʰɔ⁵〕、抄〔tsʰɔ¹〕、梢〔sɔ¹〕、撓鬧〔nɔ²〕……
		例外		抓〔tsua¹〕、爪〔tsua³〕、敲又〔kʰɔ¹〕、搞〔kɔ³〕、跤〔kɔ¹〕。
三等	宵A 宵B	〔ɔ〕	知系	紹〔zɔ²〕、吵〔tsʰɔ³〕、繞〔lɔ²〕、朝〔ʣɔ²〕……
		〔iɔ〕	其它	標〔piɔ¹〕、喬〔ʥiɔ²〕、療〔liɔ²〕、舀〔ɦiɔ²〕……
四等	蕭	〔iɔ〕	全部	條〔diɔ²〕、鳥〔ɲiɔ³〕、挑〔tʰiɔ¹〕、蕭〔ɕiɔ¹〕……

〔註6〕爲簡潔起見，此處不再列出「支脂之」三韻的擬音，此三韻合口中古主元音皆爲前高（或半高）元音，但主元音前有合口介音 u。

效攝演變規律：

（1）豪韻：

*〔au〕＞*〔ao〕＞*〔aɔ〕＞〔ɔ〕

（2）肴韻：

*〔au〕＞*〔uau〕＞*〔iau〕＞*〔iaɔ〕＞〔iɔ〕／見系＿＿＿

＞*〔au〕＞*〔ao〕＞*〔aɔ〕＞〔ɔ〕／其它＿＿＿

（3）宵A*〔iɛu〕、宵B*〔uiɛu〕

＞*〔iɛu〕＞*〔au〕＞*〔ao〕＞*〔aɔ〕＞〔ɔ〕／知系＿＿＿

＞*〔iau〕＞*〔iao〕＞*〔iaɔ〕＞〔iɔ〕／其它＿＿＿

（4）蕭韻：

*〔eu〕＞*〔ieu〕＞*〔iau〕＞*〔iau〕＞*〔iaɔ〕＞*〔iaɔ〕＞〔iɔ〕

效攝二三等雖合流，但分化條件略有不同，二三等合流的共同點是見系都讀〔iɔ〕韻母，知系都讀〔ɔ〕韻母；不同點是幫、端系二等字[註7]讀〔ɔ〕韻母，而幫、端系三等字[註8]卻讀入〔iɔ〕韻母。

效攝各韻演變方向如下：

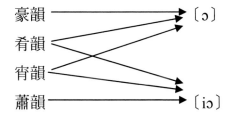

效攝例外字集中在二等肴韻：敲又〔kʰɔ¹〕、搞〔kɔ³〕、跤〔kɔ¹〕、抓〔tsua¹〕、爪〔tsua³〕。

（1）〔ɔ〕：敲又〔kʰɔ¹〕、搞〔kɔ³〕、跤〔kɔ¹〕

以上三字均爲見組字，按規律當讀〔iɔ〕韻，今卻讀〔ɔ〕韻母。原因在於這幾個字的聲母未發生齶化，可以算作是存古的一種體現。

從語言接觸的角度來看，「敲又、跤」二字可能受到杭州話和上饒市區話的影響，而「搞」在杭州話、上饒市區話和普通話中的讀音大體一致。例字對照

[註7]　這裏的端系二等只有娘母。

[註8]　端系三等只有泥精組，不含端組，因爲端組只有一四等，無二三等。

詳見下表：

表 18　上饒鐵路話效攝「敲搞跤」例外字音對照表

	上饒鐵路話	杭州話	上饒市區話	普通話
敲又	$kʰɔ^1$	$tɕʰiɔ^1 / kʰɔ^1$	$kʰɑo^1$	$tɕʰiau^1$
搞	$kɔ^3$	$kɔ^3$	$kɑo^3$	kau^3
跤	$kɔ^1$	$tɕiɔ^1 / kɔ^1$	$kɔ^1$	$tɕiau^1$

（2）〔ua〕：抓〔tsua¹〕、爪〔tsua³〕

下表爲兩字在四種話中的讀音：

表 19　上饒鐵路話效攝「抓爪」例外字音對照表

	上饒鐵路話	杭州話	上饒市區話	普通話
抓	$tsua^1$	$tsɥA^1$	tsa^1	$tʂua^1$
爪	$tsua^3$	$tsɥA^3$	$tsɑo^3$	$tʂau^3/tʂua^3$

　　按規律，上饒鐵路話「抓、爪」兩字當讀〔ɔ〕韻母，今卻讀〔ua〕韻。此二字在普通話中讀〔ua〕韻時也是例外（不過「爪」讀〔tʂau³〕卻是符合規律的）。《語言自邇集》附錄《北京話字音表》中「抓、爪」皆有兩讀，「抓」一音〔tʂau³〕，一音〔tʂua¹〕，「爪」一音〔tʂau³〕，一音〔tʂua³〕，各有一個符合音變規律的讀音，只是在後來的語言發展中，「抓」的規律讀音〔tʂau³〕被淘汰了，其原因可能是與「找〔tʂau³〕」的讀音衝突，於是「抓」便只保留了其例外讀音。至於「抓」和「爪」的例外讀音何時產生，筆者也無法確定，可能是來源於北京口語。

流　攝

　　流攝只有開口，無合口。

一等	侯	〔ɤɯ〕	全部	剖〔pʰɤɯ¹〕、豆〔dɤɯ²〕、走〔tsɤɯ³〕、口〔kʰɤɯ³〕……
		例外		茂貿〔mɔ²〕、母〔mu³〕。
三等	幽	〔iɤɯ〕	全部	幽〔iɤɯ¹〕、幼〔iɤɯ⁵〕、丟〔tiɤɯ¹〕、糾〔tɕiɤɯ¹〕。
		例外		彪〔piɔ¹〕、謬〔miɔ²〕。
	尤	〔u〕	幫系	富浮婦負副阜〔fu²〕、畝牡拇〔mu³〕。
		〔iɤɯ〕	端系、見系	休〔ɕiɤɯ¹〕、囚〔dʑiɤɯ²〕、九〔tɕiɤɯ³〕、有〔iɤɯ³〕……

	〔ɤɯ〕	知系	肘〔tsɤɯ³〕、丑〔tsʰɤɯ³〕、搜〔sɤɯ¹〕、揉〔lɤɯ³〕……
	例外		漱〔su¹〕、漱又〔suə?⁷〕、否〔fɤɯ³〕、謀〔mɤɯ²〕、矛〔mɔ²〕。

流攝演變規律及例外：

（1）侯韻：＊〔əu〕＞＊〔ɤu〕＞〔ɤɯ〕

一等侯韻讀〔ɤɯ〕韻母，但有 3 個字例外：茂貿〔mɔ²〕、母〔mu³〕。

茂貿〔mɔ²〕。「茂貿」二字，杭州話皆音〔mɔ⁶〕，上饒市區話皆音〔miu⁶〕，普通話皆音〔mau⁵〕。「茂貿」二字讀〔ɔ〕韻，此爲效攝讀音，此二字的讀音變化其實很早就發生了。《詩・本音》：「茂，子之茂兮，讀堥。古茂、卯同音，故《史記・律書》云：邜之爲言茂也。」「卯」爲看韻明母。《釋文》：「貿，一音茅。」「茅」爲看韻明母。可見，「茂」、「貿」二字很早就兼有了效攝看韻的讀音，但其流攝侯韻讀音的丟失卻是 19 世紀末以後的事。《語言自邇集》附錄《北京話字音表》中「茂貿」皆有兩讀，一音〔mou⁵〕（流攝讀音），一音〔mau⁵〕（效攝讀音）。只是在後來的語言發展中「茂貿」的流攝讀音才漸漸被淘汰。

母〔mu³〕。杭州話音〔mu³〕，上饒市區話音〔mu⁴〕，普通話音〔mu³〕。《集韻》：「母，蒙晡切。」《正韻》：「母，莫胡切。」「晡」、「胡」皆爲遇攝模韻字，可見「母」很早就讀入了遇攝模韻。

（2）幽韻：＊〔ɨu〕＞＊〔iu〕＞＊〔iɯɯ〕＞＊〔iɤɯ〕＞〔iɤɯ〕

幽韻轄字不多，只有 6 個，4 個字讀〔iɤɯ〕，屬規律讀音，2 個字讀〔iɔ〕（彪〔piɔ¹〕、謬〔miɔ²〕），屬例外讀音。

彪〔piɔ¹〕。杭州話音〔piɔ¹〕，上饒市區話音〔piɑo¹〕，普通話音〔piau¹〕。該字在普通話中也屬例外。其原因可能是聲韻搭配的制約，因爲普通話不存在「〔p〕＋〔iou〕」這種聲韻拼合關係，所以變讀爲「〔p〕＋〔iau〕」。上饒鐵路話可能也是同樣的道理。

謬〔miɔ²〕。杭州話音〔miɔ²〕，上饒市區話音〔miu¹〕，普通話音〔miou⁵〕。該字可能受到杭州話影響。不過也可能是受同聲符字「寥廖」的感染而產生的誤讀。

（3）尤韻：

＊〔iu〕＞＊〔iɯɯ〕＞＊〔iɤɯ〕＞〔iɤɯ〕／端系、見系＿＿

$$>\text{*}(\text{iuuu})>\text{*}(\text{i}\gamma\text{u})>\text{*}(\text{i}\gamma\text{uu})>(\gamma\text{uu})\ /\ \text{知系}\underline{\quad}$$

$$>\text{*}(\text{iuuu})>\text{*}(\text{i}\gamma\text{u})>\text{*}(\text{i}\gamma\text{uu})>\text{*}(\gamma\text{uu})>(\text{u})\ /\ \text{幫系}\underline{\quad}$$

三等尤韻有 5 個例外字：漱〔su¹〕、漱又〔suə?⁷〕、否〔fɤɯ³〕、謀〔mɤɯ²〕、矛〔mɔ²〕。

漱〔su¹〕、漱又〔suə?⁷〕。上饒鐵路話「漱」有兩讀，後一讀音（又音）為舒聲促化。「漱」杭州話（游）音〔sɛɪ⁵〕，上饒市區話音〔su³〕，普通話音〔ʂu³〕。上饒鐵路話的「漱〔su¹〕」可能是受了普通話或者上饒市區話的影響。不過該字在普通話中也是例外，可能是 i 介音丟失的緣故，即：漱*〔ʂiu〕>*〔ʂiu〕>〔ʂu〕。

否〔fɤɯ³〕、謀〔mɤɯ²〕。尤韻幫系字大多讀〔u〕，唯此二字例外，皆讀入尤韻知系，普通話亦如是。流攝大多讀〔ɤɯ〕、〔iɤɯ〕韻，因此「否謀」倒也不能說是流攝的例外字，更有可能的是，「尤韻幫組讀〔u〕」這一現象是晚近才發生的，而「否謀」讀〔ɤɯ〕是尤韻幫組滯古現象的表現。

矛〔mɔ²〕。「矛」杭州話（游）音〔mɛɪ²〕，上饒市區話音〔mɑo²〕，普通話音〔mau²〕。上饒鐵路話的「矛」蓋受了上饒市區話或普通話的影響。不過該字在普通話中也是例外。《語言自邇集》附錄《北京話字音表》「矛」有兩讀，一音〔mou²〕，一音〔mau²〕，前者為規律讀音，後者為例外讀音。只是在後來的語言發展中，「矛」的規律讀音被淘汰掉了。其原因可能是「矛」受了同聲符字「茅」的影響，「茅」為效攝肴韻字，「矛」蓋受其影響讀入了效攝。

流攝各韻演變方向如下：

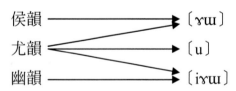

5.3 陽聲韻攝、入聲韻攝

咸 攝

咸攝與山攝開口合流，今讀〔ɛ̃〕、〔iɛ̃〕、〔ə?〕、〔iə?〕四韻母，其中咸攝一等今讀〔ɛ̃〕、〔ə?〕，二三等合流讀〔ɛ̃〕、〔iɛ̃〕、〔ə?〕、〔iə?〕，四等讀〔iɛ̃〕、

〔iə〕。

一等覃談	〔ɛ̃〕	耽〔tɛ̃¹〕、藍〔lɛ̃²〕、男〔nɛ̃²〕、蠶〔dzɛ̃²〕、三〔sɛ̃¹〕、甘〔kɛ̃¹〕、庵〔ɛ̃¹〕……
	〔əʔ〕	臘蠟〔ləʔ⁸〕、雜〔dzəʔ⁸〕、合盒〔ɦəʔ⁸〕、閘〔tsəʔ⁷〕、塌榻塔〔tʰəʔ⁷〕。
二等咸銜 三等鹽嚴凡	〔ɛ̃〕	凡犯泛〔vɛ̃²〕、攙饞懺〔dzɛ̃²〕、濫〔lɛ̃²〕、沾〔tsɛ̃¹〕、陝閃〔sɛ̃³〕……
	〔iɛ̃〕	城〔tɕiɛ̃³〕、欠〔tɕʰiɛ̃⁵〕、岩嚴鹽〔ɦiɛ̃²〕、臉斂〔liɛ̃³〕、淹〔iɛ̃¹〕……
	〔əʔ〕	法〔fəʔ⁷〕、乏〔fəʔ⁸〕、插〔tsʰəʔ⁷〕、涉攝〔səʔ⁷〕、鴨壓〔ŋəʔ⁷〕。
	〔iəʔ〕	甲〔tɕiəʔ⁷〕、恰〔tɕʰiəʔ⁷〕、狹峽〔ʑiəʔ⁸〕、聶〔ɲiəʔ⁷〕、葉業〔ɦiəʔ⁸〕……
四等添	〔iɛ̃〕	甜〔diɛ̃²〕、掂〔tiɛ̃¹〕、兼〔tɕiɛ̃¹〕、念〔ɲiɛ̃²〕、添〔tʰiɛ̃¹〕、嫌〔ʑiɛ̃²〕……
	〔iəʔ〕	疊諜蝶碟〔diəʔ⁸〕、貼帖〔tʰiəʔ⁷〕、協〔ʑiəʔ⁸〕。

咸攝各韻演變方向如下：

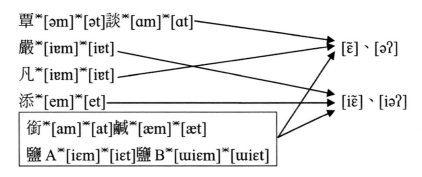

咸攝有 3 個例外字，皆讀〔a〕：拉〔la¹〕、霎〔sa¹〕、掐〔kʰa¹〕。

此 3 字例外皆屬入聲舒化例外。筆者在本文第三章韻母一節曾指出，上饒鐵路話的入聲韻只有五個：əʔ、iəʔ、uəʔ、yəʔ、aʔ，而轄字較多的只有 əʔ、iəʔ、uəʔ、yəʔ四韻，aʔ韻下只有 6 個字，原讀 aʔ韻的字一部分併入 əʔ韻，另一部分入聲舒化讀入 a 韻。「拉、霎、掐」三個例外字即屬後一種情況，即其舒化路徑當為：〔aʔ〕＞〔a〕。

山　攝

山攝開闔口讀音不同，山攝開口與咸攝合流，規律與咸攝相同，山攝開口

今讀〔ɛ̃〕、〔iɛ̃〕、〔əʔ〕、〔iəʔ〕四韻母，其中山攝開口一等今讀〔ɛ̃〕、〔əʔ〕，山攝開口二三等合流讀〔ɛ̃〕、〔iɛ̃〕、〔əʔ〕、〔iəʔ〕，山攝開口四等讀〔iɛ̃〕、〔iəʔ〕。山攝合口今讀〔ɛ̃〕、〔iɛ̃〕、〔uɛ̃〕、〔uəʔ〕、〔yɛ̃〕五韻母（山攝沒調查到〔yəʔ〕韻），其中山攝合口一等今讀〔ɛ̃〕、〔iɛ̃〕、〔uɛ̃〕、〔uəʔ〕，山攝合口二等今讀〔uɛ̃〕、〔uəʔ〕，山攝合口三等今讀〔ɛ̃〕、〔iɛ̃〕、〔uɛ̃〕、〔uəʔ〕、〔yɛ̃〕，山攝合口四等今讀〔yɛ̃〕。

開口	一等寒	〔ɛ̃〕	壇〔dɛ̃²〕、殘〔dzɛ̃²〕、罕〔hɛ̃¹〕、安〔ɛ̃¹〕、岸〔ɦɛ̃²〕……
		〔əʔ〕	達〔dəʔ⁸〕、辣〔ləʔ⁸〕、割〔kəʔ⁷〕、渴〔kʰəʔ⁷〕、擦〔tsʰəʔ⁷〕、喝〔həʔ⁷〕……
		例外	奸〔tɕiɛ̃¹〕。
	二等山刪 三等仙元	〔ɛ̃〕	頒扮〔pɛ̃¹〕、燃然〔lɛ̃²〕、蟬禪〔dzɛ̃²〕、扇~動〔sɛ̃¹〕、間量詞，一~〔kɛ̃¹〕……
		〔iɛ̃〕	棉〔miɛ̃²〕、乾〔dʑiɛ̃²〕、間名詞，房~〔tɕiɛ̃¹〕、掀〔ɕiɛ̃¹〕、癬又〔ɕiɛ̃³〕……
		〔əʔ〕	八〔pəʔ⁷〕、折紮柵〔tsəʔ⁷〕、徹察〔tsʰəʔ⁷〕、設殺〔səʔ⁷〕、瞎〔həʔ⁷〕……
		〔iəʔ〕	鱉〔piəʔ⁷〕、撇〔miəʔ⁷〕、歇〔ɕiəʔ⁷〕、列〔liəʔ⁸〕、熱〔ɲiəʔ⁸〕……
		例外	扇~子〔suɛ̃¹〕、癬〔ɕyɛ̃³〕、軒〔ɕyɛ̃¹〕、帕〔pʰa¹〕。
	四等先	〔iɛ̃〕	辮〔biɛ̃²〕、電〔diɛ̃²〕、憐〔liɛ̃²〕、年〔ɲiɛ̃²〕、前〔dʑiɛ̃²〕……
		〔iəʔ〕	跌〔tiəʔ⁷〕、竊切〔tɕʰiəʔ⁷〕、截結〔tɕiəʔ⁷〕、捏〔ɲiəʔ⁷〕、噎〔iəʔ⁷〕……
		例外	屑〔ɕiɔ¹〕、屑又〔ɕyəʔ⁷〕。
合口	一等桓	〔ɛ̃〕	盤伴〔bɛ̃²〕、般〔pɛ̃¹〕、瞞曼〔mɛ̃²〕、滿〔mɛ̃³〕……
		〔uɛ̃〕	團段斷〔duɛ̃²〕、亂〔luɛ̃²〕、棺〔kuɛ̃¹〕、歡〔huɛ̃¹〕……
		〔əʔ〕	撥缽〔pəʔ⁷〕、抹沫末〔məʔ⁸〕。
		〔uəʔ〕	奪〔duəʔ⁸〕、脫〔tʰuəʔ⁷〕。
		例外	撮〔tsʰo¹〕。
	二等山刪	〔uɛ̃〕	閂〔suɛ̃¹〕、關〔kuɛ̃¹〕、摜〔guɛ̃²〕、幻〔ɦuɛ̃²〕、彎〔uɛ̃¹〕……
		〔uəʔ〕	刷〔suəʔ⁷〕。
		例外	挖〔ua¹〕。
	三等仙元	〔ɛ̃〕	番翻〔fɛ̃¹〕、煩繁礬飯〔vɛ̃²〕、反返販〔fɛ̃³〕。
		〔uɛ̃〕	磚專〔tsuɛ̃¹〕、穿川〔tsʰuɛ̃¹〕、船傳〔dzuɛ̃²〕、萬〔ɦuɛ̃²〕、晚〔uɛ̃³〕……
		〔yɛ̃〕	泉〔dʑyɛ̃²〕、勸〔tɕʰyɛ̃⁵〕、選〔ɕyɛ̃³〕、軟〔ɲyɛ̃³〕、原院〔ɦyɛ̃²〕……
		〔əʔ〕	發〔fəʔ⁷〕、拔〔bəʔ⁸〕。
		〔uəʔ〕	說〔suəʔ⁷〕。

	例外	鉛〔tɕʰiɛ̃¹〕、戀〔liɛ̃²〕、沿〔ɦiɛ̃²〕、劣〔liəʔ⁸〕。
四等先	〔yɛ̃〕	眩玄懸〔zyɛ̃²〕、犬〔tɕyɛ̃³〕、淵〔yɛ̃¹〕。
	例外	縣〔ziɛ̃²〕。

山攝演變規律：

開口：

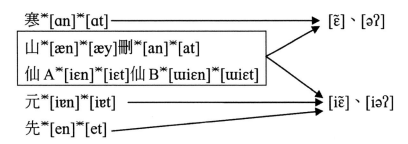

合口：

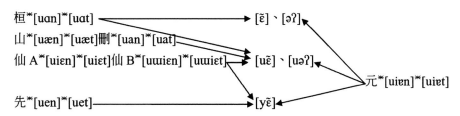

對山攝演變規律的解釋：

按規律，山攝開口今當讀爲〔ɛ̃〕、〔əʔ〕、〔iɛ̃〕、〔iəʔ〕四韻，合口今當讀爲〔uɛ̃〕、〔uəʔ〕、〔yɛ̃〕三韻（山攝未調查到〔yəʔ〕韻）。但山攝合口今卻多出〔ɛ̃〕、〔əʔ〕兩韻，其原因在於山攝合口今讀〔ɛ̃〕、〔əʔ〕兩韻的字皆爲幫組字，幫組聲母對合口介音 u 有同化作用，使得〔uɛ̃〕、〔uəʔ〕兩韻的合口介音同化消失，變爲了〔ɛ̃〕、〔əʔ〕兩韻母。

山攝有 14 個例外字，可分兩類：一類例外字是由山攝讀入其它韻攝，如：帕〔pʰa¹〕、挖〔ua¹〕、屑〔ɕio¹〕、屑又〔ɕyəʔ⁷〕、撮〔tsʰo¹〕；另一類是山攝內部各等之間的異變，如：奸〔tɕiɛ̃¹〕、扇~子〔suɛ̃¹〕、癬〔ɕyɛ̃³〕、軒〔ɕyɛ̃¹〕、鉛〔tɕʰiɛ̃¹〕、戀〔liɛ̃²〕、沿〔ɦiɛ̃²〕、劣〔liəʔ⁸〕、縣〔ziɛ̃²〕。前者超出了山攝今讀韻母的範圍，後者仍在山攝今讀韻母的範圍之內。

（1）帕〔pʰa¹〕、挖〔ua¹〕、撮〔tsʰo¹〕、屑〔ɕio¹〕、屑又〔ɕyəʔ⁷〕

「帕、挖、撮」三字例外的原因類於咸攝，皆是入聲舒化所致，這些字入聲舒化的原因仍是普通話的強勢推廣。

帕：〔aʔ〕＞〔a〕。帕爲明母入聲山開二轄韻，帕*〔mat〕＞*〔pʰat〕＞*

〔pʰaʔ〕＞〔pʰa〕。

挖：〔uaʔ〕＞〔ua〕。《字彙補》：「烏括切，音幹。挑挖也。◎按它字入黠韻。加手義同。當從烏八切。」故「挖」古爲影母入聲山合二黠韻，挖*〔ʔuat〕＞*〔ʔuat〕＞*〔ʔuaʔ〕＞*〔uaʔ〕＞〔ua〕。

撮：〔uəʔ〕＞〔o〕。「撮」本應由〔uəʔ〕舒化爲〔uo〕，但上饒鐵路話中只有〔o〕韻而沒有〔uo〕韻，於是「撮」只能由〔uəʔ〕舒化爲〔o〕。撮爲清母入聲山合一末韻，撮*〔tsʰuat〕＞*〔tsʰuaʔ〕＞*〔tsʰuəʔ〕＞*〔tsʰuoʔ〕＞*〔tsʰuo〕＞〔tsʰo〕。

「屑」字在上饒鐵路話中有兩讀，女發音人方鳳麗讀爲〔ɕiɔ¹〕，男發音人黃斌讀爲〔ɕyəʔ⁷〕。杭州話音〔ɕiəʔ⁷〕，上饒市區話音〔ɕyaʔ⁷〕，普通話音〔ɕie⁵〕。該字可能是受了上饒市區話的影響。還有可能是聲符的影響，「屑〔ɕiɔ¹〕」可能是發音人受同聲符字「肖消」的感染而產生的誤讀；「屑〔ɕyəʔ⁷〕」則可能是發音人受同聲符字「削」的感染而產生的誤讀。

（2）扇~子〔suɛ̃¹〕、癬〔ɕyɛ̃³〕、軒〔ɕyɛ̃¹〕、鉛〔tɕʰiɛ̃¹〕、戀〔liɛ̃²〕、沿〔ɦiɛ̃²〕、劣〔liəʔ⁸〕、縣〔ʑiɛ̃²〕。

以上例外皆是同等開闔口之間的變化，如「扇~子〔suɛ̃¹〕」是由開口二等變爲合口二等，「癬〔ɕyɛ̃³〕、軒〔ɕyɛ̃¹〕」是由開口三等變爲合口三等；「鉛〔tɕʰiɛ̃¹〕、戀〔liɛ̃²〕、沿〔ɦiɛ̃²〕、劣〔liəʔ⁸〕」是由合口三等變爲開口三等，「縣〔ɕiɛ̃²〕」是由合口四等變爲開口四等。

「扇」在上饒鐵路話中有兩讀，作動詞時音〔sɛ̃¹〕，作名詞時音〔suɛ̃¹〕，前者是規律讀音，後者是例外讀音。杭州話（游）「扇」音〔sʮõ⁵〕，也爲合口，上饒市區話音〔sãn⁵〕，「扇」的例外讀音〔suɛ̃¹〕大概是來源於杭州話。

宕 攝

宕攝與江攝合流。宕攝只有一、三等，今讀〔aŋ〕、〔iaŋ〕、〔uaŋ〕、〔əʔ〕、〔iəʔ〕、〔uəʔ〕六韻。

| 一等唐韻 | 開口 | 〔aŋ〕 | 旁〔baŋ²〕、榜〔paŋ³〕、忙〔maŋ²〕、莽〔maŋ³〕、昂文〔ɦaŋ²〕、狼〔laŋ²〕…… |
| | | 〔əʔ〕 | 魄〔pʰəʔ⁷〕、膜薄~〔məʔ⁸〕、鶴〔həʔ⁷〕、惡〔ŋəʔ⁷〕、惡又〔əʔ⁷〕…… |

		例外	托〔tʰuəʔ⁷〕、作〔tsuəʔ⁷〕、昨〔dzuəʔ⁸〕、索〔suəʔ⁷〕、駱落 洛諾烙絡酪〔luəʔ⁸〕。
	合口	〔uaŋ〕	光〔kuaŋ¹〕、荒〔huaŋ¹〕、黃〔ɦuaŋ²〕、橫又，~對，蠻不講理 汪〔uaŋ¹〕……
		〔əʔ〕	博薄〔bəʔ⁸〕。
三等 陽韻	開口	〔aŋ〕	讓〔laŋ²〕、嘗〔dzaŋ²〕、章〔tsaŋ¹〕、傷〔saŋ¹〕……
		〔iaŋ〕	娘〔n̠iaŋ²〕、仰又〔n̠iaŋ³〕、香〔çiaŋ¹〕、羊〔ɦiaŋ²〕、央 〔iaŋ¹〕、仰〔iaŋ³〕……
		〔uaŋ〕	床〔dzuaŋ²〕、莊〔tsuaŋ¹〕、瘡〔tsʰuaŋ¹〕、霜〔suaŋ¹〕……
		〔əʔ〕	惹〔ləʔ⁷〕。
		〔iəʔ〕	溺〔n̠iəʔ⁸〕。
		〔uəʔ〕	著顯~著睡~，衣~〔dzuəʔ⁸〕、綽〔tsʰuəʔ⁷〕、勺〔suəʔ⁷〕、弱〔luəʔ⁸〕。
	合口	〔aŋ〕	方芳肪〔faŋ¹〕、防房妨〔faŋ²〕、紡仿訪〔faŋ³〕、放〔faŋ⁵〕、 芒〔maŋ²〕。
		〔uaŋ〕	筐況〔kʰuaŋ¹〕、狂〔guaŋ²〕、王亡〔ɦuaŋ²〕、謊〔huaŋ³〕、 枉〔uaŋ¹〕……
		例外	縛〔fu¹〕。

宕攝演變規律及例外：

（1）唐韻開口：

　　〔aŋ〕〔ak〕>*〔aŋ〕*〔aʔ〕>〔aŋ〕〔əʔ〕

　　唐韻開口有一批例外字讀〔uəʔ〕：托〔tʰuəʔ⁷〕、昨〔dzuəʔ⁸〕、索〔suəʔ⁷〕、駱落洛諾烙絡酪〔luəʔ⁸〕。這批字在上饒市區話中讀〔oʔ〕，在杭州話（游）中讀〔oʔ〕，普通話中讀〔uo〕。筆者認為這批字受到了普通話的影響，這些字受普通話影響後在上饒鐵路話中本應讀〔uo〕韻，但上饒鐵路話中只有〔o〕韻而沒有〔uo〕韻，加之這些本字來就是入聲字，故而由〔əʔ〕韻讀入〔uəʔ〕韻，這樣既保留了其入聲的性質，又兼有了普通話合口介音的特點。

　　唐韻合口：

　　〔uaŋ〕〔uak〕>*〔uaŋ〕*〔uaʔ〕>〔uaŋ〕〔əʔ〕

　　唐韻合口今本應讀〔uaŋ〕〔uəʔ〕，但卻讀為〔uaŋ〕〔əʔ〕兩韻，原因在於唐韻合口僅有的兩個〔əʔ〕韻字「博薄〔bəʔ⁸〕」皆為幫組，幫組對合口介音 u 有同化作用，使得原〔uəʔ〕韻讀為〔əʔ〕韻；另外唐韻合口讀〔uaŋ〕韻字中恰好沒有幫組字，故而避免了〔aŋ〕韻字的出現。

（2）陽韻開口：

  〔ieŋ〕〔iek〕>*〔iɐŋ〕*〔iaʔ〕>〔ɐŋ〕〔əʔ〕/章組＿＿＿

            >〔uɐŋ〕〔uəʔ〕/莊組＿＿＿

            >〔iɐŋ〕〔iəʔ〕/其它＿＿＿

  陽韻莊組今讀〔uɐŋ〕〔uəʔ〕，可能是因爲莊組古爲〔ʧ〕組舌叶音聲母，易滋生合口介音，並使得原開口介音 i 弱化消失。至於陽韻章組今讀〔ɐŋ〕〔əʔ〕，筆者只能作推測性解釋，章組後期同莊組並混，可能也產生了舌叶音聲母，舌叶音聲母的合口性質使得開口介音 i 弱化消失，但卻未同莊組一樣滋生出合口介音。這可能類似於拉波夫提出的「類似合併」理論，章組和莊組雖然在後期合流，但章組在韻母上的一些表現卻與莊組不盡相同。

  陽韻合口：

  〔uieŋ〕>〔uɐŋ〕>〔uɐŋ〕>〔ɐŋ〕/幫組＿＿＿

         >〔uɐŋ〕/其它＿＿＿

  陽韻合口幫組讀〔ɐŋ〕，原因仍是幫組對合口介音 u 有同化作用。

  另外陽韻合口入聲轄字較少，只調查到一個「縛〔fu¹〕」字，這也是陽韻唯一一個例外字。該字杭州話（游）音〔voʔ⁸〕，上饒市區話音〔voʔ⁸〕，普通話音〔fu⁵〕。該字明顯是受了普通話的影響，也是入聲舒化類的例外。

江 攝

  江攝只有開口二等，今讀〔ɐŋ〕、〔iɐŋ〕、〔uɐŋ〕、〔əʔ〕、〔uəʔ〕五韻。

知系	〔uɐŋ〕	椿〔tsuɐŋ¹〕、窗〔tsʰuɐŋ¹〕、雙〔suɐŋ¹〕、撞〔dzuɐŋ²〕。
	〔uəʔ〕	桌卓捉〔tsuəʔ⁷〕、戳〔tsʰuəʔ⁷〕、朔〔suəʔ⁷〕、濁〔dzuəʔ⁸〕。
其它	〔ɐŋ〕	龐棒蚌〔bɐŋ²〕、邦綁〔pɐŋ¹〕、胖〔pʰɐŋ³〕。 缸〔kɐŋ¹〕、港〔kɐŋ³〕、槓〔kɐŋ⁵〕、夯〔hɐŋ¹〕。
	〔iɐŋ〕	降〔dʑiɐŋ²〕、講降〔tɕiɐŋ³〕、腔〔tɕʰiɐŋ¹〕、項巷〔ʑiɐŋ²〕。
	〔əʔ〕	剝駁〔pəʔ⁷〕、樸~素〔pʰəʔ⁷〕、殼〔kʰəʔ⁷〕。

  江攝演變規律：

  江*〔ɔŋ〕*〔ɔk〕>〔uɐŋ〕〔uəʔ〕/知系＿＿＿

        >〔ɐŋ〕〔əʔ〕/幫系、見組、曉母＿＿＿

        >〔iɐŋ〕/匣母＿＿＿

　　江攝知系只含知組和莊組，不含章組，因爲江攝只有二等韻，章組爲三等聲母。江攝知系讀合口韻〔uaŋ〕、〔uəʔ〕，是因爲知莊組都曾讀〔ʧ〕組舌葉音聲母（知組是由〔ʈ〕組演變爲〔ʧ〕組舌葉音，而莊組中古本身就讀〔ʧ〕組舌葉音），而舌葉音聲母易滋生合口介音，故江攝知系今讀合口韻。

　　幫系讀〔aŋ〕〔əʔ〕不是源於幫系聲母對合口介音 u 的同化作用，因爲江攝本身就讀開口。見組和曉母二等未齶化，故多讀〔aŋ〕〔əʔ〕，但「腔〔tɕʰiaŋ¹〕」字除外（「腔」爲溪母）。匣母二等多齶化，故多讀〔iaŋ〕，但「缸〔kaŋ¹〕」字除外。

　　江攝有 3 個例外字，皆讀〔ɔ〕：雹〔bɔ²〕、趵〔pɔ¹〕、確〔tɕʰyəʔ⁷〕。其中「雹、趵」二字皆爲入聲舒化，*〔ɔk〕＞*〔ɔʔ〕＞〔ɔ〕。

　　確〔tɕʰyəʔ⁷〕。「確」爲江攝入聲覺韻字，按規律當讀爲〔kʰəʔ⁷〕或〔tɕʰiəʔ⁷〕，杭州話（錢）「確」一音〔kʰɔʔ⁷〕，一音〔tɕʰyɪʔ⁷〕，上饒市區話音〔kʰɔʔ⁷〕，普通話音〔tɕʰye⁵〕。該字蓋受杭州話的影響。不過該字在普通話中也是例外，因爲「確」按規律當音〔tɕʰie⁵〕。《語言自邇集》附錄《北京話字音表》中「確」有兩讀，一音〔tɕʰio⁵〕，一音〔tɕʰye⁵〕，前者爲規律讀音，後者爲例外讀音。看來是在後來的語音發展中，規律讀音〔tɕʰio⁵〕被淘汰掉了，而只保留了例外讀音。究其原因，可能緣於主元音對 i 介音的同化，「確」中古韻母擬音爲*〔ɔk〕，又因其是開口二等字，易滋生 i 介音，介音 i 爲前不圓唇元音，主元音 ɔ 爲後圓唇元音，介音 i 很容易被逆同化爲同部位的圓唇元音 y。我們調查到的語言事實也證實了筆者的推論：19 世紀末的北京話中存在〔io〕韻母（例字：角覺腳爵嚼噱催卻雀鵲確碻殼慤墝蹻），而現在的普通話音系中已經沒有〔io〕韻母，該韻母所轄的字今已多數讀入〔ye〕韻母，其原因也是介音 i 易被主元音 o 同化爲同部位的圓唇元音 y；「角腳」今文讀〔iao〕韻母，雖然〔io〕沒有變爲〔ye〕，但主元音 o 也裂化爲了雙元音 ao，這也保證了介音 i 與主元音 a 都帶有不圓唇的一致性。

深　攝

　　深攝只有開口三等，今讀〔əŋ〕、〔iŋ〕、〔əʔ〕、〔iəʔ〕四韻，與臻攝合流。
〔註 9〕

〔註 9〕發音人方鳳麗和黃斌的深、臻攝與曾、梗攝合流讀爲〔əŋ〕、〔iŋ〕、〔uəŋ〕，均爲後

〔ən〕	針斟〔tsən¹〕、枕〔tsən³〕、森〔sən¹〕、沈〔sən³〕、任〔lən²〕……
〔əʔ〕	執〔dʑəʔ⁸〕、褶汁〔tsəʔ⁷〕、十拾澀〔zəʔ⁸〕、濕〔səʔ⁷〕。
〔iŋ〕	稟〔piŋ³〕、品〔pʰiŋ³〕、今金錦襟〔tɕiŋ¹〕、欽〔tɕʰiŋ¹〕、音陰飲〔iŋ¹〕……
〔iəʔ〕	集輯及〔dʑiəʔ⁸〕、急級〔tɕiəʔ⁷〕、吸〔ɕiəʔ⁷〕、習襲〔ɕiəʔ⁸〕、立笠料〔liəʔ⁸〕……

深攝演變規律：

侵韻*〔im〕*〔ip〕>*〔in〕*〔iʔ〕>〔iŋ〕〔iəʔ〕>〔əŋ〕〔əʔ〕／知系___

> 〔iŋ〕〔iəʔ〕／其它___

上饒鐵路話知系聲母多數併入精組洪音，今讀爲〔ts〕組聲母（唯日母與來母合流讀〔l〕），顯然深攝的前高介音 i 並沒能使知系發生齶化，最後介音 i 只能弱化消失。

深攝有 3 個例外字：給〔kei³〕、尋〔ɕyn²〕、入〔luəʔ⁸〕。這三個例外字其實都是受了普通話的影響，下面一一解釋說明。

給〔kei³〕。「給」爲見母入聲緝韻，「居立切」。杭州話音〔tɕiəʔ⁷〕，上饒市區話音〔tɕiɿʔ⁷〕，普通話「給」有兩讀，一音〔tɕi³〕，一音〔kei³〕，前者爲規律讀音，後者爲例外讀音。上饒鐵路話的「給〔kei³〕」正是承襲了其例外讀音。筆者猜測普通話的「給」有兩條音變途徑，其規律讀音〔tɕi³〕走的是聲母齶化的道路，而其例外讀音〔kei³〕走的是前高元音裂化的道路。即：

給*〔kip〕>*〔kiʔ〕>*〔ki〕>〔tɕi〕

> 〔kei〕

尋〔ɕyn²〕。杭州話音〔dʑin²〕，上饒市區話音〔ɕyn³〕，普通話音〔ɕyn²〕。上饒鐵路話的「尋」可能是受到了普通話或上饒市區話的影響。不過該字在普通話中也是例外，因爲按規律「尋」當讀〔ɕin²〕。《語言自邇集》附錄《北京話字音表》尚保留著其規律讀音，當時的北京話「尋」一音〔ɕin²〕，一音〔ɕyn²〕，前者爲規律讀音，後者爲例外讀音。只是在後來的語言發展中，人們漸漸摒棄了其規律讀音〔ɕin²〕，而只保留了其例外讀音〔ɕyn²〕。筆者猜測

鼻音；而發音人劉紅深、臻攝仍讀前鼻音〔ən〕、〔in〕、〔uən〕，未與曾、梗攝合流。本章語音主要以方氏爲主，因此，這裏實際上深攝、曾攝與臻攝開口、梗攝開口四者都是合流的。

其原因可能在於普通話的音系空位：1886 年的北京話中，〔ɕin²〕韻下僅有兩字：尋覃，且皆有兩讀〔註10〕，而〔ɕyn²〕韻下轄字有 11 個之多：循旬洵峋恂詢荀珣馴巡尋；現在的普通話中，〔ɕin²〕下已無字，「尋」今讀〔ɕyn²〕，「覃」今爲〔tɕʰin〕、〔tʰan²〕兩讀，皆不再讀〔ɕin²〕，即〔ɕin²〕已屬音系空位。其音系空位的原因就是〔ɕin²〕韻轄字太少且所轄字皆有兩讀，容易被其它韻吞食。這也是「尋」字今讀〔ɕyn²〕而不讀〔ɕin²〕的原因。不過「尋思」一詞在一些人口中仍讀〔ɕin²sɿ⁰〕，而不讀〔ɕyn²sɿ⁰〕，一種可能是「尋」本音〔ɕin²〕，另一種可能是〔ɕyn²〕受到〔sɿ〕中舌尖前高不圓唇元音〔ɿ〕的影響，逆同化爲〔ɕin²〕。

　　入〔luəʔ⁸〕。「入」普通話音〔ʐu⁵〕，借入上饒鐵路話中就變爲〔luəʔ⁸〕，原因在於上饒鐵路話日母讀l，而「入」又是入聲字（深攝緝韻），杭州話音〔zəʔ⁸〕，上饒市區話音〔lu²〕，由普通話借入後須讀入聲韻，又因普通話爲〔u〕韻，於是讀入合口入聲〔uəʔ〕。不過普通話「入〔ʐu⁵〕」也是例外，按規律，「入」應音〔ʐɿ⁵〕。李榮（1982：241-244）認爲「入」字的例外是緣於避諱：「入」是本字，「日」是同音假借字。「入」rì 字的音義不登大雅之堂，通用的「入」字就改爲 rù。就北京語音而論，r〔ʐ〕聲母在〔ɿʅuiy〕五個高元音裏只拼〔ʅu〕兩個高元音，「入」迴避 rì〔ʐʅ⁵〕就讀 rù〔ʐu⁵〕。在通用的「入」字讀 rù 之後，不知道來歷的人就把專用的「入」rì 字寫成同音字「日」rì。

臻　攝

　　臻攝只有一、三等，今讀〔əŋ〕、〔iŋ〕、〔uəŋ〕、〔yn〕、〔əʔ〕、〔iəʔ〕、〔uəʔ〕、〔yəʔ〕八韻，臻攝開口與深攝合流。

一等	開口	痕	〔əŋ〕	吞〔tʰəŋ¹〕、跟〔kəŋ¹〕、墾〔kʰəŋ¹〕、很〔həŋ³〕、恩〔əŋ¹〕……
	合口	魂	〔əŋ〕	笨〔bəŋ²〕、本〔pəŋ³〕、門〔məŋ²〕、噴〔pʰəŋ¹〕……
			〔uəŋ〕	存〔dzuəŋ²〕、蹲〔tuəŋ¹〕、囤〔duəŋ²〕、滾〔kuəŋ³〕……
			〔əʔ〕	沒〔məʔ⁸〕。
			例外	沒~有〔mei²〕。
三等	開口	眞	〔əŋ〕	陳〔dzəŋ²〕、眞〔tsəŋ¹〕、診疹〔tsəŋ³〕、趁〔tsʰəŋ⁵〕……
			〔iŋ〕	貧〔biŋ²〕、彬〔piŋ¹〕、僅〔tɕiŋ³〕、釁〔ɕiŋ³〕、銀〔ɦiŋ²〕……

		〔əʔ〕	質人~〔tsəʔ⁷〕、失室〔səʔ⁷〕、實〔zəʔ⁸〕、日〔ləʔ⁸〕、佚〔ʣəʔ⁸〕。
		〔iəʔ〕	畢必〔piəʔ⁷〕、疾吉〔tɕiəʔ⁷〕、栗〔liəʔ⁸〕、泌蜜密〔miəʔ⁸〕……
		例外	逸乙〔i¹〕、秩〔tsʰɿ¹〕。
	欣	〔iŋ〕	筋斤勁〔tɕiŋ¹〕、謹〔tɕiŋ³〕、勤芹近〔ʥiŋ²〕、殷〔iŋ¹〕、隱〔iŋ³〕。
		〔iəʔ〕	吃〔tɕʰiəʔ⁷〕。
		例外	乞〔tɕʰi¹〕。
	臻	〔əŋ〕	襯〔tsʰəŋ⁵〕。
		〔əʔ〕	瑟虱〔səʔ⁷〕。
合口	諄	〔uəŋ〕	盾〔duəŋ²〕、春〔tsʰuəŋ¹〕、唇純〔ʥuəŋ²〕、順〔suəŋ²〕……
		〔yn〕	均〔tɕyn¹〕、循〔zyn²〕、雲〔ɦiyn²〕、允〔yn³〕……
		〔uəʔ〕	黜〔tsʰuəʔ⁷〕、卒〔tsuəʔ⁷〕、述術〔suəʔ⁷〕。
		〔yəʔ〕	律〔lyəʔ⁷〕、率效~〔lyəʔ⁸〕。
		例外	尹〔iŋ¹〕。
	文	〔əŋ〕	分芬紛忿〔fəŋ¹〕、奮糞墳焚憤〔vəŋ²〕、粉〔fəŋ³〕。
		〔uəŋ〕	文蚊紋聞問〔ɦuəŋ²〕、薰〔huəŋ¹〕。
		〔yn〕	君軍〔tɕyn¹〕、裙群〔ʥyn²〕、熏勳薰〔ɕyn¹〕、熨〔yn¹〕……
		〔əʔ〕	不〔pəʔ⁷〕、佛〔fəʔ⁷〕。

臻攝演變規律：

開口：

    痕*〔ən〕＞〔əŋ〕

    眞*〔in〕*〔it〕臻*〔ɿn〕*〔ɿt〕欣*〔in〕*〔it〕

        ＞*〔in〕*〔it〕＞〔iŋ〕〔iəʔ〕＞〔əŋ〕〔əʔ〕／知系＿＿

        ＞〔iŋ〕〔iəʔ〕／其它＿＿

合口：

    魂*〔uon〕*〔uot〕＞*〔uən〕*〔uət〕

        ＞〔uəŋ〕〔uəʔ〕＞〔əŋ〕〔əʔ〕／幫組＿＿

        ＞〔uəŋ〕〔uəʔ〕／其它＿＿

諄*[uin]*[uit]　＞*〔uin〕*〔uit〕＞〔yn〕〔yəʔ〕／見系、精組＿＿

文*[uɨn]*[uɨt]　＞*〔uən〕*〔uət〕＞〔uəŋ〕〔uəʔ〕＞〔əŋ〕〔əʔ〕

／幫組＿＿＿

＞＊〔uən〕＊〔uət〕＞〔uəŋ〕〔uəʔ〕／其它＿＿＿

知系古爲舌叶音，帶合口性質，與 i 介音不相容，故眞臻欣三韻知系今讀〔əŋ〕〔əʔ〕；幫組爲唇音聲母，也帶合口性質，易同化 u 介音，所以諄文韻幫組今讀〔əŋ〕〔əʔ〕；諄文韻見系及精組今讀〔yn〕〔yəʔ〕則是諄文韻主要元音 ui 合流爲 y 的結果。

臻攝有 7 個例外字：乞〔tɕʰi¹〕、逸乙〔i¹〕、秩〔tsʰɿ¹〕、沒~有〔mei²〕、尹〔iŋ¹〕、葷〔huəŋ¹〕。

（1）乞〔tɕʰi¹〕、逸乙〔i¹〕、秩〔tsʰɿ¹〕、沒~有〔mei²〕。這 5 個字都是入聲舒化的結果，其中「乞」屬迄韻，「逸乙秩」屬質韻，「沒」屬沒韻。具體演變途徑如下：

迄＊〔ɪt〕＞＊〔it〕＞＊〔iəʔ〕＞〔i〕（乞）

質＊〔ɪt〕＞＊〔iəʔ〕＞〔i〕＞〔ɿ〕／知系＿＿＿（秩）

＞＊〔iəʔ〕＞〔i〕／其它＿＿＿（逸乙）

沒＊〔uot〕＞＊〔uət〕＞＊〔uəʔ〕＞＊〔əʔ〕＞＊〔əi〕＞〔ei〕（沒）

〔註 11〕

（2）尹〔iŋ¹〕。杭州話音〔in³〕，上饒市區話音〔in³〕，普通話音〔in³〕。「尹」爲以母上聲臻合三諄韻，「餘準切」，按規律當讀〔yn〕，不過「『尹』的主元音不讀 y 而讀 i」這一現象古已有之，詳見《李氏詳校篇海》：「尹，古音允。今音引。」

（3）葷〔huəŋ¹〕。「葷」爲曉母平聲臻合三文韻，「許雲切」。「葷」既爲文韻曉母，按規律當讀〔yn〕韻，「葷」杭州話音〔huən¹〕，上饒市區話音〔xuĩ¹〕，普通話音〔xuən¹〕。四種話「葷」的讀音相差不大。「葷」在普通話中也屬例外，《語言自邇集》附錄《北京話字音表》「葷」有兩讀，一音〔ɕyn¹〕，一音〔xuən¹〕，前者爲規律讀音，後者爲例外讀音。只是在後來的語言發展中漸漸

〔註11〕沒韻有「＊〔uəʔ〕＞＊〔əʔ〕」的階段是因爲「沒」是幫系字，會同化合口介音 u。另外，據陶寰、史濛輝（《漢語方言「沒」類否定詞探源》，2012 語言的描寫與解釋（否定專題）學術研討會宣讀，復旦大學中文系主辦）考證，「沒」可能並非來源於古代沒韻，而是「無得」二字的合音。

摒棄了規律讀音〔çyn¹〕，而只保留了例外讀音〔xuən¹〕。

曾　攝

曾攝今讀〔əŋ〕、〔iŋ〕、〔əʔ〕、〔iəʔ〕四韻，與梗攝開口合流。

一等 登	開口	〔əŋ〕	朋〔bəŋ²〕、等〔təŋ³〕、能〔nəŋ²〕、層〔ʥəŋ²〕、肯〔kʰəŋ³〕……
		〔əʔ〕	北〔pəʔ⁷〕、墨默〔məʔ⁸〕、特〔dəʔ⁸〕、得德〔təʔ⁷〕、賊〔ʥəʔ⁸〕、則〔tsəʔ⁷〕、塞〔səʔ⁷〕、克刻〔kʰəʔ⁷〕、黑〔həʔ⁷〕。
		例外	棱〔liŋ²〕、勒〔lei¹〕、肋〔lei²〕。
	合口	例外	弘〔ɦoŋ²〕。
三等 蒸	開口	〔əŋ〕	仍扔〔ləŋ¹〕、承丞〔ʥəŋ²〕、繩剩〔səŋ²〕、蒸〔tsəŋ¹〕……
		〔iŋ〕	憑〔biŋ²〕、陵菱淩〔liŋ²〕、興〔çiŋ¹〕、凝〔n̠iŋ²〕、蠅應鷹〔iŋ¹〕……
		〔əʔ〕	植〔ʥəʔ⁸〕、織職〔tsəʔ⁷〕、測側〔tsʰəʔ⁷〕、嗇飾色識式〔səʔ⁷〕、食蝕〔səʔ⁸〕、直殖〔ʥəʔ⁸〕。
		〔iəʔ〕	逼〔piəʔ⁷〕、力〔liəʔ⁸〕、即極〔ʥiəʔ⁸〕、息熄〔çiəʔ⁷〕。
		例外	孕〔ɦyn²〕、翼〔i³〕、憶億抑〔ɦi²〕。

曾攝演變規律：

登＊〔əŋ〕＊〔ək〕＞〔əŋ〕〔əʔ〕

蒸＊〔iŋ〕＊〔ik〕＞〔iŋ〕〔iəʔ〕＞〔əŋ〕〔əʔ〕／知系＿＿＿

＞〔iŋ〕〔iəʔ〕／其它＿＿＿

曾攝有 8 個例外字：翼〔i³〕、憶億抑〔ɦi²〕、勒〔lei¹〕、肋〔lei²〕、弘〔ɦoŋ²〕、孕〔ɦyn²〕。

（1）翼〔i³〕、憶億抑〔ɦi²〕、勒〔lei¹〕、肋〔lei²〕。這 6 個例外字屬入聲舒化，其中「翼憶億抑」屬職韻，「勒肋」屬德韻，具體舒化路徑如下：

職韻＊〔ik〕＞＊〔iəʔ〕＞〔i〕（翼憶億抑）

德韻＊〔ək〕＞＊〔əʔ〕＞＊〔əi〕＞〔ei〕（勒肋）

（2）弘〔ɦoŋ²〕。杭州話音〔ɦoŋ²〕，上饒市區話音〔uŋ²〕，普通話音〔xoŋ²〕。「弘」為登韻合口，按規律當讀為〔uəŋ〕，但估計是因為登韻合口轄字較少（上饒鐵路話中也只調查到這一個字），「弘」很早就讀入了通攝。《說文》：「弘，弓聲也。……又葉胡公切，音洪。」

（3）孕〔ɦyn²〕。杭州話音〔ɦyn⁶〕，上饒市區話音〔yn²〕，普通話音〔yn⁵〕。「孕」古為曾攝證韻，按規律應讀〔əŋ〕，今卻讀為〔yn〕，據鍾明立（2008：33）考證，「孕」的今音 yùn 是承讀《中原音韻》所反映的說話音。

梗　攝

梗攝今讀〔əŋ〕、〔iŋ〕、〔ioŋ〕、〔aŋ〕、〔uaŋ〕、〔əʔ〕、〔iəʔ〕七韻，梗攝開口與曾攝合流。

二等庚耕		〔əŋ〕	棚〔bəŋ²〕、繃〔pəŋ¹〕、猛孟〔məŋ³〕、橙澄〔ʤəŋ²〕、硬〔ŋəŋ²〕……
		〔iŋ〕	拼妍〔pʰiŋ¹〕、丁〔tiŋ¹〕、莖〔ʨiŋ¹〕、行~為〔ʑiŋ²〕、杏幸〔ɕiŋ¹〕、櫻鸚鶯〔iŋ¹〕。
		〔əʔ〕	麥脈陌〔məʔ⁸〕、宅〔ʤəʔ⁸〕、擇〔tsəʔ⁷〕、革隔〔kəʔ⁷〕、額〔ŋəʔ⁸〕……
		〔aŋ〕〔註12〕〔uaŋ〕	盲虻〔maŋ²〕、鯁〔kaŋ³〕、趟〔tʰaŋ¹〕。礦〔kʰuaŋ¹〕。
		例外	打〔ta³〕。
三等庚清	開	〔əŋ〕	盟〔məŋ²〕、成城〔ʤəŋ²〕、偵睜正貞〔tsəŋ¹〕、整〔tsəŋ³〕、省〔səŋ³〕……
		〔iŋ〕	屏病平〔biŋ²〕、領嶺〔liŋ³〕、京〔ʨiŋ¹〕、營迎〔ɦiŋ²〕、英嬰纓〔iŋ¹〕……
		〔əʔ〕	只一~〔tsəʔ⁷〕、尺赤〔tsʰəʔ⁷〕、適釋〔səʔ⁷〕、石〔ʑəʔ⁸〕。
		〔iəʔ〕	闢僻〔pʰiəʔ⁷〕、鯽〔ʤiəʔ⁸〕、籍跡脊屐〔ʨiəʔ⁷〕、汐夕〔ɕiəʔ⁷〕、席〔ʑiəʔ⁸〕、液腋〔ɦiəʔ⁸〕、譯益〔iəʔ⁷〕。
	合	〔ioŋ〕〔註13〕	瓊〔ʤioŋ²〕、兄〔ɕioŋ¹〕、榮〔ɦioŋ²〕、永泳詠〔ioŋ³〕。
		例外	逆〔ȵi²〕、劇〔ʤy²〕、疫役〔ɦi²〕、亦〔i¹〕。
四等青		〔iŋ〕	瓶萍〔biŋ²〕、定蜓〔diŋ²〕、靈鈴〔liŋ²〕、經〔ʨiŋ¹〕、星腥〔ɕiŋ¹〕、螢〔ɦiŋ²〕……

〔註12〕讀〔aŋ〕、〔uaŋ〕的這些字都是庚韻二等字，其中〔aŋ〕為庚二開，〔uaŋ〕為庚二合。

〔註13〕讀〔ioŋ〕的這些字都是庚韻三等合口字。

〔iəʔ〕	壁〔piəʔ⁷〕、劈〔pʰiəʔ⁷〕、覓〔miəʔ⁸〕、敵狄笛〔diəʔ⁸〕、滴的〔tiəʔ⁷〕、惕踢剔〔tʰiəʔ⁷〕、歷〔liəʔ⁸〕、激擊績〔tɕiəʔ⁷〕、戚〔tɕʰiəʔ⁷〕、析錫〔ɕiəʔ⁷〕。
例外	寂〔tɕi¹〕。

梗攝演變規律：

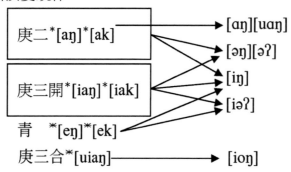

庚韻二等部分字讀〔ɑŋ〕〔uɑŋ〕，應是庚二存古的表現；庚韻三等合口讀〔ioŋ〕也比較特殊，其演變路徑可能是：庚三合*〔uiaŋ〕＞*〔uiɑŋ〕＞*〔uioŋ〕＞〔ioŋ〕。

梗攝有 7 個例外字：逆〔ȵi²〕、劇〔dʑy²〕、疫役〔ɦi²〕、亦〔i¹〕、寂〔tɕi¹〕、打〔ta³〕。

（1）逆〔ȵi²〕、劇〔dʑy²〕、疫役〔ɦi²〕、亦〔i¹〕、寂〔tɕi¹〕。此 6 字均為入聲舒化所致，其中「逆劇」為陌韻三等入聲，「疫役亦」為昔韻入聲，「寂」為錫韻入聲：

陌三*〔iak〕＞*〔iaʔ〕＞*〔iəʔ〕＞〔i〕（逆）

＞*〔yaʔ〕＞*〔yəʔ〕＞〔y〕（劇）

昔*〔iɛk〕＞*〔iəʔ〕＞〔i〕（疫役亦）

錫*〔ek〕＞*〔iek〕＞*〔iəʔ〕＞〔i〕（寂）

（2）打〔ta³〕。杭州話、上饒市區話和普通話皆音〔ta³〕。「打」為梗攝字，一為庚二「德冷切」，一為青韻「都挺切」。「打」字讀〔ta³〕，應是由庚二德冷切變來的。黃典誠（1985）：普通話「打」讀 dǎ。這是從元人周德清《中原音韻》「都馬切」這一俗讀而來的。而《中原音韻》都馬切的俗讀又源自稍早的戴侗《六書故》的都假切。鍾明立（2008）：「打」字讀音由〔taŋ³〕變化為〔ta³〕，這是漢語語音發展中的陰陽對轉現象。唐代後期長安方言口語中「打」字就已讀〔ta³〕了。筆者認為「打」字可能只是一種鼻韻尾的弱化丟失現象，即打*

$[taŋ^3] > {}^*[t\tilde{a}^3] > [ta^3]$。

通　攝

通攝只有合口一、三等，今讀〔əŋ〕、〔oŋ〕、〔ioŋ〕、〔əʔ〕、〔uəʔ〕、〔yəʔ〕六韻。

一等	東	〔əŋ〕	篷蓬〔bəŋ²〕、蜂〔fəŋ¹〕、俸〔vəŋ²〕、蒙〔məŋ²〕。
		〔oŋ〕	同〔doŋ²〕、叢〔ʣoŋ²〕、公〔koŋ¹〕、控〔kʰoŋ³〕、紅〔ɦoŋ²〕、聾〔loŋ²〕……
		〔əʔ〕	僕〔bəʔ⁸〕、木〔məʔ⁸〕、撲〔pʰəʔ⁷〕。
		〔uəʔ〕	獨牘〔duəʔ⁸〕、鹿祿〔luəʔ⁸〕、禿〔tʰuəʔ⁷〕、族鑿〔ʣuəʔ⁸〕、啄〔tsuəʔ⁷〕、速〔suəʔ⁷〕。
	冬	〔oŋ〕	冬〔toŋ¹〕、統〔tʰoŋ³〕、農膿〔noŋ²〕、宋〔soŋ¹〕、宗〔tsoŋ¹〕、綜〔tsoŋ⁵〕、囪〔tsʰoŋ¹〕。
		〔uəʔ〕	毒〔duəʔ⁸〕、篤督〔tuəʔ⁷〕、褥〔luəʔ⁸〕。
三等	東	〔əŋ〕	風瘋諷豐〔fəŋ¹〕、馮鳳〔vəŋ²〕、夢〔məŋ²〕。
		〔oŋ〕	蟲崇〔ʣoŋ²〕、中終衷忠盅眾〔tsoŋ¹〕、仲〔tsoŋ⁵〕、充沖〔tsʰoŋ¹〕、弓躬宮〔koŋ¹〕、隆戎絨融〔loŋ²〕。
		〔ioŋ〕	熊雄〔zioŋ²〕、窮〔ʣioŋ²〕。
		〔əʔ〕	復福覆腹伏〔fəʔ⁷〕、服〔vəʔ⁸〕、目牧穆〔məʔ⁸〕。
		〔uəʔ〕	陸〔luəʔ⁸〕、逐軸〔ʣuəʔ⁸〕、粥竹築祝〔tsuəʔ⁷〕、畜~生〔tsʰuəʔ⁷〕、縮叔肅宿〔suəʔ⁷〕、熟〔zuəʔ⁸〕。
		〔yəʔ〕	蓄〔ɕyəʔ⁷〕。
		例外	六〔ləʔ⁸〕。
	鍾	〔əŋ〕	封峰鋒奉〔fəŋ¹〕、逢縫〔fəŋ²〕、捧〔pʰəŋ³〕。
		〔oŋ〕	縱從重〔ʣoŋ²〕、拱共〔goŋ²〕、龍壟茸隴〔loŋ²〕、松〔soŋ¹〕……
		〔ioŋ〕	凶胸匈〔ɕioŋ¹〕、容用溶擁〔ɦioŋ²〕、勇甬湧踴〔ioŋ³〕。
		〔uəʔ〕	鐲〔ʣuəʔ⁸〕、足燭囑〔tsuəʔ⁷〕、觸促〔tsʰuəʔ⁷〕、綠辱錄浴〔luəʔ⁸〕、束〔suəʔ⁷〕、贖屬蜀〔suəʔ⁸〕。
		例外	俗粟〔zu²〕、旭〔ɕy¹〕、續〔ɕy³〕、欲〔ɦy²〕。

通攝演變規律及例外：

東一${}^*[uŋ][uk] > {}^*[oŋ][uəʔ] > [əŋ][əʔ]$／幫系＿＿＿

　　　　　　　　　　 $> [oŋ][uəʔ]$／其它＿＿＿

冬${}^*[uoŋ][uok] > [oŋ][uəʔ]$

東三[*]〔iuŋ〕〔iuk〕>[*]〔ioŋ〕〔yəʔ〕>[*]〔oŋ〕〔uəʔ〕>〔əŋ〕〔əʔ〕
　　　　/幫系＿＿＿

　　　　　　　>[*]〔ioŋ〕〔yəʔ〕/雲、曉、群母＿＿＿

　　　　　　　>[*]〔ioŋ〕〔yəʔ〕>〔oŋ〕〔uəʔ〕/其它＿＿＿

鍾[*]〔uioŋ〕〔uiok〕>[*]〔uoŋ〕〔uəʔ〕>[*]〔oŋ〕〔uəʔ〕>〔əŋ〕/幫
　　系＿＿＿[註14]

　　　　　　　>[*]〔uoŋ〕〔uəʔ〕>[*]〔oŋ〕〔uəʔ〕>〔ioŋ〕/影
　　組、喻組＿＿＿

　　　　　　　>[*]〔uoŋ〕〔uəʔ〕>〔oŋ〕〔uəʔ〕/其它＿＿＿

　　通攝幫系皆讀〔əŋ〕〔əʔ〕，應該還是幫系聲母對合口介音 u 同化的結果；東三雲、曉、群母讀〔ioŋ〕〔yəʔ〕是東三存古的表現。

　　通攝有 6 個例外字：俗粟〔zu^2〕、旭〔ɕy^1〕、續〔ɕy^3〕、欲〔ɦy^2〕、六〔ləʔ^8〕。

　　（1）俗粟〔zu^2〕、旭〔ɕy^1〕、續〔ɕy^3〕、欲〔ɦy^2〕。此 5 字皆爲通攝燭韻，均爲入聲舒化所造成的例外，具體舒化路徑如下：

　　　燭韻[*]〔uiok〕>[*]〔yok〕>[*]〔yəʔ〕>〔y〕（旭續欲）

　　　　　　　　>[*]〔uok〕>[*]〔uəʔ〕>〔u〕（俗粟）

　　（2）六〔ləʔ^8〕。「六」爲通攝入聲屋韻。杭州話（游）音〔loʔ^8〕，上饒市區話音〔lɤʔ^8〕。該字應是受了杭州話或者上饒市區話的影響。

5.4　韻母例外字來源讀音列表

　　上饒鐵路話的聲母例外字來源讀音表詳見本文 6.4 節。此處不另列。

[註14] 鍾韻幫系沒有調查到入聲韻，故只列了〔əŋ〕韻，未列〔əʔ〕韻。下同。

第六章　上饒鐵路話與杭州話、上饒市區話的語音比較

6.0　說　明

　　本章所使用的材料來源：上饒鐵路話材料是本人實地調查所得，經由游汝傑教授審音；杭州話材料一爲錢乃榮（1992）《杭州方言志》，二爲游汝傑（2011）《杭州話語音特點及其古官話成分》及（未刊）《老派杭州方言同音字表》，三爲本人實地調查；上饒市區話材料一爲胡松柏（2009）《贛東北方言調查研究》，二爲何細貴主編（1997）的《上饒地區志》，三爲陳昌儀主編（2005）《江西省方言志》，四爲本人實地調查。〔註1〕以下本人實地調查時的發音合作人：

　　上饒鐵路話發音人：以方鳳麗主，黃斌爲輔。兩發音人資料詳見本文 3.1 節。

　　杭州話發音人：趙庸，1980 年生，大學教師，其父爲紹興人，其母爲上海人，父母均 15 歲左右到杭州，趙本人 0 至 28 歲一直在杭州，家庭語言環境是

〔註1〕凡本人用於三地語言比較的實地調查材料，上饒鐵路話發音人皆爲方鳳麗、黃斌，杭州話發音人皆爲趙庸，上饒市區話發音人皆爲張陳超。第七章與第八章亦是如此，下文不再贅述。特此說明。

普通話＋杭州話，學校和社會生活講杭州話。

上饒市區話發音人：張陳超，1978 年生，上饒一中教師，父母均爲上饒市區話，張本人長期居住在上饒市信州區，沒離開過本地，母語爲上饒市區話。

考慮到各家記音的差異及語音的系統性，本章表中所列音系及例字，杭州話取錢乃榮的記音〔註2〕，上饒市區話取《上饒地區志》中的記音，上饒鐵路話取發音人方鳳麗的語音，其餘各家的語音暫不列於表中，但會在深入討論時有所涉及。

6.1　聲調比較

表 20　上饒鐵路話、杭州話、上饒市區話的聲調比較表

方　言　點	聲調數	陰平	陽平	陰上	陽上	陰去	陽去	陰入	陽入
上饒鐵路話	6	44	13	53	13	334	13	5	<u>12</u>
杭州話	7	33	213	53	13	334	13	5	<u>12</u>
上饒市區話	8	55	312	53	31	534	11	5	3

聲調比較結果：

（1）上饒鐵路話與杭州話的陰平、陰上、陽上、陰去、陽去、陰入、陽入七個調類在調值上相同或相近，而上饒鐵路話與上饒市區話僅在陰平、陰上和陰入三個調類的調值上是接近的。

（2）上饒鐵路話的陽平、陽上（全濁）、陽去三個陽調類全部合併（調值13），杭州話只有陽上（全濁）和陽去合併（調值13），而上饒市區話的陽平、陽上和陽去均未發生合併。上饒鐵路話陽平、陽上、陽去合併也說明了混合語的一個重要特徵──音系簡化。

（3）上饒鐵路話與杭州話的陽上調都是次濁上歸陰上，上饒市區話則爲次濁上仍歸陽上（例見表 21）。次濁上歸陰上，並非吳方言特徵，而是官話影響

〔註 2〕關於杭州話的記音，游汝傑所記爲老派讀音，錢乃榮所記爲新派讀音。從移民歷史來看，老派杭州話讀音更有可能對上饒鐵路話造成影響。故本章應皆取游汝傑記音爲宜，但鑒於錢乃榮的同音字表轄字較全，特作以下調整：表 21 的杭州話聲調皆取游汝傑記音，表 22 和表 23 中聲母及韻母例字皆取錢乃榮記音，但會在語音比較時以老派杭州話爲主。

的結果。

表 21　次濁上字調類歸併情況表

	五	女	老	有
上饒鐵路話	u^3	y^3	$lɔ^3$	$iɣɯ^3$
杭州話	$ʔu^3$	$ȵy^3$	$lɔ^3$	$ʔʏ^3$
上饒市區話	$ŋ̍^4$	$ȵy^4$	$lɑo^4$	iu^4

注：表中數字 3 和 4 分別代表陰上和陽上調類。

　　從聲調比較結果看，上饒鐵路話與杭州話較爲密切，與上饒市區話相對疏遠。

6.2　聲母比較

表 22　上饒鐵路話、杭州話、上饒市區話的聲母比較表

中古聲母	上饒鐵路話（29）[註3]	杭州話（29）	上饒市區話（29）	中古聲母	上饒鐵路話（29）	杭州話（29）	上饒市區話（29）
幫	p	p	p	澄	dʑ / ts / tsʰ	dʑ	dʑ
滂	pʰ	pʰ	pʰ	莊	ts	ts	ts
並	b	b	b	初	tsʰ	tsʰ	tsʰ
明	m	m	∅文 / m白	崇	dʑ / z	dʑ	dʑ / z
非	f / v	f	f	生	s	s	s
敷	f / v	f	f	章	ts	ts	tɕ
奉	f / v	v	v	昌	tsʰ	tsʰ	tɕʰ
微	∅ / ɦ	v	∅	船	s / z / dʑ	z / dʑ	ʑ
端	t	t	t	書	s / z	s	ɕ
透	tʰ	tʰ	tʰ	禪	s / z / dʑ	z / dʑ	ʑ
定	d	d	d	日	l舊 / z新	ɹ / z	l文 / ∅文 / ȵ白
泥	n / ȵ / l	n / ȵ	n / ȵ	見	k / tɕ	k / tɕ	k / tɕ
來	l	l	n / l	溪	kʰ / tɕʰ	kʰ / tɕʰ	kʰ / tɕʰ
精	ts / tɕ	ts / tɕ	ts / tɕ	群	g / dʑ / tɕ	g / dʑ	g / dʑ

〔註 3〕數字「26」表示鐵路話聲母中，包括零聲母在內共 26 個聲母。下同。

清	tsʰ / tɕʰ	tsʰ / tɕʰ	tsʰ / tɕʰ	疑	ɦ / ø	ø / ɦ	ŋ / ȵ / ŋ̇ / ø
從	dz / dʑ / ts / tɕ	dz / dʑ	dz / dʑ	曉	h / ɕ	h / ɕ	x / ɕ
心	s / ɕ / z	s / ɕ	s / ɕ	匣	h / ɕ / ɦ	ɦ	ɣ / ø
邪	s / z / ɕ / ʑ	dz / dʑ	z / ʑ	影	ŋ / ȵ / ɦ / ø	ø	ŋ / ø
知	ts	ts	ts / tɕ	喻雲	ø / ɦ	ɦ	ø
徹	tsʰ	tsʰ	tsʰ / tɕʰ	喻以	ø / ɦ	ɦ	ø

聲調比較結果：

（1）上饒鐵路話、杭州話、上饒市區話的聲母有 13 類聲母完全相同，它們分別是：幫、滂、并、端、透、定、精、清、莊、初、生、見、溪。除此之外，三地「非、敷、奉、明、心、禪、泥、來、從、群」10 類聲母也比較接近。表中共有 40 個聲類，而聲母相同或相近的卻佔了一半，其原因很簡單：三地都屬於吳方言大區，肯定會享有吳方言的一些共同特徵：①塞音三分，如端母讀〔t〕，透母讀〔tʰ〕，定母讀〔d〕；②聲母分清濁，聲調分陰陽；③不分 ts / tsʰ / s 與 tʂ / tʂʰ / s，知系部分字和精組細音字念舌尖前音。

（2）表中有 10 類聲母，是上饒鐵路話與杭州話完全相同、而與上饒市區話不同的：非、敷、奉、來、知、徹、章、昌、書、曉。另外，從發音部位和發音方法上看，上饒鐵路話的「澄、船、禪、日、疑、匣」6 類聲母也是近於杭州話，遠於上饒市區話。

（3）上饒鐵路話近於上饒市區話且異於杭州話的聲母只有微、崇兩母。

（4）知系（日母除外）：上饒鐵路話和杭州話知系未齶化，仍讀舌尖前音 ts / tsʰ / dz / s。上饒市區話僅莊組未齶化，仍讀舌尖前音 ts / tsʰ / dz / s；知組部分字齶化，今讀 ts / tsʰ / dz / s 和 tɕ / tɕʰ / dʑ / ɕ / ʑ 兩套聲母；章組已完全齶化，今讀舌面音 tɕ / tɕʰ / dʑ / ɕ / ʑ。

（5）上饒鐵路話和杭州話無舌面前濁擦音聲母〔ʑ〕，上饒市區話保留該聲母。

（6）日母：上饒鐵路話日母舊讀爲〔l〕，新讀爲〔z〕，個別字讀爲〔ȵ〕（熱〔ȵieʔ⁸〕、軟〔ȵyẽ³〕、惹白〔ȵia²〕）、〔ɦ〕（兒〔ɦiə²〕、而〔ɦiə²〕、饒上~〔ɦio²〕）和〔ø〕（耳〔ə³〕、二〔ə⁵〕、貳〔ə⁵〕）聲母；上饒市區話日母文讀爲〔l〕和〔ø〕，白讀爲〔ȵ〕；杭州話日母部分字讀〔ɻ〕，部分字讀〔z〕聲母，個別字讀〔dʑ〕聲母（柔揉〔dʑer²〕）。日母讀鼻音聲母（〔ȵ〕）是吳方言的共

同特徵，而讀邊音、擦音、無擦通音和零聲母（〔l〕、〔z〕、〔ɹ〕、〔ʥ〕、〔ø〕）則是官話特徵影響的表現。三地的日母字雖都受到了官話的影響，但很顯然，與上饒市區話相比，上饒鐵路話和杭州話所受官話的影響更大：杭州話日母未表現出絲毫吳方言的共同特徵（日母無鼻音），上饒鐵路話日母僅個別字讀鼻音聲母（「熱軟惹」），而上饒市區話日母則保留有一整套鼻音聲母〔n̠〕的白讀。

（7）疑母：上饒鐵路話與杭州話多讀零聲母（ʔ／ɦ／ø），這在現代吳語中並不常見，而上饒市區話洪音前讀〔ŋ〕聲母或細音前〔n̠〕聲母則是現代吳語的共同特徵。

（8）上饒鐵路話和杭州話零聲母字一般都是陰調類字，陽調類字歸〔ɦ〕；上饒市區話則無此分別，其零聲母字陰、陽調類皆有。

綜合以上聲母特徵，上饒鐵路話也與杭州話較接近，而與上饒市區話較疏遠。

6.3　韻母比較

表 23　上饒鐵路話、杭州話、上饒市區話的韻母比較表

中古韻攝	例字	上饒鐵路話（36）	杭州話（38）	上饒市區話（55）	中古韻攝	例字	上饒鐵路話（36）	杭州話（38）	上饒市區話（55）
果	河	o	u	o	宕舒	幫黨	ɑŋ	ʌŋ	ã
	茄	ie	iɑ / ɑ	ɛ		良	iɑŋ	iʌŋ	iã
	波	o	ou	o		霜	uɑŋ	uʌŋ	uɑ’yã
	大	a	ɑ	o / a	江舒	講	iɑŋ	iʌŋ	ã
	靴	yəʔ	y	y	曾舒	冰	iŋ	ɪn	ĩ
假	爬	a	ɑ	a		繩	əŋ	ən	iĩ
	牙	ia	iɑ	ʌ		興	iŋ	ɪn	iĩ
	蛇	ei / uei	uei	ɛ		弘	oŋ	oŋ	uɛ̃
	野	ie	ie	iɛ	梗舒	庚	əŋ	ən	ɛ̃
	花	ua	uɑ	ua		京	iŋ	ɪn	iĩ
遇	做	o	ou	o		正	əŋ	ən	iĩ
	初	u	u / ʮ	u		靈星	iŋ	ɪn	ĩ
	書	u	u / ʮ	y		橫	əŋ	ən	uɛ̃
	虛雨	y	y	y		瓊	ioŋ	ioŋ	yŋ

	取	y	y	i
蟹	蓋	ɛ	E	æ
	介	ie	ie	æ
	第	i	i	i
	制	ɿ	ɿ	i
	倍	ei	eɪ	ei
	推	uei	ueɪ / ɪə	ui
	怪	uɛ	uE	uæ
	灑	ɛ / a	E / ɑ	æ
止	資	ɿ	ɿ	ɿ
	支	ɿ	ɿ	i
	耳	ɔ˞ / ɔ	ɚ	ə
	地	i	i	i
	水	uei	ueɪ	y
	費	ei	i	ui
效	桃燒	ɔ	ɔ	ɑɔ
	條	iɔ	iɔ	iɑɔ
流	母負	u	u	u
	鬥	ɣɯ	ɪə	ɛ
	口收	ɣɯ	eɪ	iu
	流	iɣɯ	Y	ɛ
咸舒	膽含	ɛ̃	E	ã
	甘	ɛ̃	E	uɛ̃
	減	iɛ̃	ie	ã
深舒	林心	iŋ	ɪn	ĩ
	森	əŋ	ən	ĩ
	金	iŋ	ɪn	iĩ
山舒	丹	ɛ̃	E	ã
	幹	ɛ̃	E	uɛ̃
	間	ɛ̃ , iɛ̃	ie	ã
	連	iɛ̃	ie	iE
	短官	uɛ̃	uo	uɛ̃
	權圓	yɛ̃	Yo	yĚ
臻舒	根	əŋ	ən	ĩ
	眞	əŋ	ən	iĩ
	緊	iŋ	ɪn	iĩ
	村魂	uəŋ	uən	uĩ
	群	yn	yɪn	yĩ

	東紅	oŋ	oŋ	uŋ
通舒	風	əŋ	oŋ	uŋ
	中	oŋ	oŋ	yŋ
	窮	ioŋ	ioŋ	yŋ
咸入	法	əʔ	ɐʔ	aʔ
	接	iəʔ	iɪʔ	iɪʔ
深入	執	əʔ	ɐʔ	iɪʔ
	立	iəʔ	iɪʔ	ɛʔ
山入	辣八	əʔ	ɐʔ	aʔ
	鐵	iəʔ	iɪʔ	iɪʔ
	活刮	uəʔ	uɐʔ	uaʔ
	月缺	yəʔ	yɪʔ	yaʔ
臻入	日	əʔ	ɐʔ	iɛʔ
	吉	iəʔ	iɪʔ	iɪʔ
	骨	uəʔ	uɐʔ	uɪʔ
宕入	落	uəʔ	ɔʔ	ɔʔ
	各	əʔ	ɔʔ	ɔʔ
	藥	yəʔ	iɪʔ	iɔʔ
江入	剝	əʔ	ɔʔ	ɔʔ
	桌	uəʔ	ɔʔ	ɔʔ
	確	yəʔ	yɪʔ / iɔʔ	ɔʔ
曾入	北	əʔ	ɔʔ	ɜʔ
	直色	əʔ	ɐʔ	ɛʔ
	逼	iəʔ	iɪʔ	ɪʔ
	國	uəʔ	ɔuʔ	uɪʔ
梗入	百	əʔ	ɐʔ	ɛʔ
	石	əʔ	ɐʔ	iɛʔ
	踢擊	iəʔ	iɪʔ	iɪʔ
	獲	uəʔ	ɔuʔ	uɛʔ
通入	木	əʔ	ɔʔ	ɣʔ
	鹿	uəʔ	ɔʔ	ɣʔ
	谷	uəʔ	ɔʔ	uɣʔ
	蓄	yəʔ	yɪʔ	yɣʔ

韻母比較結果：

（1）三地都享有一些現代吳方言的共同特徵：①都保留了帶喉塞尾的入聲。②古咸山兩攝韻尾皆失落。上饒鐵路話和上饒市區話的咸山攝今讀鼻化韻；杭州話咸山攝，據錢乃榮記音，鼻化已消失，今讀陰聲韻，而據游汝傑記音，咸山一二等鼻化消失，與蟹攝咍韻合流，如來 lɛ＝藍 lɛ，其餘仍保留鼻化。③不分 in、iŋ 和 ən、əŋ，即深臻曾梗四攝合流。上饒鐵路話只有後鼻音 əŋ、iŋ，無前鼻音 ən、in；杭州話恰好與上饒鐵路話相反，只有前鼻音 ən、in，而無後鼻音 əŋ、iŋ；上饒市區話更甚，ən、əŋ 和 in、iŋ 合流讀爲鼻化韻 ĩ、iĩ。④喻組庚合三和鍾合三部分字（即「榮容溶」等字）仍讀細音 ioŋ，而普通話皆讀洪音 oŋ。⑤單元音發達、複元音少。

（2）入聲韻：上饒鐵路話僅有 5 個入聲韻（əʔ、iəʔ、uəʔ、yəʔ、aʔ）；杭州話有 7 個入聲韻（oʔ、ioʔ、uoʔ、ɐʔ、uɐʔ、iiʔ、yɪʔ）；上饒市區話有 18 個入聲韻（aʔ、iaʔ、uaʔ、yaʔ、oʔ、ioʔ、uoʔ、ɛʔ、iɛʔ、uɛʔ、yɛʔ、ɿʔ、iɿʔ、uɿʔ、yɪʔ、ɤʔ、uɤʔ、yɤʔ）。上饒鐵路話與杭州話的入聲韻少，說明二者受官話影響較大，可以說二者帶有半官話性質；上饒市區話入聲韻多，受官話影響小。

（3）鼻化韻：上饒鐵路話有 4 個鼻化韻：ɛ̃、iɛ̃、uɛ̃、yɛ̃；錢乃榮所記的杭州話沒有鼻化韻，游汝傑記有 4 個鼻化韻：iĩ、uõ、yõ、ʮõ；上饒市區話鼻化韻極其豐富，《江西省方言志》中記有 12 個鼻化韻：ã、ĩ、yĩ、æ̃、iæ̃、uæ̃、ɛ̃、iɛ̃、uɛ̃、õ、uõ、yõ；《上饒地區志》中記有 16 個鼻化韻：ã、iã、uã、ɐ̃、uɐ̃、ɛ̃、uɛ̃、iɛ̃、yɛ̃、ĩ、iĩ、uĩ、yĩ、ɑ̃、uɑ̃、yɑ̃。據《江西省方言志》（2005：67）記載，鼻化韻母豐富是江西吳方言的共同特點，而上饒鐵路話和杭州話顯然不具備這一特點。另據陳忠敏告知，錢乃榮所記杭州音爲新派，游汝傑所記杭州音爲老派。上饒鐵路話與老派杭州話的鼻化韻更爲接近，而且從移民歷史來看，新派杭州話不太可能對上饒鐵路話造成影響。故而鼻化韻方面，上饒鐵路話也是與杭州話極爲相近的。

（4）日母止攝：即「兒、二、耳、爾、餌、而」等字，上饒鐵路話內部有些差異，發音人方鳳麗均讀〔ɚ〕，發音人黃斌均讀〔ɔ〕，發音人劉紅多數讀〔ɚ〕，但「二」讀〔ɔ〕；杭州話日母止攝錢乃榮記作〔ʮɚ〕，游汝傑記爲〔ʮl〕；上饒市區話日母止攝讀〔ə〕。上饒鐵路話和杭州話帶卷舌成分的〔ɚ〕、〔ʮɚ〕或〔ʮl〕，很接近漢語普通話的〔ɚ〕，應是受到了官話或古官話的影響，據游

汝傑（2012）考證，杭州話兒尾詞的讀音應該是兩宋之交從北方話遷移而來的，它在當時的音值最大的可能性即是沿用至今的〔ɚ〕。而上饒路路話非卷舌的〔ɔ〕，應是受了上饒市區話日母止攝讀〔ə〕的影響。

（5）蟹攝、止攝合口：上饒鐵路話和杭州話只有洪音的讀法（上饒鐵路話讀 uei 和 ei，杭州話讀 uei、ɥeɪ 和 ei），沒有撮口 y 的讀法。吳語大都有細音讀法，上饒市區話就是如此，其蟹攝、止攝合口既有洪音 ui 的讀法，又有細音 y 和 i 的讀法，不過上饒市區話蟹、止攝合口讀 y 僅限於章組和部分知組字。例見表 24。

表 24　三地蟹攝、止攝合口例字比照表

	罪	跪	龜	吹	水	錘	醉	飛	肺
上饒鐵路話	dzuei²	guei²	kuei¹	tsʰuei¹	suei³	dzuei²	tsuei¹	fei¹	fei⁵
杭州話	dzɥeɪ²	guei⁶	kuei¹	tsʰɥeɪ¹	sɥeɪ³	dzɥeɪ²	tsɥeɪ⁵	fi¹	fi¹
上饒市區話	dzui⁴	kʰui³	kui¹	tɕʰy³	ɕy³	dzy²	tɕi⁵	fi¹	fi⁵

（6）普通話讀舌尖韻母 ɿ 的字，上饒鐵路話、杭州話與普通話一致，也讀 ɿ；上饒市區話在這兩攝中雖也有舌尖韻母 ɿ，但卻有部分字讀爲 i，如制、支、詩。

（7）麻三章組：即「車、賒、蛇、射、社、舍」等字，上饒鐵路話皆讀 ei，其中「車、蛇」二字又讀 uei；杭州話麻三章組讀 ɥeɪ；上饒市區話麻三章組，《上饒地區志》記爲 ɛ 韻，《江西省方言志》記爲 e，胡松柏記爲 ie。中古官話章組讀舌葉音 tʃ，易滋生合口介音，而南部吳語麻三章組普遍無介音。上饒鐵路話麻三章組的讀音極有可能是承襲了杭州話麻三章組的古官話特徵，其「車蛇」的又讀爲 uei 概是杭州話古官話成分的保留，而其合口介音 u 丟失，今讀 ei 韻，則可能是受到了上饒市區話的影響，因爲 ei 與 ɛ / e 在音值上較接近。詳見表 25。

表 25　三地麻三章組例字比照表

	車~輛	賒	蛇	射	社	舍
上饒鐵路話	tsʰei¹ / tsʰuei¹	sei¹	zei² / zuei²	zei²	zei²	zei²
杭州話	tsʰɥeɪ¹	sɥeɪ¹	dzɥeɪ⁶	zɥeɪ⁶	dzɥeɪ⁶	sɥeɪ⁵
上饒市區話	tsʰɛ¹	sɛ¹	zɛ²	zɛ⁶	sɛ⁴	sɛ³

（8）侯韻：上饒鐵路話多讀 ɤɯ 韻（個別字讀 ɔ 和 u）；杭州話今多讀 eɪ 韻（個別字讀 u）；上饒市區話今多讀單元音（個別字讀 iu），《上饒地區志》記為 ɛ，胡松柏的《贛東北方言調查研究》和《江西省方言志》記為 e。古雙元音韻母單元音化是吳方言的普遍特徵，上饒市區話侯韻讀單元音 ɛ 或 e 就是其中一例，而上饒鐵路話和杭州話侯韻仍讀雙元音，與吳語的普遍特徵相悖。例見表 26。

表 26　三地侯韻例字比照表

	頭	狗	口	藕	後	貿	走	母
上饒鐵路話	dɤɯ²	kɤɯ³	kʰɤɯ³	ɤɯ³	hɤɯ²	mɔ²	tsɤɯ³	mu³
杭州話	deɪ²	keɪ³	kʰeɪ³	eɪ³	ɦeɪ⁶	meɪ⁶	tseɪ³	mu³
上饒市區話	de²	ke³	kʰe³	ŋe⁴	xe⁴	miu⁶	tɕiu³	mu³

（9）可自成音節的疑母字：即「五、吳、誤、午、魚」等字，官話中 ŋ 聲母失落，只保留韵母，而吳方言恰好相反，其合口韵 u 被鼻音聲母吞沒，成為聲化韻 ŋ̍。上饒鐵路話和杭州話走的就是官話的演變途徑，而上饒市區話走的則是吳方言的演變途徑。例見表 27。

表 27　三地可自成音節的疑母字比照表

	五	吳	誤	午	魚
上饒鐵路話	u³	ɦu²	ɦu²	u³	ɦy²
杭州話	u³	ɦu²	ɦu⁴	u³	ɦy²
上饒市區話	ŋ̍⁴	ŋ̍²	ŋ̍⁶	ŋ̍⁴	ŋ̍²

（10）三地也都享有一些非吳語（或者說官話）的特徵：

①三地麻韻開口二等都讀 a 韻，而南部吳語多讀 o 韻。三地麻開二皆讀 a 可看作是一種存古的表現，因為中古麻韻開口二等即讀 a 韻。不過即便三者共同享有該特徵，上饒鐵路話和杭州話與上饒市區話仍舊有所不同——上饒鐵路話和杭州話的麻開二見系已齶化並滋生了 i 介音，今讀 ia 韻，上饒市區話則沒有類似變化。例見表 28。

表 28　三地麻韻開口二等字比照表

	馬	沙	茶	牙	蝦	假
上饒鐵路話	ma³	sa¹	dʑa²	ɦia²	ɕia¹	tɕia³
杭州話	mʌ³	sʌ¹	dʑʌ²	ɦiʌ²	ɕiʌ¹	tɕiʌ³
上饒市區話	mʌ⁴	sʌ¹	dʑʌ¹	ŋʌ²	xʌ¹	kʌ³

　　②三地灰韻皆讀雙元音，其中幫組和泥組讀 ei，其餘讀 uei，而南部吳語一般讀單元音。例見表 29。

表 29　三地灰韻例字比照表

	賠	妹	灰	隊	罪	回
上饒鐵路話	bei²	mei²	huei¹	duei²	dʑuei²	ɦuei²
杭州話	bei²	mei⁶	huei¹	duei⁶	dʑɥei⁶	ɦuei²
上饒市區話	bei²	mei⁶	xui¹	dui⁶	dʑui⁴	ui²

　　③三地都較為完整地保留了《切韻》合口韻的合口介音。一般來說，合口韻在吳方言只部分保留，即 t 組和 ts 組舌尖音聲母后失落 u 介音，舌根音 k 組後保留 u 介音〔註4〕。三地雖都保留合口，但上饒市區話「船」字卻是例外，讀為撮口。例見表 30。

表 30　三地合口韻例字比照表

	專山合三仙章	船山合三仙船	暖山合一換泥	酸山合一桓心	魂臻合一魂匣	光宕合一唐見
上饒鐵路話	tsuɛ̃¹	dʑuɛ̃²	nuɛ̃³	suɛ̃¹	ɦuəŋ²	kuaŋ¹
杭州話	tsuõ¹	dʑɥõ⁶	mɥõ³	sɥõ¹	ɦuən²	kuʌŋ¹
上饒市區話	kuã	ɕyõ²	nuõ⁴	suõ¹	uɛ̃¹	kuõ

　　（11）曾、梗攝唇音聲母字：吳語、江淮官話曾、梗攝的 əŋ／əʔ在唇音聲母後面會變成圓唇元音 oŋ／oʔ（鄭偉 2011，從比較音韻論杭州語音的歷史層次，中國語言學集刊第五卷第一期：145-163），官話則無此變化。就舒聲而言，杭州話與上饒市區話相同（上饒市區話「彭」字例外），都走了吳方言

〔註4〕王福堂、王洪君，杭州方言的語音特點、歷史和歸屬，《第七屆國際吳方言學術研討會》宣讀，2012.11 金華。

的演變道路，唇音聲母后曾梗 əŋ 變圓唇元音 oŋ，而上饒鐵路話則與官話保持一致，未發生類似演變；而就入聲而言，上饒鐵路話和上饒市區話唇音後 əʔ並未變成圓唇元音 oʔ，杭州話僅曾攝變 oʔ，梗攝未變。例見表 31（表中例字摘自鄭偉 2011：154）。

表 31　三地曾、梗攝唇音聲母例字比照表

	上饒鐵路話	杭 州 話	上饒市區話
白梗開二陌	bəʔ^8	bɐʔ^8	bɛʔ^8
北曾開一德	pəʔ^7	poʔ^7	pɛʔ^7
麥梗開二麥	məʔ^8	mɐʔ^8	mɛʔ^8
墨曾開一德	məʔ^8	moʔ^8	mɛʔ^8
彭梗開二庚	pʰəŋ^2	boŋ^2	b̃ɛn^2
猛梗開二庚	məŋ^2	moŋ^3	moŋ^4
棚梗開二耕	bəŋ^2	boŋ^2	buŋ^2
朋曾開一登	bəŋ^2	boŋ^2	buŋ^2

綜合比較三地的韻母后，結果仍舊是上饒鐵路話與杭州話較接近，而與上饒市區話相對疏遠。

6.4　例外讀音之比較

本小節主要在第四、第五章研究的基礎上，將上饒鐵路話的例外字與杭州話和上饒市區話作比較，以研究上饒鐵路話例外字的總體來源。

6.4.1　聲母例外

表 32　上饒鐵路話聲母例外字來源讀音列表（106字）

聲母	例外字	A 上饒鐵路話	B 杭州話	C 上饒市區話	D 普通話	近於哪種
幫	爆	bɔ^2	pɔ^5 / bɔ^2	pɑo^5	pau^5	BI
	博	bəʔ^8	poʔ^7	pɔʔ^7	po^2	J
	譜	pʰu^5	pʰu^3	pʰu^3	pʰu^3	BCDF
	迫	pʰəʔ^7	pʰʌʔ^7	pʰɛʔ^7	pʰo^5	BCDF
	拼	pʰiŋ^1	pʰin^1	pʰĩ^1	pʰin^1	BCD
	秘	miəʔ^7	pi^5	pi^5	mi^5 / pi^5	D
	泌	miəʔ^7	bi^6	mi^5	mi^5	CD

滂	怖	pu^5	pu^5	pu^5	pu^5	BCDE
並	爸	pa^1	$pᴀ^5$	pa^5	pa^5	BCD
	捕	pu^3	pu^3	bu^6	pu^3	BD
	膘	$piɔ^1$	$piɔ^1$	$piao^1$	$piau^1$	BCD
	佩	$pʰei^5$	$beɪ^6$	$pʰei^5$	$pʰei^5$	CD
明	帕	$pʰa^1$	$pʰᴀ^5$	$pʰa^5$	$pʰa^5$	BCD
端	旦	$dɛ̃^2$	tE^5	$tã^5$	tan^5	F
	鍛	$duɛ̃^2$	$dɥõ^6$	$duɐ̃^6$	$tuan^5$	BC
	盾	$duəŋ^2$	$dən^6$	$dĩ^6$	$tuən^5$	BC
	鳥	$ȵiɔ^3$	$ȵiɔ^3 / tiɔ^3$	$ȵiao^3 / tiao^3$	$niau^3 / tiau^3$	BCDG
透	貸	$dɛ^2$	dE^6	$tæ^5$	tai^5	BF
	臺	$dɛ^2$	dE^2	$dæ^2$	$tʰai^2$	BC
定	跳	$tʰiɔ^5$	$tʰiɔ^5$	$tʰiao^5$	$tʰiau^5$	BCDE
	濤	$tʰɔ^1$	$tʰɔ^1$	$tʰao^1$	$tʰau^1$	BCD
	爹	tie^1	tia^1	te^3	tie^1	D
	墮	to^1	do^6	to^1	tuo^3	CD
泥	怒	lu^2	nu^2	nu^6	nu^5	H
	糯	lo^2	nu^6	no^6	nuo^5	H
	寧	$liŋ^2$	$ȵɪn^2$	$ȵĨ^2$	$ȵiŋ^2$	H
	嫩	$luəŋ^2$	$nən^6$	$ȵĨ^2$	$nəŋ^3$	H
	囊	$laŋ^3$	$nᴀŋ^3$	$nɐ̃^3$	$naŋ^2$	H
	諾	$luəʔ^8$	$nɔʔ^8$	$nɔʔ^8$	nuo^3	H
娘	黏~貼	$tsɛ̃^1$	$ɲiĨ^1$	$ȵiɛ̃^1$	$ȵian^2 / tsan^1$	D
知	站~立	$dʑɛ̃^2$	$dʑE^6$	$dʑã^6$	$tʂan^5$	BC
	趙	$tʰaŋ^1$	$tʰᴀŋ^5$	$tʰã^5$	$tʰaŋ^5$	BCDI
徹	嘮	$lɔ^2$	$lɔ^2$	lao^1	lau^1	BCDF
精	縱	$dzoŋ^2$	$tsoŋ^5$	$tsuŋ^5$	$tsoŋ^5$	F
從	潛	$tɕʰiɛ^3$	$dʑiĨ^6$	$dʑiɛ̃^2$	$tɕʰiɛn^2$	D
	蹲	$tuəŋ^1$	$tuən^1$	$tuĨ^1$	$tuən^1$	BCD
心	燥	$tsɔ^1$	$sɔ^5$	$tsao^5$	$tsau^5$	CDF
	賜	$tsʰɿ^1$	$dʑɿ^6$	$sɿ^5$	$tsʰɿ^5$	D
邪	辭	$dʑɿ^2$	$zɿ^2$	$dʑɿ^2$	$tsʰɿ^2$	C
	詞	$dʑɿ^2$	$zɿ^2$	$dʑɿ^2$	$tsʰɿ^2$	C
	祠	$dʑɿ^2$	$zɿ^2$	$dʑɿ^2$	$tsʰɿ^2$	C
	囚	$dʑiɤɯ^2$	$dʑiɤ^6$	$dʑiu^2$	$tɕʰiou^2$	BC
	泅	$dʑiɤɯ^2$	$dʑiɤ^6$	$dʑiu^2$	$tɕʰiou^2$	BC

章	執	dʑəʔ⁸	tsəʔ⁷ / dʑɚʔ⁸	tsɿʔ⁷	tʂʅ²	B
	侄	dʑəʔ⁸	dʑɚʔ⁸	dʑɚʔ⁸	tʂʅ²	BC
	顫	tsʰɛ̃⁵	dʑɤõ⁶	tsʰan⁵	tʂʰan⁵ / tʂan⁵	CD
書	翅	tsʰʅ¹	tsʰʅ⁵	tɕʰi⁵	tʂʰʅ⁵	BD
	鼠	tsʰu³	tsʰʯ³	tɕʰy³	su³	B
	春	tsʰoŋ¹	tsʰoŋ¹	tsʰoŋ¹	tʂʰoŋ¹	BCD
	弛	dʑʅ²	dʑʅ²	dʑʅ²	tʂʰʅ²	BCF
禪	褶	tsəʔ⁷	tsɐʔ⁷	tsɛʔ⁷	tʂɤ³	BCDH
	瑞	luei²	dʑɥeɪ⁶	lui⁶	ʐuei⁵	C
莊	側	tsʰəʔ⁷	tsəʔ⁷	tsɛʔ⁷	tsʰɤ⁵	DF
初	柵	tsəʔ⁷	tsʰɐʔ⁷	tsa¹	tʂa⁵	CD
生	產	tsʰɛ̃³	tsʰE¹	tsʰã³	tʂʰan³	BCD
	率效~	liəʔ⁸	liəʔ⁸	lɛʔ⁸	ly³	BCD
日	熱	ȵiəʔ⁸	ȵiɪʔ⁸ / zɥəʔ⁸	ȵiaʔ⁸	zɤ⁵	BC
	軟	ȵyɛ̃³	ȵɤO³ / ɻɥõ³	ȵyE³	zuan³	BC
	惹	ȵia²	ȵia³	ȵia³	zɤ³	BC
	兒	ɦiəɹ²	ɦiəɹ² / ɐl⁶	ə²	ɚ²	BD
	而	ɦiəɹ²	ɦiəɹ² / ɐl²	ə²	ɚ²	BD
	饒上~	ɦiɔ²	ȵiɔ²	iao⁵	zau²	C
	耳	ɚ³	ɐl³	ə³	ɚ³	BD
	二	ɚ⁵	ɐl⁴	ə⁶	ɚ⁵	BD
	貳	ɚ⁵	ɐl⁴	ə⁶	ɚ⁵	BD
影	襖	ŋɔ²	ŋao³	ʔɔ¹ / ɔ³	au³	B
	挨	ŋɛ²	ŋæ¹	ʔE¹	ai²	B
	矮	ŋɛ³	ŋæ³	ʔE³ / iE³	ai³	B
	壓	ŋəʔ⁷	ŋaʔ⁷	iAʔ⁷	ia¹	B
	鴨	ŋɐʔ⁷	ŋaʔ⁷	ʔɐʔ⁷ / iAʔ⁷	ia¹	B
	惡善~	ŋɔʔ⁷	ŋɔʔ⁷	ʔɔʔ⁷ / oʔ⁷	ɤ⁵	B
	閹又	ɕiɛ̃¹	ĩ¹	iE¹	iɛn¹	J
以	銳	luei²	sɥeɪ⁵	dui⁶	zuei⁵	D
	融	loŋ²	ɦioŋ⁶	yŋ²	zoŋ²	D
	捐	tɕyɛ̃¹	tɕɤO¹	tɕyE¹	tɕyɛn¹	BCD
	鉛	tɕʰiɛ̃¹	tɕʰĩ¹	iE²	tɕʰiɛn¹	BD
曉	賄又	ɦuei²	hueɹ³	xui⁵	xuei⁵	H
	況	kʰuaŋ¹	huAŋ³	kʰuaŋ⁵	kʰuaŋ⁵	CD
	歪	uɛ¹	ʔuE¹	uæ¹	uai¹	BCD

匣	艦	tɕiɛ̃¹	tɕiĩ¹	tɕiɛ̃¹	tɕiɛn⁵	BCDF
	械	tɕie⁵	tɕiE⁵	ɣæ⁶	ɕie⁵	BF
	莖	tɕiŋ¹	tɕin¹	tɕiĩ¹	tɕiŋ¹	BCD
	洽	tɕʰia¹	tɕʰiAʔ⁷	ɣaʔ⁸	tɕʰia⁵	BD
	缸	kaŋ¹	kʌŋ¹	kã¹	kaŋ¹	BCD
	汞	koŋ³	koŋ³	koŋ³	koŋ³	BCDF
	棍	kuəŋ⁵	kuən⁵	kuĩ⁵	kuən⁵	BCD
	潰崩~	kʰuei¹	guei⁶	kʰui¹	kʰuei⁵	CD
	潰~膿	guei²				B
	橫又	uaŋ¹	ɦuaŋ⁶	uẼ⁴ / uẼ⁶	hən² / hən⁵	B
見	會~計	kʰuɛ⁵	kueɪ⁵	kʰuæ⁵	kʰuai⁵	CD
	愧	kʰuei¹	kʰueɪ⁵	kʰui⁵	kʰuei⁵	BCD
	昆	kʰuəŋ¹	kʰuən¹	kʰuĩ¹	kʰuen¹	BCD
	礦	kʰuaŋ¹	kʰuʌŋ⁵	kʰuã⁵	kʰuaŋ⁵	BCD
	串	tsʰuɛ̃⁵	tsʰɣõ¹	tsʰuã¹	tʂʰuɛn⁵	BCD
	箕	tɕʰi¹	tɕi¹	tɕi¹	tɕi¹	I
	吃	tɕʰiəʔ⁷	tɕʰyoʔ⁷	tɕʰiɪʔ⁷	tʂʰʅ¹	BCF
	酵又	ɕiɔ¹	ɕiɔ⁵	xao⁵	tɕiau⁵ / ɕiau⁵	BDF
	恍	huaŋ³	huʌŋ³	xuã³	xuaŋ³	BCD
溪	跤	kɔ¹	kɔ¹	kao¹	tɕiau¹	BCF
	奎	kuei¹	kʰueɪ¹	kʰui¹	kʰuei²	F
	恢	huei¹	hueɪ¹	xui¹	xuei¹	BCD
群	祈	tɕʰi³	tɕʰi¹	tɕʰi¹	tɕʰi²	BCD
	歧	tɕʰi¹	tɕi¹	tɕi¹	tɕʰi²	D
	仇報~	dʑɤɯ²	dʑeɪ²	dʑiu²	tʂʰou² / tɕʰiou²	B
	拐~杖	kuɛ³	kuE³	kuæ³	kuai³	BCDH
疑	僥	tɕiɔ¹	tɕiɔ³	tɕiao³	tɕiau³ / iau²	BCD

説明：B 杭州話；C 上饒市區話；D 普通話；E 古音通假；F 同聲符或字形影響；G 避諱；H 音位自身的性質和變化；I 古音遺存；J 未知。

統計結果：B70；C60；D61；E2；F16；G1；H9；I3；J2。即，上饒鐵路話的 106 個聲母例外字中，近於杭州話的有 70 字，近於上饒市區話的有 62 字，近於普通話的有 63 字，古音通假所致的例外有 2 字，聲符或字形所致的例外有 16 字，避諱所致的例外有 1 字，音位自身所致的例外有 9 字，存古字例外

有 3 字，另有 1 字例外原因不明。

　　從聲母例外字的統計結果來看，杭州話、上饒市區話和普通話對上饒鐵路話的影響相差無幾，都在 60%左右，杭州話略高於上饒市區話對上饒鐵路話的影響。上饒鐵路話的聲母例外字中，以杭州話字音爲唯一來源的有 11 字：執（章母）、鼠（書母）、襖挨矮壓鴨惡（影母）、潰橫（匣母）、仇（群母）；以上饒市區話字音爲唯一來源的有 5 字：辭詞祠（邪母）、瑞（禪母）、饒（日母）。若如此看，杭州話對上饒鐵路話的影響也大於上饒市區話。

6.4.2　韻母例外

表 33　上饒鐵路話韻母例外字來源讀音列表（120 字）

韻攝	例外字	A 上饒鐵路話	B 杭州話	C 上饒市區話	D 普通話	近於哪種
果	那	nei³	nɑ¹	/	nei³	D
	爸	pa¹	pʌ⁵	pa⁵	pa⁵	BCDF
	阿又〔aʔ⁷〕、個又戈〔kəʔ⁷〕、靴〔çyəʔ⁷〕、瘸〔ʥyəʔ⁸〕					E
假	姐	tɕi³	tɕi³	tɕi³	tɕie³	BCF
	車又，~輛	tsʰuei¹	tsʰɥɪ¹	tsʰɛ¹	tʂʐ¹	B
		tsʰei¹				C
	蛇又	zuei²	ʥɥɪ²	zɛ²	ʂʐ²	B
		zei²				C
	傻	sa³	/	sa³	ʂa³	CD
	遮〔tsəʔ⁷〕、赦賒文〔səʔ⁷〕、社~會〔zəʔ⁸〕、耶也〔iəʔ⁷〕、且又〔tɕʰiəʔ⁷〕					E
遇	都全部	tɤɯ¹	to¹	tɛʔ⁷	tou¹	BD
	媽	ma³	mɑ¹	mʌ³	ma¹	BCD
	募又〔məʔ⁸〕、塑又〔suəʔ⁷〕					E
蟹	倍	bei²	bei⁶	bei⁴	pei⁵	BCD
	揩	kʰa¹	kʰɑ¹	kʰæ¹	kʰai¹	B
	腮白鰓白〔səʔ⁷〕、厲又例勵〔liəʔ⁸〕					E
止	篩	sɛ¹	sE¹	sæ¹	ʂai¹	BCD
	衰	suɛ¹	sɥei¹	sui¹	ʂuai¹	D
	季	tɕi⁵	tɕi⁵	tɕi⁵	tɕi⁵	BCD
	遺~失	ɦi²	ɦi²	i²	i²	BCD
	被	bei²	bi⁶	bi⁶	pei⁵	DJ

	備	bei²	beɪ⁶	bei⁴	pei⁵	BCDJ
	碑	pei¹	peɪ¹	pi¹	pei¹	BDJ
	悲	pei¹	peɪ¹	pei¹	pei¹	BCDJ
	卑	pei¹	peɪ¹	pei¹	pei¹	BCDJ
	費	fei⁵	fi⁵	fi⁵	fei⁵	DJ
	眉	mei²	mi⁶	mi²	mei²	DJ
	黴	mei²	mei²	mei²	mei²	BCDJ
	美	mei³	meɪ⁶	mei⁴	mei³	BCDJ
	值〔ʥəʔ⁸〕、廁〔tsʰəʔ⁷〕、鼻臂〔biəʔ⁸〕、秘〔miəʔ⁸〕					E
效	敲又	kʰɔ¹	tɕʰiɔ¹ / kʰɔ¹	kʰɑo¹	tɕʰiau¹	BCI
	搞	kɔ³	kɔ³	kɑo³	kau³	BCDI
	跤	kɔ¹	tɕiɔ¹ / kɔ¹	kɔ¹	tɕiau¹	BCI
	抓	tsua¹	tʂɥʌ¹	tsa¹	tʂua¹	BD
	爪	tsua³	tʂɥʌ³	tsɑo³	tʂau³ / tʂua³	BCDF
流	茂	mɔ²	mɔ⁶	miu⁶	mau⁵	BD
	貿	mɔ²	mɔ⁶	miu⁶	mau⁵	BD
	母	mu³	mu³	mu⁴	mu³	BCD
	彪	piɔ¹	piɔ¹	piɑo¹	piau¹	BCD
	謬	miɔ²	miɔ²	miu¹	miou⁵	B
	漱	su¹	seɪ⁵	su¹	ʂu⁵	CD
	否	fɤɯ³	feɪ³	fiu⁴	fou³ / pʰi³	DI
	謀	mɤɯ²	meɪ⁶	miu²	mou²	DI
	矛	mɔ²	meɪ⁶	mɑo²	mau²	CD
	漱又〔suəʔ⁷〕					E
咸	拉〔la¹〕、霎〔sa¹〕、掐〔kʰa¹〕					DH
山	奸	tɕiɛ̃¹	tɕĩ¹	kã¹	tɕiɛn¹	BDG
	扇名	suɛ̃¹	sɥõ⁵	sãn⁵	san⁵	B
	屑	ɕiɔ¹	ɕiəʔ⁷	ɕyaʔ⁷	ɕie⁵	F
	帕〔pʰa¹〕、挖〔ua¹〕、撮〔tsʰɔ¹〕					DH
宕	托	tʰuəʔ⁷	tʰoʔ⁷	tʰɔʔ⁷	tʰuo¹	D
	昨	ʥuəʔ⁸	ʥoʔ⁸	ʥɔʔ⁸	tsuo²	D
	索	suəʔ⁷	soʔ⁷	sɔʔ⁷	suo³	D
	駱	luəʔ⁸	loʔ⁸	lɔʔ⁸	luo⁵	D
	落	luəʔ⁸	loʔ⁸	lɔʔ⁸	luo⁵	D

	洛	luəʔ⁸	loʔ⁸	lɔʔ⁸	luo⁵	D
	諾	nuəʔ⁸	noʔ⁸	nɔʔ⁸	nuo⁵	D
	烙	luəʔ⁸	loʔ⁸	lɔʔ⁸	luo⁵ / lau⁵	D
	絡	luəʔ⁸	loʔ⁸	lɔʔ⁸	luo⁵	D
	酪	luəʔ⁸	loʔ⁸	lɔʔ⁸	lau⁵	D
	縛	fu¹	voʔ⁸	vɔʔ⁸	fu⁵	DH
江	確	tɕʰyəʔ⁷	kʰɔʔ⁷ / tɕʰyɪʔ⁷	kʰɔʔ⁷	tɕʰye⁵	B
	雹〔bɔ²〕、趵〔pɔ¹〕					DH
深	給	kei³	tɕiəʔ⁷	tɕiɪʔ⁷	kei³ / tɕi³	D
	尋	ʑyn²	dʑin²	ɕyn³	ɕyn²	CD
	入	luəʔ⁸	zəʔ⁸	lu²	ʐu⁵	D
臻	尹	iŋ¹	in³	in³	in³	BCD
	董	huəŋ¹	huən¹	xuĩ¹	xuən¹	BCD
	乞〔tɕʰi¹〕、逸乙〔i¹〕、秩〔tsʰʅ¹〕、沒~有〔mei²〕					DH
曾	弘	ɦioŋ²	ɦioŋ²	uŋ²	xoŋ²	BCD
	孕	ɦyn²	ɦyn⁶	yn²	yn⁵	BCD
	翼〔i³〕、憶億抑〔ɦi²〕、勒〔lei¹〕、肋〔lei²〕					DH
梗	打	ta³	ta³	ta³	ta³	BCD
	逆〔n̠i²〕、劇〔dʑy²〕、疫役〔ɦi²〕、亦〔i¹〕、寂〔tɕi¹〕					DH
通	六	ləʔ⁸	loʔ⁸	lɤʔ⁸	liou⁵	BC
	俗粟〔zu²〕、旭〔ɕy¹〕、續〔ɕy³〕、欲〔ɦy²〕					DH

說明：B杭州話 C上饒市區話 D普通話 E舒聲促化 F同聲符或字形影響 G避諱 H入
　　聲舒化 I古音遺存 J音位自身的性質

　　統計結果：B36；C30；D57；E27；F4；G1；H32；I5；J9。即，上饒鐵
路話的120個韻母例外字中，近於杭州話的有36字，近於上饒市區話的有30
字，近於普通話的有57字，舒聲促化所致的例外有27字，入聲舒化所致的例
外有32字，受聲符或字形影響的例外有4字，避諱所致的例外有1字，存古
例外有5字，音位自身所致的例外有9字。

　　從韻母例外字的統計結果來看，普通話對上饒鐵路話的影響佔了近半數，
杭州話和上饒市區話則相差無幾，杭州話略高於上饒市區話對上饒鐵路話的影
響。上饒鐵路話的韻母例外字中，以杭州話字音爲唯一來源的有6字：車蛇（假
攝）、揩（蟹攝）、謬（流攝）、扇（山攝）、確（江攝）；以上饒市區話爲唯一來

源的有 2 字：車蛇（假攝）。若如此看，杭州話對上饒鐵路話的影響也大於上饒市區話。

6.5 語音比較的結論

6.5.1 聲韻調系統

從上饒鐵路話、杭州話、上饒市區話三地的聲韻調系統比較來看，上饒鐵路話與人口來源地的杭州話較為接近，而與人口遷入地的上饒市區話較為疏遠。

除此之外，上饒鐵路話的聲韻調數量均是三個方言點中最少的。為了滿足五湖四海的鐵路移民相互交際的需要，鐵路話的音系結構因此大大簡化，這也是混合語（或者說「柯因內語」Koine）的重要特徵。

6.5.2 例外字讀音

從上饒鐵路話例外字來看，杭州話與上饒市區話對上饒鐵路話的影響持平，杭州話只是略高於上饒市區話的影響。其原因可能是杭州話和上饒市區話都處在吳語大方言區內，一旦判明某一例外字非普通話的影響，則極有可能是吳方言的影響，這種情況下，就很判定該字的例外讀音是源於杭州話和上饒市區話。

第七章　上饒鐵路話與杭州話、
　　　　　上饒市區話的詞彙比較

7.1　三地二百詞彙之比較

　　由於上饒鐵路話、杭州話和上饒市區話皆屬吳語區，若用《斯瓦迪士二百詞》進行詞彙調查和比較恐怕收效不大，經權衡，筆者採用了更符合三者地域特點的《浙江方言詞》（傅國通、方松熹、傅佐之 1992），原書有 202 個詞條，由於「曬穀場」和「掛念」兩詞條在實際調查中未調查到，故刪去。現列調查所用的 200 詞條如下：

　　太陽、月亮、打雷、下雨、結冰、雹、颱風、端陽、灰塵、石灰、泥土、涼水、熱水、煤油、錫、胡同、房子、窗戶、門坎兒、柱礎、廁所、廚房、竈、牛房、豬圈、男人、女人、小孩兒、男孩兒、老頭兒、乞丐、父親面稱、母親面稱、祖父、祖母、姊、妹、伯父、伯母、叔父、叔母、兒子、兒媳婦、女兒、女婿、舅、舅母、姑母、夫、妻、臉、酒窩兒、額、舌頭、胳臂、左手、右手、指甲、瀉、咳嗽、痱子、駝背、診病、衣服、圍巾、尿布、手巾、臉盆、肥皂、床、桌子、抽屜、抹布、羹匙、筷子、砧板、菜刀、槌子、輪子、稻稈、大米飯、麵條兒、麵粉、包子、餛飩、油條、菜、雞蛋、鹹蛋、豬油、醬油、芝麻油、鹽、醋、白酒、紅糖、白糖、開水、泔水、公豬、種

豬、母豬、公牛、母牛、公狗、母貓、母雞、鵝、老鼠、青蛙、麻雀、八哥兒、烏鴉、老虎、狼、猴子、蛇、蚯蚓、螞蟻、蚊子、蜘蛛、知了、稻、穀、麥、小米兒、蠶豆、白薯、向日葵、菠菜、茄子、洋芋、魚鱗、風箏、年齡、事（兒）、工作、日子、路費、東西、地方、時候、我、你、他、我們、你們、他們、（一）張（席）、（一）塊（墨）、（一）口（豬）、（一）尾（魚）、（吃一）餐、今日、明日、後日、昨日、前日、今年、明年、上午、下午、早晨、晚上、上面、下面、裏面、附近、地上、早飯、午飯、晚飯、喝茶、洗臉、喊、吵架、打架、提起、選擇、欠、收拾、沏茶、對酒裏對水、抓魚、休息、懷孕、放、摔（倒）、玩、猜謎、留神、美、丑、壞、頑皮、黑、骯髒、瘦（肉）、舒服、乖

　　下表將上饒鐵路話與杭州話、上饒市區話的詞彙作了比較。杭州話詞彙調查結果亦取自《浙江方言詞》（傅國通、方松熹、傅佐之 1992）。上饒鐵路話詞彙均為本人親自調查所得，上饒市區話詞彙有 161 條詞彙取自胡松柏（2009）《贛東北方言調查研究》，另外 40 條詞彙為本人調查所得。

7.1.1　三地二百詞彙比較表

表 34　三地二百詞彙比較表

編號	詞條	A 上饒鐵路話	B 上饒市區話	C 杭州話	近於哪種
1	太陽	太陽 $t^h\varepsilon^{44}ia\eta^{53}$	日頭 $n_{\iota}i\varepsilon\Omega^{23}de^{423}$	太陽 $t^h\varepsilon^{34}\hbar ia\eta^{21}$	CD
2	月亮	月亮 $\hbar y\mathfrak{d}\Omega^{12}lia\eta^{13}$	月光 $n_{\iota}y\mathfrak{d}\Omega^2ku\tilde{\mathfrak{d}}\eta^{55}$	月亮 $\hbar y\mathfrak{d}\Omega^{12}lia\eta^{12}$	CD
3	打雷	打雷 $ta^{53}lei^{13}$	響雷公 $\varepsilon ia\tilde{n}^{53}lui^2ku\eta^{55}$	打雷 $tA^{32}lei^{21}$	CD
4	下雨	下雨 $\varepsilon ia^{44}y^{53}$	落雨 $l\mathfrak{d}\Omega^2y^{231}$	落雨 $l\mathfrak{o}\Omega^{12}y^{43}$	D
5	結冰	結冰 $t\varepsilon i\mathfrak{d}\Omega^5pin^{44}$	結霜冰／起扣 $t\varepsilon ia\Omega^4\varepsilon y\tilde{\mathfrak{d}}\eta^{55}p\tilde{i}n^{55}$／$t\varepsilon^h i^{43}k^h e^{435}$	結冰 $t\varepsilon i\mathfrak{d}\Omega^3pin^{33}$	CD
6	雹	冰雹 $pin^{44}b\mathfrak{d}^{13}$	雹子 $ba\Omega^2ts\mathfrak{l}^{53}$	冰雹 $pin^{22}bo\Omega^{13}$	CD

7	颱風	颱風 kuəʔ⁵fəŋ⁴⁴	起風 kʰi⁴³fuŋ⁵⁵	起風 tɕʰi⁴³foŋ⁴⁴	D
8	端陽	端午 tuɛ̃⁴⁴u̇⁵³	端午 tuɛ̃⁵⁵ŋ̇²³¹	端午 tuõ²²u³³	BCD
9	灰塵	灰塵 huei⁴⁴dʑən¹³	灰塵 xui⁵³dʑĩn⁴²³	灰塵 huei³³dʑən³³	BCD
10	石灰	石灰 zəʔ¹²huei⁴⁴	石灰 zɛʔ¹¹xui⁵⁵	石灰 zəʔ¹³hueɪ³³	BCD
11	泥土	爛泥巴 lɛ̃¹³n̠i¹³pa⁴⁴	爛泥 nɛ̃n²⁴n̠ie⁴²³	爛污泥 lɛ²³u³³n̠i²¹	BD
12	涼水	冷水 ləŋ⁵³suei⁵³	冷水 nɛ̃n⁴²ɕy⁵³	冷水 lən³²sɥeɪ³¹	BCD
13	熱水	熱水 n̠iəʔ¹²suei⁵³	滾水 kuən⁵⁵ɕy⁵³	熱水 zɥəʔ¹³sɥeɪ³³	CD
14	煤油	煤油 mei¹³ɦiɤɯ¹³	洋油 iãn²⁴iu⁴²³	洋油 ɦiʌŋ³¹ɦy¹³	D
15	錫	錫 ɕiəʔ⁵	錫 ɕiiʔ⁵	鑞錫 ləʔ¹³ɕiɛʔ⁴²	BD
16	胡同	弄堂 loŋ¹³taŋ⁵³	弄堂 nuŋ²⁴dãn⁰	巷 ɦiʌŋ¹³	B
17	房子	房子 vaŋ¹³tsʅ⁵³	屋 uʔ⁵	房子 vʌŋ³²³tsʅ³³	CD
18	窗戶	窗戶 tsʰuaŋ⁴⁴u⁴⁴	窗盤 tɕʰyɔŋ⁵³buɛ̃n⁰	窗門 tsʰɥʌŋ²²mən³³	D
19	門坎兒	門檻 mən¹³kʰɛ̃⁵³	門檻 mĩn⁴²gãn²³¹	門檻 mən¹³kʰɛ⁴⁵	BCD
20	柱礎	柱子 / 柱頭 dʑu¹³tsʅ⁵³ / dʑu¹³tɤɯ⁵³	柱頭 dʑy²³¹de⁵³	石鼓兒 zəʔ¹³ku⁴³əl³²	BD
21	廁所	茅坑 mɔ¹³kʰaŋ⁴⁴	茅司 mau⁴²sʅ⁵⁵	茅坑 mɔ³²³kʰʌŋ³³	C
22	廚房	廚房 dʑu¹³faŋ¹³	竈門底 tsau⁵⁵mĩn⁴²ti⁵³	廚房 dʑɥ³¹vʌŋ¹³	CD
23	竈	竈頭 tsɔ¹³tɤɯ⁵³	竈 tsau⁴³⁵	竈頭 tsɔ⁴⁴⁵der³¹	C
24	牛房	牛棚 n̠iɤɯ⁴⁴bəŋ¹³	牛欄 ŋe²⁴nãn⁴²³	牛棚 nɤ²¹bʌŋ²³	CD

25	豬圈	豬欄 tsu⁴⁴lɛ̃⁴⁴	豬欄 tɕy⁵⁵nãn⁴²³	豬欄 tsʅ³³lɛ³³	BCD
26	男人	男人／男的 nɛ̃¹³zən¹³／nɛ̃¹³di⁰	男子人 nuɛ̃n⁴²tsʅ⁵³n̠ĩin⁰	男人家 nɛ²¹zən⁴²tɕiA³³	D
27	女人	女人／女的 n̠y⁵³zən¹³／n̠y⁵³di⁰	堂客人 dãn⁴²kʰaʔ⁵n̠ĩin⁰	女人家 ny⁴³zən³¹tɕiA³³	D
28	小孩兒	小鬼 ɕiɔ⁴⁴kuei⁵³	細人 sui⁵³n̠ĩn⁰	小伢兒 ɕiɔ⁴³ɦiA²¹ə³¹	E
29	男孩兒	男小鬼 nɛ̃¹³ɕiɔ⁴⁴kuei⁵³	小來鬼 ɕiau⁵⁵læ⁴²kui⁵³	男伢兒 nɛ²¹ɦiA²¹ə¹³	B
30	老頭兒	老頭子 lɔ⁴⁴de¹³tsʅ⁰	老人家 lao¹¹n̠in³¹²ka⁵⁵	老頭兒 lɔ⁴³der³¹ə³¹	D
31	乞丐	討飯子 tʰɔ⁴⁴fɛ̃¹³tsʅ⁵³	討飯個 tʰau⁵³fãn²¹kə⁰	告化子 tɕiɔ⁴⁵hʊA³¹tsʅ²¹	B
32	父親 面稱	爸多／老子少 pa⁴⁴／lɔ¹³tsʅ⁵³	爹 te⁵³	爸爸 pA³³pA³³	CD
33	母親 面稱	媽多／老娘少 ma⁴⁴／lɔ¹³n̠iaŋ⁵³	奶 næ⁵³	姆媽 m̩³³mA³³	D
34	祖父	爺爺 ɦie¹³ɦie¹³	公 kuŋ⁵³	爹爹 tiã²²tiA³³	D
35	祖母	奶奶 nɛ⁵³nɛ⁵³	媽 mA⁵³	奶奶 nɛ³³nɛ¹¹	CD
36	姊	姐姐（姊姊） tɕiˈ⁴⁴tɕi⁵³	姊姊 tɕiˈ⁴³tɕi⁵³	阿姐 A³³tɕiˈ⁴³	B
37	妹	妹妹 mei¹³mei⁵³	囡妹 nA⁴²muiˈ²¹²	妹妹 meiˈ¹⁴meiˈ⁴³	CD
38	伯父	伯伯 pəʔ⁵pəʔ⁵	伯伯／伯佬 paʔ⁴paʔ⁵／ paʔ⁴lau²⁴	伯伯 paʔ³³paʔ³³	BCD
39	伯母	大媽 da¹³ma⁵³	大□ do²¹mi⁵³	大媽 dA²³mA⁴³	CD
40	叔父	叔叔 su⁴⁴su⁴⁴	叔叔／叔佬 ɕiuʔ⁴ɕiuʔ⁵／ ɕiuʔ⁴lau²⁴	小伯伯 ɕiɔ⁴³peʔ⁴⁴pe³³	B
41	叔母	嬸嬸 sən⁵³sən⁵³	奶奶 næ⁴³næ⁵³	嬸娘 səŋ⁴³n̠iaŋ²¹	D
42	兒子	兒子 ɦɔ¹³tsʅ⁵³	兒／小來 n̠i⁴²³／ɕiau²⁴læ⁰	兒子 əl³²³tsʅ⁴⁵	CD

43	兒媳婦	兒媳婦 ɦɔ¹³ɕi²²fu⁴⁴	新婦 sĩn⁵⁵fu²³¹	新婦 ɕin²²vu³³	D
44	女兒	女兒 n̩y⁵³ɚ⁰	囡兒 nA²⁴n̩i⁰	女兒 ny⁴³ə²¹	CD
45	女婿	女婿 n̩y⁵³ɕy⁰	囡婿 nA⁴²ɕi⁴³⁵	女婿 n̩y⁵³ɕi²¹	CD
46	舅	舅舅 dʑiɤɯ¹³dʑiɤɯ⁵³	舅爹 ge²¹te⁵⁵	娘舅 n̩iAŋ³¹dʑy¹³	D
47	舅母	舅母 dʑiɤɯ¹³mu⁵³	妗奶 dʑĩn²¹næ⁵⁵	舅姆 dʑɤ²³m̩⁴²	CD
48	姑母	姑媽 ku⁴⁴ma⁴⁴	奶奶 næ²¹næ²⁴	唔娘 n̩⁵³n̩iAŋ³²	D
49	夫	老公 lɔ¹³koŋ⁴⁴	老公 lɑu⁵³kuŋ⁵⁵	老公 lɔ⁴³koŋ²¹	BCD
50	妻	老馬 lɔ¹³ma⁵³	老馬 lɑu⁵³mA²³¹	老婆 lɔ⁴³bo³¹	B
51	臉	臉 liɛ̃⁵³	面嘴 miɛ̃²¹tsui⁵³	臉孔 liɛ̃⁴³kʰoŋ³¹	D
52	酒窩兒	酒窩 tɕiɤɯ⁵³o⁴⁴	酒窩 tɕiu⁵⁵o⁵⁵	酒窩兒 tɕɤ⁴³ʋ²¹ə²¹	BCD
53	額	額頭 ŋəʔ¹²dɤɯ¹³	額頭 ŋaʔ²³de⁴²³	額角頭 ŋæʔ¹²koʔ⁵⁵deˀi¹³¹	BD
54	舌頭	舌頭 zəʔ¹²dɤɯ¹³	舌頭 ɕia²³de⁴²³	舌頭 zəʔ²³deɪ²³	BCD
55	胳臂	手臂／胳膊 sɤɯ⁵³bi¹³／ kəʔ⁵pəʔ⁵	手膀骨 ɕiu⁵³pɔ̃ŋ⁵³kuɪʔ⁵	手膀 sei⁴³pʰAŋ³¹	D
56	左手	左手／反手 tso⁵³sɤɯ⁵³／ fɛ̃⁴⁴sɤɯ⁵³	反手 pãn⁵³ɕiu⁵³	借手 tɕi³²³seɪ⁴³	BD
57	右手	右手 ɦiɤɯ¹³sɤɯ⁵³	順手 ɕyĩn²¹ɕiu⁵³	順手 zeŋ¹¹sə⁴²	D
58	指甲	指甲 tsəʔ⁵tɕia⁴⁴	手指甲 ɕiu⁵³tsɿ⁵⁵kA⁵³	手指掐兒 seɪ⁴³tsɿ³¹kʰaʔ⁴⁴ə²¹	BD
59	瀉	拉肚子 la⁴⁴du¹³tsɿ⁵³	瀉肚 se⁴³du²³¹	肚皮屚 du¹³bi²¹dʑA¹³	D
60	咳嗽	咳嗽 kʰəʔ⁵sɤɯ⁴⁴	咳 kʰe⁵³	嗆 tɕʰiAŋ³³⁴	BD

61	痱子	痱子 fei¹³tsʅ⁵³	痱燥 fi⁵⁵sau⁰	痱子 fi³⁴tsʅ³¹	CD
62	駝背	駝子 do¹³tsʅ⁰	駝子 do²⁴tsʅ⁰	駝背佬兒 do³¹pei³³⁴lɔ⁴²ə²¹	B
63	診病	看病 kʰɛ̃⁴⁴bin¹³	看醫生 kʰuɛ̃⁴³⁵i⁵⁵sĩn⁵⁵	看毛病 kʰɛ³³mɔ³¹bin¹³	CD
64	衣服	衣服／衣裳 i⁴⁴fu⁴⁴／i⁴⁴saŋ⁴⁴	衣裳 i⁵³ɕiãn⁰	衣裳 i³³zʌŋ³³	BCD
65	圍巾	圍巾 ɦuei¹³tɕin⁴⁴	涎枷 sãn⁴²kʌ⁵⁵	圍巾 ɦuei³¹tɕin³³	CD
66	尿布	尿布 ȵiɔ¹³pu⁵³	屎片 ɕi⁵³pʰiɛ̃⁴³⁵	單爿兒 tɛ³³bɛ³³ə³²	D
67	手巾	手帕 sɤɯ⁵³pʰəʔ⁵	洗面巾 ɕi⁵³miɛn⁴²tɕĩn⁵⁵	手巾 sei⁴²dʑin²¹	D
68	臉盆	臉盆 liɛ̃⁵³bən¹³	面盆 miɛn²⁴buɛ̃n⁴²³	臉盆 liɛ̃³²bən²¹	CD
69	肥皂	肥皂／香皂 vei¹³tsɔ⁴⁴／ ɕiaŋ⁴⁴tsɔ⁴⁴	洋城 iãn⁴²kãn⁵³	香肥皂 ɕiʌŋ³³bi³³dzɔ²¹	CD
70	床	床（鋪） dzuaŋ¹³（pʰu⁴⁴）	床 suaŋ⁵³	眠床 miɛ̃³¹dzɥʌŋ²³	D
71	桌子	桌子 tsuaʔ⁵tsʅ⁵³	臺盤 dæ²⁴buɛ̃n⁴²³	桌子 tsoʔ⁴⁴tsʅ³¹	CD
72	抽屜	抽屜 tsʰɤɯ⁴⁴ti⁴⁴	屜 tʰi⁴³⁵	抽斗 tsʰei²²tei³³	D
73	抹布	抹布 məʔ¹²pu¹³	抹布 maʔ⁵pu⁵⁵	抹桌布 mɐʔ²³tsoʔ⁴⁴pu³³	BD
74	羹匙	調羹 diɔ¹³kəŋ⁴⁴	調羹 diɑu⁴²kɛ̃n⁵⁵	瓢羹兒 biɔ³¹kən³³ə³³	BD
75	筷子	筷子 kʰuɛ⁴⁴tsʅ⁵³	筷子 kʰuæ⁴³tsʅ⁵³	筷兒 kʰuɛ⁵⁵ə²¹	BD
76	砧板	砧板 tsən⁴⁴pɛ̃⁵³	砧板 tɕiɛ̃n⁵⁵pãn⁵³	砧板 tsən³³pɛ³³	BCD
77	菜刀	菜刀 tsʰɛ⁴⁴tɔ⁴⁴	薄刀 bɔ⁵tau⁴⁴	廚刀 dʑɥ²¹to³³	D
78	槌子	榔頭 laŋ¹³dɤɯ¹³	狼頭 lõŋ⁴²³de²¹²	狼頭 lʌŋ⁴¹dei¹⁴	BCD

79	輪子	輪子 luən¹³tsʅ⁵³	車軶 tsʰe⁴⁴ku⁴³	輪盤 lən¹¹²buõ¹³	D
80	稻稈	稻草 dɔ¹³tsʰɔ⁵³	稻草 dɑu⁴²³tsʰɑu⁵³	稻草 dɔ¹²tsʰɔ⁴³	BCD
81	大米飯	飯 vɛ̃¹³	飯 fãn²¹²	飯 vɛ¹³	BCD
82	麵條兒	麵條 miɛ̃¹³tiɔ⁵³	面 miɛ̃n²¹²	面 miɛ̃¹³	D
83	麵粉	麵粉 miɛ̃¹³fən⁵³	麵粉 miɛ̃n²¹²fĩn⁵³	麵粉 miɛ̃¹³fən⁴³	BCD
84	包子	包子 pɔ⁴⁴tsʅ⁵³	包子 pɑu⁵⁵tsʅ⁵³	饅頭 muõ²¹der²³	BD
85	餛飩	餛飩 ɦuən¹³tuən⁴⁴	清湯 tsʰĩn⁵⁵tʰãn⁵⁵	餛飩 ɦuən³¹dən³¹	CD
86	油條	油條 ɦiɤɯ¹³diɔ¹³	油條 iu⁴²³diɑu⁴²³	油炸鬼兒 ɦɤ²¹zaʔ¹³kueɪ³²ə²¹	BD
87	茱	茱 tsʰɛ⁴⁴	茱 tsʰæ⁵⁵	小茱 ɕiɔ⁴³tsʰɛ³¹	BCD
88	雞蛋	雞蛋 tɕi⁴⁴tɛ̃⁴⁴	雞子 tɕi⁵⁵tsʅ⁵³	雞蛋 tɕi²²dɛ²²	CD
89	鹹蛋	鹹蛋 ʑiɛ̃¹³dɛ̃¹³	咸子 hãn⁴²³tsʅ⁵³	鹹蛋 ɦiĩ¹³dɛ²²	CD
90	豬油	豬油 tsu⁴⁴ɦiɤɯ⁴⁴	豬膏 tɕy⁵⁵kɑu⁵⁵	豬油 tsʅ³³ɦɤ³³	CD
91	醬油	醬油 tɕiaŋ⁴⁴ɦiɤɯ⁵³	醬油 tɕiãn⁵⁵iu⁵³	醬油 tɕiʌŋ⁴⁵ɦɤ²¹	BCD
92	芝麻油	麻油 ma¹³ɦiɤɯ¹³	芝麻油 tsʅ⁵⁵mʌ⁵⁵iu⁵³	麻油 mʌ³¹ɦɤ¹³	CD
93	鹽	鹽 ɦiɛ̃¹³	鹽 iɛ̃n⁴²³	鹽 ɦiɛ̃³²³	BCD
94	醋	醋 tsʰu⁴⁴	醋 tsʰu	醋 tsʰo⁴⁴⁵	BCD
95	白酒	白酒 bəʔ¹²tɕiɤɯ⁵³	燒酒 ɕiɑu⁵⁵tɕiu⁵³	燒酒 sɔ²²tɕy⁴²	D
96	紅糖	紅糖 ɦoŋ¹³daŋ¹³	紅糖 õŋ⁴²³dãn⁴²³	紅糖 ɦoŋ³²²dʌŋ²³	BCD
97	白糖	白糖 bəʔ¹²daŋ¹³	白糖 bəʔ⁴²³dãn⁴²³	白糖 bæʔ¹³dʌŋ¹³	BCD

98	開水	開水 $k^h\varepsilon^{44}suei^{53}$	潷水 $t\varepsilon i\tilde{e}n^{43}\varepsilon y^{53}$	開水 $k^h\varepsilon^{22}s\gamma ei^{33}$	CD
99	泔水	米缸水 $mi^{13}kan^{44}suei^{53}$	泔水 $ku\tilde{e}n^{55}\varepsilon y^{53}$	泔水 $k\varepsilon^{33}s\gamma ei^{42}$	E
100	公豬	公豬 $kon^{44}tsu^{53}$	公豬 $kun^{55}t\varepsilon y^{55}$	公豬 $kon^{33}ts\gamma^{42}$	BCD
101	種豬	公豬 $kon^{44}tsu^{53}$	豬牯 $t\varepsilon y^{55}ku^{53}$	公豬 $kon^{33}ts\gamma^{44}$	CD
102	母豬	母豬 $mu^{53}ts\gamma^{0}$	豬嬤 $t\varepsilon y^{55}mo^{423}$	母豬 $m\omega^{32}ts\gamma^{31}$	CD
103	公牛	公牛 $kon^{44}\eta i\gamma u^{44}$	牛牯 $\eta e^{42}ku^{53}$	公牛 $kon^{33}\eta y^{33}$	CD
104	母牛	母牛 $mu^{53}\eta i\gamma u^{0}$	牛嬤 $\eta e^{231}mo^{423}$	雌牛 $ts^h\gamma^{33}\eta Y^{33}$	D
105	公狗	公狗 $kon^{44}k\gamma u^{53}$	狗公 $ke^{53}kun^{55}$	雄狗 $\hbar ion^{214}kei^{42}$	D
106	母貓	母貓 $mu^{53}m\mathfrak{o}^{0}$	母貓 $mu^{34}mau^{55}$	雌貓 $ts^h\gamma^{33}m\mathfrak{o}^{33}$	BD
107	母雞	母雞 $mu^{53}t\varepsilon i^{0}$	雞嬤 $t\varepsilon i^{53}mo^{423}$	婆雞 $bu^{324}t\varepsilon i^{33}$	D
108	鵝	鵝 ηo^{13}	鵝 ηo^{53}	鵝 ηo^{324}	BCD
109	老鼠	老鼠 $l\mathfrak{o}^{13}ts^hu^{53}$	老鼠 $lau^{53}t\varepsilon^h y^{53}$	老鼠 $l\mathfrak{o}^{32}ts^h\gamma^{31}$	BCD
110	青蛙	青蛙／蛤蟆 $t\varepsilon^h in^{44}ua^{44}$／ $ha^{13}ma^{0}$	蛤蟆 $\gamma a^{31}ma^{0}$	田雞 $di\tilde{\varepsilon}^{31}t\varepsilon i^{33}$	BD
111	麻雀	麻雀 $ma^{13}t\varepsilon^h y\mathfrak{o}?^5$	麻雀 $mA^{42}t\varepsilon ia?^5$	麻雀兒 $mA^{324}t\varepsilon^h i\mathfrak{o}^{44}\mathfrak{o}^{31}$	BCD
112	八哥兒	八哥 $p\mathfrak{o}?^5k\mathfrak{o}?^5$	八八／八八鳥 $pa?^5pa?^5$／ $pa?^5pa?^5tiau^{31}$	八哥兒 $p\mathfrak{o}?^{44}ko^{33}\mathfrak{o}^{21}$	CD
113	烏鴉	烏鴉 $u^{44}ia^{44}$	老鴉 $lau^{53}\eta A^{55}$	烏老鴉兒 $u^{33}l\mathfrak{o}^{32}uA^{21}\mathfrak{o}^{21}$	D
114	老虎	老虎 $l\mathfrak{o}^{13}hu^{53}$	老虎 $lau^{53}fu^{53}$	老虎 $l\mathfrak{o}^{32}hu^{31}$	BCD
115	狼	狼 lan^{13}	狼 $l\tilde{o}n^{423}$	狼 lAn^{213}	BCD

116	猴子	猴子 hɤɯ¹³tsʅ⁵³	猴猻 xe⁴²sĩn⁵⁵	活猻 ɦuaʔ¹²sɥən³³	D
117	蛇	蛇 zei¹³	蛇 zɛ³¹²	蛇 dʑɥei²¹⁴	BCD
118	蚯蚓	蚯蚓 tɕʰiɤɯ⁴⁴in⁵³	蟥蟮 uɔ̃n⁴²fĩn⁵³	曲蟮 tɕʰioʔ⁴⁴zuo³³	D
119	螞蟻	螞蟻 ma⁴⁴n̠i⁵³	蟻子 ŋæ⁵⁵tsʅ⁰	螞蟻 mA³³n̠i³³	CD
120	蚊子	蚊子 ɦuən¹³tsʅ⁵³	蚊蟲 mĩn²³¹dʑiuŋ⁰	蚊子 vən³¹tsʅ³³	CD
121	蜘蛛	蜘蛛 tsʅ⁴⁴tsu⁴⁴	蟢／飛絲蟲 ɕi⁵³／ fi⁵⁵sʅ⁵³dʑiuŋ⁴²³	結蛛 tɕiəʔ⁴⁴tsɹ̩³³	D
122	知了	知鳥 tsʅ⁴⁴n̠iɔ⁵³	蟬蟬／陽□ ɕiẽn⁴²ɕiẽn⁴²³／ iãn⁴²tse⁵⁵	知鳥兒 tsʅ³³n̠iɔ⁴³ə²¹	CD
123	稻	稻子 dɔ¹³tsʅ⁵³	禾 o⁴²³	稻 dɔ¹²	CD
124	穀	穀子 kuəʔ⁵tsʅ⁵³	穀 kuʔ⁵	穀 koʔ³	BCD
125	麥	麥子 məʔ¹²tsʅ⁵³	小麥 ɕiau⁵⁵mɛʔ²³	麥 mɐʔ²³	BCD
126	小米兒	小米 ɕiɔ⁴⁴mi⁵³	黃粟米 uɑ̃³¹²suʔ⁵mi³¹	小米 ɕiɔ⁴³mi²¹	CD
127	蠶豆	蠶豆 dʑɛ̃¹³dɤɯ¹³	佛豆 fɔʔ²de²¹²	青蠶豆兒 tɕʰin³³dʑɛ³³dei³³ə³³	D
128	白薯	番薯 fɛ̃⁵³ɕy⁰	番薯 fãn⁵³ɕy⁴²³	番薯 fɛ³³zʮ³³	BCD
129	向日葵	葵花 guei¹³hua⁴⁴	葵花 gui⁴²xuA⁵⁵	向日葵 ɕiAŋ⁴⁴zə⁴²guer³²³	B
130	菠菜	菠菜 po⁴⁴tsʰɛ⁴⁴	菠菜 po⁵³tsʰæ⁰	菠菜 po²²tsʰɛ²²	BCD
131	茄子	茄子 dʑie¹³tsʅ⁵³	茄 ge⁴²³	茄兒 dʑi²¹²ə¹²	D
132	洋芋	（洋）芋頭 （ɦiaŋ¹³）ɦiy¹³te⁵³	洋芋頭 iɑ̃³¹²y¹⁵dɛ⁰	洋芋芀 ɦiAŋ²¹ɦiy¹³nɛ³²	BD
133	魚鱗	魚鱗 ɦiy¹³lin¹³	魚厴 ŋ̍⁴²iẽn⁵³	魚厴兒 ɦiy³²³ʔiɛ̃³²ə²¹	D

134	風箏	鳥兒 n̩iɔ¹³ɦiɔ¹³	風箏 fẽ⁵⁵tsĩn⁵⁵	鷂兒 ɦiɔ²³ə²¹	CD
135	年齡	年紀 n̩iɛ̃¹³tɕi⁴⁴	年紀 n̩iɛ³¹²tɕi⁵⁵	年紀 n̩iɛ̃²¹²tɕi⁵⁴⁵	BCD
136	事（兒）	事情 zɹ¹³（tɕʰiŋ⁵³）	事 sɹ²¹²	事情 zɹ¹³dʑin⁴³	BCD
137	工作	工作 koŋ⁴⁴tsuəʔ⁵	工作 kuŋ⁵⁵tsaʔ⁵	生活 sən³³ɦuəʔ¹³	BD
138	日子	日子 zəʔ¹²tsɹ⁵³	日子 n̩iɛʔ²³tsɹ⁵³	日子 zəʔ¹²tsɹ³³	BCD
139	路費	路費 lu¹³fei⁵³	路上帶的錢	盤纏 buõ³¹zuõ²³	D
140	東西	東西 toŋ⁴⁴ɕi⁴⁴	東西 tuŋ⁵⁵ɕi⁵⁵	東西 toŋ²²ɕi³³	BCD
141	地方	地方 di¹³faŋ⁵³	場地 dʑiã³¹²di¹¹	地方 di²³fʌŋ⁴³	CD
142	時候	時候 zɹ¹³hɤɯ¹³	時辰 zi³¹zɹ̃³¹²	辰光 zən³²³kuʌŋ²²	D
143	我	我 ŋo⁵³	阿ᴀ²⁴ 阿人ᴀ²⁴n̩ĩn⁰	我 ŋɷ⁴²	CD
144	你	你 n̩i⁵³	爾n̩²⁴ / 爾人n̩²⁴n̩ĩn⁰	你 ni⁴²	CD
145	他	他 tʰa⁴⁴	渠gə²⁴ / 渠人gə²⁴n̩ĩn⁰	他 tʰʌ³³	CD
146	我們	我們 ŋo⁵³mən⁰	阿大家 ᴀ²⁴dᴀ²¹kᴀ⁰	我們 ŋɷ⁴²mən³¹	CD
147	你們	你們 n̩i⁵³mən⁰	爾大家 n̩²⁴dᴀ²¹kᴀ⁰	你們 ni³²mən²¹	CD
148	他們	他們 tʰa⁴⁴mən⁰	渠大家 gə²⁴dᴀ²¹kᴀ⁰	他們 tʰʌ²²mən³³	CD
149	（一） 張（席）	床 dzuaŋ¹³	床 zɑ̃³¹²	條 diɔ³²³	B
150	（一） 塊（墨）	塊 kʰuɛ⁴⁴	塊 kʰuai⁵³⁴	錠 din³²³	BD
151	（一） 口（豬）	頭 / 條 dɤɯ¹³ / diɔ¹³	條 diɑu⁴²³	隻 tsɐʔ⁵⁵	BD
152	（一） 尾（魚）	條 diɔ¹³	條 diɑu⁴²³	舫 kuʌŋ³³	BD

153	（吃一）餐	餐／頓 tsʰɛ̃⁴⁴／duən¹³	餐 tsʰãn⁵⁵	頓 tən³³	BCD
154	今日	今天 tɕin⁴⁴tʰiɛ̃⁴⁴	今朝 tɕĩn⁵⁵tɕiau⁵⁵	今朝 kən³³tsɔ⁴⁴	D
155	明日	明天 miŋ¹³tʰiɛ̃⁴⁴	明朝 mĩn⁴²tɕiau⁵⁵	明朝 mən³¹tsɔ³³	D
156	後日	後天 hɤɯ¹³tʰiɛ̃⁵³	後日 xe²³¹n̠iɛʔ⁰	後日 ɦei¹³zəʔ²⁴	D
157	昨日	昨天 ʥuəʔ¹²tʰiɛ̃⁴⁴	昨日 ʥaʔ²n̠iɛʔ²³	昨日子 ʥɑ¹³n̠iəʔ³³tsɿ⁴²	D
158	前日	前天 ʥiɛ̃¹³tʰiɛ̃⁴⁴	前日 ʥiɛn⁴²n̠iɛʔ²³	前日子 ʥiɛ̃³¹zəʔ³tsɿ³¹	D
159	今年	今年 tɕin⁴⁴n̠iɛ̃⁴⁴	今年 tɕĩn⁵⁵n̠iɛn⁰	今年 tɕin³³n̠iɛ³³	BCD
160	明年	明年 miŋ¹³n̠iɛ̃¹³	明年 mĩn⁴²n̠iɛn⁴²³	開年 kʰɛ³³niɛn³³	BD
161	上午	上午 saŋ¹³u⁵³	上畫 ɕiãn²⁴tɕiu⁰	上半日 zɑŋ²³puõ³⁴zə²³	D
162	下午	下午 zia¹³u⁵³	□時 ŋɑ⁴²ɕi⁴³⁵	下半日 ɦiɑ¹³puõ⁴⁴⁵zəʔ²³	D
163	早晨	早上 tsɔ⁵³saŋ⁰	天光 tʰiɛn⁵⁵kuɔŋ⁵⁵	早上頭 tsɔ⁴³zɑŋ¹³dei²¹	CD
164	晚上	晚上 uɛ̃⁵³saŋ⁰	夜上 iɛ¹¹zã⁰	晚上頭 vɛ⁴³zɑŋ²¹dei⁴¹	CD
165	上面	上面 zaŋ¹³miɛ̃⁵³	上□／上底 ɕiãn²¹daʔ²³／ ɕiãn²¹ti⁵³	高頭 kɔ³³dei³³	D
166	下面	下面 ʑia¹³miɛ̃⁵³	下□／下底 xɑ²¹daʔ²³／xɑ²¹ti⁵³	下底頭 ɦiɑ²⁴ti⁵³dei³¹	D
167	裏面	裏面 li⁵³miɛ̃⁰	裏□ li⁴²daʔ²³	裏頭 li⁴³dei³¹	D
168	附近	附近 fu¹³tɕin⁵³	附近 fu²¹ʥĩn²³¹	相近 ɕiɑŋ³³⁵ʥin¹³	BD
169	地上	地上 di¹³saŋ⁵³	地下□ di⁴²³xɑ²¹daʔ²³	地下 di¹²ɕiɑ⁴²	D
170	早飯	早飯 tsɔ⁵³fɛ̃⁰	天光 tʰiɛn⁵⁵kuɔŋ⁵⁵	早飯 tsɔ⁴³vɛ²¹	CD

171	午飯	午飯 tsoŋ⁴⁴fɛ⁴⁴	晏晝 ŋãn⁴³tɕin⁴³⁵	中飯 tsoŋ²²vɛ²²	CD
172	晚飯	晚飯 uɛ̃⁵³fɛ̃⁰	黃昏 uɑ̃ŋ⁴²xuĩn⁵⁵	夜飯 ɦi²³vɛ⁴³	D
173	喝茶	喝茶 həʔ⁵dʑa¹³	吃茶 tɕʰiɪʔ⁵dʑA⁴²³	吃茶 tɕʰioʔ⁴dʑA³²³	D
174	洗臉	洗臉 ɕi⁴⁴liɛ̃⁵³	洗面嘴 ɕi⁵⁵miɛ̃n²¹tsui⁵³	洗臉 ɕi³³liɛ̃³²	CD
175	喊	叫 tɕiɔ⁴⁴	話／講 uA⁴²³／tɕiãn⁵³	叫 tɕiɔ³⁴	CD
176	吵架	吵架 tsʰɔ⁴⁴tɕia⁴⁴	相罵／搞家 ɕiãn⁵⁵mA²¹²／ kɑu⁵³kA⁵⁵	鬧架兒 nɔ¹³tɕiA³⁵ə³¹	D
177	打架	打架 ta⁴⁴tɕia⁴⁴	打架 tA⁵³kA⁴³⁵	打架兒 tA⁴³tɕiA³⁴ə²¹	BCD
178	提起	拎 liŋ⁴⁴	拎 nĩn⁵⁵	拎 lin²²	BCD
179	選擇	挑／揀 tʰiɔ⁴⁴／tɕiɛ̃⁵³	揀 kãn⁵³	挑 tʰiɔ⁴³	BCD
180	欠	欠 tɕʰiɛ̃⁴⁴	欠 tɕʰiɛ̃n⁴³⁵	欠 tɕʰiɛ̃³³	BCD
181	收拾	收拾／整理 sɤɯ⁴⁴səʔ⁵／ tsəŋ⁵³li⁰	撿 tɕiɛ̃n⁵³	收作 seɪ²²tsoʔ⁴³	D
182	沏茶	泡茶 pʰɔ⁴⁴dʑa¹³	泡茶 pʰɑu⁵⁵dʑA⁴²³	泡茶 pʰɔ³³dʑA³²³	BCD
183	對酒裏對水	攙 tsʰɛ̃⁴⁴	攙 tsʰɛ̃⁵⁵	攙 tsʰɛ̃³³	BCD
184	抓魚	抓魚 tsua⁴⁴ɦy¹³	捉魚 tɕyɕʔ⁵ŋ̩⁴²³	柯魚 kʰo⁴⁵ŋ̩²¹³	D
185	休息	休息 ɕiɤɯ⁴⁴ɕiəʔ⁵	歇 ɕiɛʔ⁵	歇歇力 ɕiəʔ²²ɕiəʔ⁴⁴liə¹³	D
186	懷孕	懷孕／大肚子 ɦuɛ¹³ɦyn¹³／ da¹³du¹³tsɿ⁵³	大肚 do²¹du²³¹	有喜得勒 y⁴³ɕi⁴³təʔ³³lɛ²¹	BD
187	放	放 faŋ⁴⁴	徦／放 gA²¹²／fɔŋ⁴³⁵	放 fAŋ⁴³⁴	BCD

188	摔（倒）	跌倒 tiəʔ⁵tɔ⁵³	跌倒 tiɛʔ⁵tau⁰	摜了一跤 guõ¹²ləʔ³³iəʔ⁴⁴tɕiɔ³¹	BD
189	玩	玩 ɦuɛ̃¹³	嬉 ɕi⁵⁵	耍子兒 sA⁴³tsʅ²¹ə³²	D
190	猜謎	猜謎語 tsʰɛ⁴⁴mi¹³y⁵³	猜謎 tsʰæ⁵⁵mĩ⁴²³	猜謎兒 tsʰɛ²²mi¹³ə²¹	BCD
191	留神	小心 ɕiɔ⁵³ɕin⁰	做好 tso⁴³xau⁵³	小心 ɕiɔ⁵³ɕin³¹	CD
192	掛念	／	掛念 kua⁵³⁴n̠iɛ̃¹¹	記掛 tɕi⁵³kuA³¹	E
193	美	美／漂亮 mei⁵³／pʰiɔ⁴⁴liaŋ⁵³	清簡 tsʰĩn⁵⁵kãn⁵³	漂亮 pʰiɔ⁴²liaŋ³¹	CD
194	醜	難看／慫 nɛ̃¹³kʰɛ̃⁴⁴／soŋ¹³	慫 suŋ⁴²³	難看 nɛ³²³kʰɛ⁴⁴	BCD
195	壞	壞 ɦuɛ¹³	壞 uæ²¹²	壞 ɦuɛ¹³	BCD
196	頑皮	調皮 diɔ¹³bi¹³	調皮 diɑu²¹²bi²³¹	調皮 diɔ³¹bi¹²	BCD
197	黑	黑 həʔ⁵	烏 u⁵⁵	黑 həʔ⁵	CD
198	骯髒	邋遢 ləʔ⁵təʔ⁵	邋遢 laʔ²²tʰaʔ⁵	諷 foŋ³³⁴	BD
199	瘦（肉）	瘦 sɤɯ⁵³	精 tsɛ̃⁴⁴	精 tɕin³³	D
200	舒服	舒服 su⁴⁴fəʔ⁵	舒服 ɕy⁵⁵faʔ⁵	愜意 ɕiA⁴⁴;i³¹	BD
201	乖	乖巧／聽話 kuɛ⁴⁴tɕʰiɔ⁵³／ tiŋ⁴⁴ɦua¹³	乖 kuæ⁵⁵	乖乖交 kuɛ²²kuɛ²²tɕiɔ²¹	D

注：①表中只列出某一詞條的「上饒鐵路話」、「上饒市區話」和「杭州話」的說法，而爲了節省篇幅，對於該詞條的「普通話」說法不再另行列出（其實表中第二列「詞條」一欄就是普通話的說法）。

②表中「近於哪種」指的是上饒鐵路話的這一詞條與哪種話更相近：B 指近於上饒市區話，C 指近於杭州話，D 指近於普通話，E 爲未知。多數時候，上饒鐵路話的一個詞條常常與兩種或兩種以上的話都相近，則均注出，如：詞條 1 太陽，上饒鐵路話爲「太陽」，上饒市區話爲「日頭」，杭州話爲「太陽」，普通話也爲

「太陽」，則在最後一列標注「CD」，表示上饒鐵路話的「太陽」與「杭州話」和「普通話」均相近；再如詞條 8「端午」在「上饒鐵路話」、「上饒市區話」、「杭州話」及「普通話」中都叫「端午」，則在最後一列注以「BCD」，表示四者說法一樣。

7.1.2 詞彙比較結果分析

（1）總體接近度

上表所列詞彙涉及到了天文、地理、時令時間、房舍、稱謂、親屬、身體、疾病醫療、衣服穿戴、器具用品、飲食、動物、植物、農業、日常生活、代詞、量詞、位置、動作、形容詞等 20 個義類。

筆者將上饒鐵路話的基礎詞彙與上饒市區話、杭州話、普通話比較後得出的結果如下：上饒鐵路話與上饒市區話相近的詞彙有 84 條，主要涉及地理、時令時間、農業、稱謂、親屬、身體、衣服穿戴、飲食、動物、植物、日常生活、量詞、動作、形容詞等 14 個義類；上饒鐵路話與杭州話相近的詞彙有 107 條，主要涉及天文、地理、房舍、親屬、疾病醫療、器具用品、飲食、動物、植物、農業、日常生活、代詞、動作、形容詞等 14 個義類；上饒鐵路話與普通話相近的詞彙有 187 條，前述的 20 個義類幾乎均有涉及；上饒鐵路話詞彙來源不明的詞彙有 2 條：廁所、竈，屬於「房舍」義類。

從義類來看，作為上饒鐵路話詞彙的兩個主要來源方言，上饒市區話和杭州話在義類上有交叉也有互補；而普通話作為上饒鐵路話的頂層方言，幾乎影響到了上饒鐵路話每一個義類。

從詞彙接近度來看，上饒鐵路話與普通話的詞彙接近度高達 93.5%（僅 13 條詞彙不同）；上饒鐵路話與杭州話詞彙接近度為 53.5%；上饒鐵路話與上饒市區話的詞彙接近度為 42%。

綜合義類和詞彙接近度的比較結果，上饒鐵路話的詞彙有向普通話靠攏的傾向。為什麼上饒鐵路話的詞彙會大範圍地向普通話靠攏呢？其原因可能在於上饒鐵路話母語人從事行業的特殊性。上饒鐵路話母語人大多從事與鐵路運輸行業相關的工作，常與五湖四海的人打交道，為保障交際的有效性，他們的詞彙最好與頂層的普通話保持相近或一致，而不能保留太多方言色彩較重的詞彙。

（2）普通話異於上饒鐵路話的詞條

普通話雖然對上饒鐵路話的詞彙造成了巨大的衝擊，但二者仍有 14 條詞彙是不同的，它們是：胡同、廁所、竈、小孩兒、男孩兒、乞丐、姊、叔父、妻、駝背、泔水、向日葵、（一）張（席）、掛念。這 14 條詞彙中，上饒鐵路話與上饒市區話相近的有9條（胡同、男孩兒、乞丐、姊、叔父、妻、駝背、向日葵、（一）張（席）），與杭州話相近的有 2 條（廁所、竈），另外 3 條詞彙來源不明（小孩兒、泔水、掛念）。可見上饒鐵路話與普通話不同的這 14 條詞彙中，大部分是與上饒市區話相同的。原因爲何呢？

撇開上饒鐵路話，我們先來看看上饒市區話、杭州話和普通話三者的詞彙接近度：BCD 出現 51 次，BD 出現 25 次，CD 出現 56 次。也就是說，在所調查的 201 條詞彙中，上饒市區話、杭州話和普通話三者相近的詞彙有 49 條，上饒市區話和普通話相近的詞彙有 25 條，杭州話與普通話相近的有 56 條。由此計算上饒市區話、杭州話與普通話的接近度：上饒市區話與普通話的接近度爲（51＋25）/ 201＝38%；杭州話與普通話的接近度爲（51＋56）/ 201＝53%。

我們再換個角度統計一下：表中上饒市區話與杭州話相近而與上饒鐵路話和普通話都不相近的詞彙有 17 條，它們是：下雨、颱風、煤油、兒媳婦、右手、麵條兒、白酒、猴子、魚鱗、今日、明日、後日、昨日、前日、喝茶、瘦肉、泔水。

由此計算上饒市區話和杭州話的詞彙接近度爲：（17＋51）/ 201＝34%。上饒市區話、杭州話和普通話三者的詞彙接近度如下圖所示：

圖 4　上饒市區話、杭州話和普通話的詞彙接近度示意圖

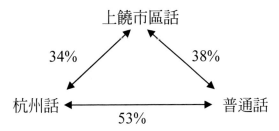

杭州話與普通話的接近度（53%）高於上饒市區話與普通話和上饒市區話與杭州話的接近度（分爲 38%和 34%），這一方面也說明杭州話的半官話性質，另一方面也能解釋爲什麼上饒鐵路話與普通話不同的 14 條詞彙有 9 條近於上饒市區話而僅 2 條近於杭州話：由於杭州話與普通話高達 53%的詞彙接近度，

上饒鐵路話與普通話不同的詞彙，一般也與杭州話不同，因此使得這些詞彙更容易出現於與普通話和杭州話的接近度較低的上饒市區話中。

（3）上饒鐵路話來源不明的詞條

上饒鐵路話中來源不明的 3 個詞條：小孩兒、泔水、掛念。

「小孩兒」：上饒鐵路話叫「小鬼」，上饒市區話叫「細人」，杭州話叫「小伢兒」。胡松柏曾告訴筆者，「小鬼」應是南方較普遍的說法，而不一定借自上饒市區話。我們再來看「男孩兒」這一詞條：上饒鐵路話叫「男小鬼」，上饒市區話叫「小來鬼、小鬼崽」，杭州話叫「男伢兒」。上饒鐵路話的「男小鬼」極有可能借自上饒市區話的「小來鬼、小鬼崽」，那麼上饒鐵路話的「小孩兒」也可能是受了「男小鬼」的影響變成了「小鬼」。

「泔水」：上饒鐵路話叫「米缸水」，上饒市區話和杭州話都叫「泔水」。《現代漢語詞典（第五版）》：「泔水，倒掉的殘湯、剩飯菜和淘米、洗刷鍋碗等用過的水。有的地區叫泔腳、潲水。」據發音人黃斌解釋，「泔水」最初就是人們淘米剩下的水，因此叫「米缸水」。但這一說法來源為何，筆者也無從而知。

「掛念」：上饒鐵路話中未調查到該詞條，只能暫列於此，無法進行比較。

7.1.3　二百詞彙比較的結論及成因

從詞彙層面來看，普通話對上饒鐵路話的影響最大（二者詞彙接近度高達93%），杭州話次之，最後是上饒市區話。

上饒鐵路話異於普通話的 14 條詞彙中，多數近於上饒市區話，其原因在於杭州話與普通話詞彙接近度較高（53%），而上饒市區話與普通話和杭州話的詞彙接近度較低（分為 38% 和 34%）。上饒鐵路話與普通話不同的詞彙，一般也與杭州話不同，因此這些詞彙更容易出現於上饒市區話中。

7.2　封閉類實詞之比較

封閉類詞包括封閉類實詞和封閉類虛詞。本小節選取的是三類封閉類實詞——親屬詞、時間詞和身體詞，這三類封閉類實詞穩定性較高，不易被替代，用它們進行詞彙比較可以反映上饒鐵路話、杭州話和上饒市區話語言接觸的深

度；由於封閉類虛詞（如詞綴、代詞、結構助詞、否定副詞、介詞、連詞等）
與語法關係較大，故將其放在第八章語法部分進行比較。

7.2.1　三地親屬詞之比較

表 35　三地親屬詞比較表

詞條	A 上饒鐵路話	B 杭州話	C 上饒市區話	近於哪種
曾祖父	太公 $t^hɛ^{53}koŋ^{44}$	太爺爺 $t^hɛ^{55}ɦi^{31}ɦi^{31}$ 太公 $t^hɛ^{55}koŋ^{31}$	太公 $t^hæ^{43}kuŋ^{55}$	BC
曾祖母	太媽 $t^hɛ^{53}ma^{44}$	阿太ʔ$a^{33}t^ha^{55}$ 太婆 $t^hɛ^{55}bo^{31}$ 太娘娘 $t^hɛ^{55}niaŋ^{31}niaŋ^{31}$	太媽 $t^hæ^{43}mʌ^{53}$	C
祖父	爺爺 $ɦie^{13}ɦie^{13}$	爹爹 $tia^{33}tia^{33}$	公 $kuŋ^{53}$	D
祖母	奶奶 $nɛ^{53}nɛ^{31}$	奶奶 $nɛ^{53}nɛ^{31}$	媽 $mʌ^{53}$	BD
外公	外公 $ɦue^{13}koŋ^{53}$	外公 $ɦue^{13}koŋ^{53}$	外公 $ŋæ^{21}kuŋ^{55}$	BCD
外婆	外婆 $ɦue^{13}bo^{13}$	外婆 $ɦue^{13}bo^{53}$	外婆 $ŋæ^{21}bo^{24}$	BCD
父母	老子老娘 $lɔ^{53}tsʅ^0lɔ^{53}ȵiaŋ^0$	娘老子 $niaŋ^{31}lɔ^{53}tsʅ^0$	娘老子 $ȵiãn^{42}lau^{24}tsʅ^0$	E
父親背稱	老子 $lɔ^{53}tsʅ^0$	老子 $lɔ^{53}tsʅ^0$ 爹 tia^{33}	老子 $lau^{24}tsʅ^0$	BC
父親面稱	爸 pa^{44}	阿爸ʔ$a^{33}paʔ^7$ 爸爸 $pa^{33}pa^{33}$	爹 te^{53}	BD
母親背稱	老娘 $lɔ^{53}ȵiaŋ^0$	娘 $niaŋ^{213}$	娘 $ȵiãn^{231}$	BC
母親面稱	媽 ma^{44}	姆媽 $m̩^{33}ma^{33}$ 媽媽 $ma^{33}ma^{33}$	奶 $næ^{53}$	BD
岳父背稱	丈人佬 $ʥaŋ^{13}zən^0lɔ^{53}$	丈人老頭兒 $ʥaŋ^{13}zen^{53}lɔ^{13}dei^0əl^0$	丈人佬 $ʥiãn^{21}ȵĩn^{42}lau^{231}$	C
岳母背稱	丈人婆 $ʥaŋ^{13}zən^0bo^{13}$	丈母娘 $ʥaŋ^{13}m̩^{53}niaŋ^{31}$	丈人婆 $ʥiãn^{21}ȵĩn^{24}bo^{423}$	C
夫之父背稱	公公 $koŋ^{44}koŋ^{44}$	阿公ʔ$a^{33}koŋ^{33}$ 阿公老頭兒 ʔ$a^{33}koŋ^{33}lɔ^{13}dei^0əl^0$	公 $kuŋ^{55}$	CD

夫之母背稱	婆婆 bo¹³bo¹³	阿婆ʔa³³bo²¹³ 婆老太太 bo³¹lɔ⁵³tʰɛ⁵⁵tʰɛ³¹	婆 bo⁴²³	CD
伯父	伯伯 pəʔ⁵pəʔ⁵	伯伯 paʔ⁷paʔ⁷	伯伯 paʔ⁴paʔ⁵	BCD
伯母	大媽 da¹³ma⁵³	大媽媽 da¹³ma⁵³ma³¹ 大姆媽 da¹³m̩⁵³ma³¹	大□do²¹mi⁵³	BD
叔父	叔叔 suəʔ⁵suəʔ⁵	小伯伯 çiɔ⁵³paʔ⁵paʔ⁵	叔叔 çiuʔ⁴çiuʔ⁵	CD
叔母	叔媽 suəʔ⁵ma⁵³	嬸娘 sen⁵³niaŋ³¹	奶奶 næ⁴³næ⁵³	E
舅父	舅舅 dʑiɤɯ¹³dʑiɤɯ⁵³	娘舅 niaŋ³¹dʑiø¹³	舅爹 ge²¹te⁵⁵	D
舅母	舅媽 dʑiɤɯ¹³ma⁵³	舅姆 dʑiø¹³m̩⁵³	妗奶 dʑĩn²¹næ⁵⁵	D
姑媽	姑姑 ku⁴⁴ku⁴⁴	乾娘 kɛ̃³³niaŋ³³	奶奶 næ²¹næ²⁴	D
姑父	姑夫 ku⁴⁴fu⁴⁴	姑夫 ku³³fu³³ 姑丈 ku³³dʑaŋ¹³ 乾爺 kɛ̃³³ɦii³³	姑夫 ku⁵⁵fu⁵⁵	BCD
姨媽	阿姨 a⁴⁴ɦii¹³ 姨媽 ɦii¹³ma⁵³	姨娘 ɦii³¹niaŋ¹³	大姨／小姨 do²¹i²⁴／çiau⁵³i²⁴	D
姨父	姨夫 ɦii¹³fu⁴⁴	姨夫 ɦii³¹fu³³ 姨丈 ɦii¹³dʑaŋ¹³ 乾爺 kɛ̃³³ɦii³³	姨夫 i²⁴fu⁵⁵	BCD
哥哥	哥哥 ko⁴⁴ko⁵³	阿哥ʔa³³ko³³ 哥哥 ko³³ko³³	哥郎 ko⁵³nãn⁰	BD
姐姐	姐姐 tçi⁵³tçi⁵³	阿姐ʔa³³tçi⁵³ 姐姐 tçi⁵³tçi⁵³	姐姐 tçi⁴³tçi⁵³	BCD
弟弟	弟弟 di¹³di⁵³	阿弟ʔa³³di¹³ 弟弟 di¹³di⁵³	弟郎 di²⁴nãn⁰	BD
妹妹	妹妹 mei¹³mei⁵³	阿妹ʔa³³mei³³ 妹妹 mei¹³mei⁵³	囡妹 nᴀ⁴²mui²¹²	BD
夫之兄	伯佬 pəʔ⁵lɔ⁵³	大伯 da¹³paʔ⁵	伯佬 paʔ⁴lau²⁴	C
夫之弟	叔佬 suəʔ⁵lɔ⁵³	阿叔ʔa³³soʔ⁵	叔佬 çiuʔ⁴lau²⁴	C
嫂嫂	嫂老倌 sɔ⁴⁴lɔ⁵³kuɛ̃⁰	阿嫂ʔa³³sɔ⁵³ 嫂嫂 sɔ⁵³sɔ³¹	嫂老倌 sau⁵³lau⁰kuɛ̃n⁰	C
弟媳婦	弟媳婦 di¹³ʑi¹³fu⁵³	弟媳婦 di¹³çiəʔ⁵vu³¹	弟婦 di²¹fu²³¹	BD
妹夫	妹夫 mei¹³fu⁵³	妹夫 mei¹³fu⁵³	妹婿 mui²³¹çi⁰	BD

丈夫	老公 lɔ⁵³koŋ⁰	丈夫 ʥaŋ¹³fu⁵³	老公 lau⁵³kuŋ⁵⁵	CD
妻子	老媽 lɔ¹³ma⁵³	老婆 lɔ¹³bo³¹	老媽 lau⁵³mA²³¹	C
妻之兄或弟	舅佬 ʥiɤɯ¹³lɔ⁵³	舅佬 ʥiø¹³lɔ⁵³	舅佬 ge¹¹lau²⁴	BCD
兒子	兒子 fiɔ¹³tsʅ⁵³	兒子 əl³¹əl⁰	兒 n̩i⁴²³ 小來 ɕiau²⁴læ⁰	BD
女兒	女兒 n̩y⁵³fiɔ¹³	女兒 n̩y⁵³əl³¹	囡兒 nA²⁴n̩i⁰	BD
兒媳婦	兒媳婦 fiɔ¹³ɕi¹³fu⁵³	新婦 ɕin³³vu³³	新婦 sĩn⁵⁵fu⁴³	D
女婿	女婿 n̩y⁵³ɕi⁰	女婿 n̩y⁵³ɕy³¹	囡婿 nA⁴²ɕi⁴³⁵	BD
孫子	孫子 suən⁴⁴tsʅ⁵³	孫子 sɥen³³tsʅ⁰	孫兒 sĩn⁵³n̩i⁰	BD
孫女	孫女 suən⁴⁴n̩y⁵³	孫女兒 sɥen³³ny⁵³əl³¹	孫囡 sĩn⁵⁵nA²³¹	D
外孫	外孫 fiuɛ¹³suən⁵³	外孫 fiuɛ¹³sɥen⁵³	外甥 ŋæ²¹ɕiẽn⁵⁵	BD
侄兒	侄子 ʥəʔ¹²tsʅ⁵³	侄兒 ʥəʔ²əl¹³	孫兒 sĩn⁵³n̩i⁰	D
外甥	外甥 fiuɛ¹³suən⁵³	外甥 fiuɛ¹³sen⁵³	外甥 ŋæ²¹ɕiẽn⁵⁵	BCD
連襟	連襟 liɛ̃¹³tɕin⁴⁴	連襟 liɛ̃³¹tɕin³³	大細姨夫 do²¹sui⁵⁵i²¹ʥiãn²³¹	BD
妯娌	妯娌 ʥɤɯ¹³n̩i⁵³	妯娌 ʥiø¹³li⁵³	平肩娘 bĩn⁴²tɕiẽn⁵³n̩iãn⁴²³	BD

說明：B 杭州話 C 上饒市區話 D 普通話 E 來源不明。下同。

　　統計結果：B27；C22；D36；E2。即，上饒鐵路話的親屬詞彙中，近於杭州話的有 27 條，近於上饒市區話的有 22 條，近於普通話的有 36 條，另有 2 條詞彙來源不明。

　　從親屬詞彙的比較結果來看，普通話對上饒鐵路話的影響最大，其次是杭州話，最後是上饒市區話。

7.2.2　三地時間詞之比較

表 36　三地時間詞比較表

詞條	A 上饒鐵路話	B 杭州話	C 上饒市區話	近於哪種
今年	今年 tɕin⁴⁴niɛ̃⁵³	跟年 ken³²n̩iɛ̃²³	今年 tɕĩn⁵⁵n̩iẽn⁰	CD
去年	去年 tɕʰy¹³n̩iɛ̃⁵³	去年子 tɕʰy³³n̩iɛ̃¹³tsʅ⁵¹ 舊年子 ʥiø¹³n̩iɛ̃¹³tsʅ⁵¹	□年 ge²⁴n̩iẽn⁰	D

前年	前年 dʑiɛ¹³n̠iɛ⁵³	前年子 dʑiɛ³¹n̠iɛ¹³tsɿ⁵¹	前年 dʑiɛn⁴²n̠iɛn⁰	C
明年	明年 miŋ¹³n̠iɛ⁰	門年 men¹³n̠iɛ¹³	明年 mĩn⁴²n̠iɛn⁴²³	C
後年	後年 ɦiɤɯ¹³n̠iɛ⁵³	後年 ɦei¹³n̠iɛ⁵³	後年 ɣe¹¹n̠iɛn⁰	BCD
一年光景	一年左右 i⁴⁴n̠iɛ⁵³tso⁵³ɦiɤɯ¹³	年把兒 n̠iɛ³¹pa⁵³əl³¹	年把 n̠iɛn⁴²³pA⁵³	D
這個月	這個月 dʑei¹³kəʔ⁰ɦyəʔ¹² 格個月 kəʔ⁵koʔ⁰ɦyəʔ²	格個月 kəʔ⁵koʔ⁵ɦyəʔ² 接個月 tɕiəʔ⁵koʔ⁵ɦyəʔ²	這個月 dʑe²⁴kə⁰n̠yaʔ²	BC
今天	今天 tɕin⁴⁴tʰiɛ⁴⁴	跟朝 ken³³tsɔ³³	今朝 tɕĩn⁵⁵tsau⁵⁵	D
明天	明天 miŋ¹³tʰiɛ⁴⁴	門朝 men³¹tsɔ³³	明朝 mĩn⁴²tsau⁵⁵	D
後天	後天 ɦiɤɯ¹³tʰiɛ⁴⁴	後日 ɦei¹³zəʔ²	後日 xe²³¹n̠iɛʔ⁰	D
昨天	昨天 dʑuəʔ¹²tʰiɛ⁴⁴	上額子 zaŋ¹³ŋaʔ²tsɿ⁰ 昨日子 dʑoʔ²zəʔ²tsɿ⁰ 昨天子 dʑoʔ²tʰiɛ³³tsɿ⁰	昨日 dʑaʔ²n̠iɛʔ²³	D
前天	前天 dʑiɛ¹³tʰiɛ⁴⁴	前日子 dʑiɛ³¹zəʔ²tsɿ⁰	前日 dʑiɛn⁴²n̠iɪʔ²	D
拂曉	天濛濛亮 tʰiɛ⁴⁴məŋ¹³məŋ⁰liaŋ¹³	偷牛暗 tʰei³³niø²¹³ɦiɛ¹³	天濛濛光 tʰiɛn⁵⁵muŋ²⁴muŋ²⁴kuõŋ⁵⁵	CD
早晨	早上 tsɔ⁵³saŋ⁰	早上頭 tsɔ⁵³zaŋ³¹dei⁰ 早間頭 tsɔ⁵³kɛ̃³³dei⁰	天光 tʰiɛn⁵⁵kuõŋ⁵⁵	D
上午	上午 zaŋ¹³u⁵³	上晝頭 zaŋ¹³tsei⁵³dei⁰ 上半天 zaŋ¹³puõ⁵³tʰiɛ³¹ 上半日 zaŋ¹³puõ⁵³zəʔ²	上晝 ɕiãn²⁴tɕiu⁰	D
中午	中午 tsoŋ¹³u⁵³	中午頭 tsoŋ³³vu³³dei⁰	晏晝 ŋãn⁴³tɕiu⁴³⁵	D
下午	下午 ʑia¹³u⁵³	晏晝頭 ʔiɛ̃⁵⁵tsei³¹dei⁰ 下半日 ɦia¹³puõ⁵³zəʔ²	□時 ŋA⁴²ɕi⁴³⁵	D
傍晚	晚邊 uɛ̃⁵³piɛ̃⁰ 夜邊 ɦie¹³piɛ̃⁴⁴	晚快邊兒 fɛ̃⁵³kʰuɛ³¹piɛ̃³³əl³³	夜邊兒 ie²¹piɛn⁵⁵n̠i⁵⁵	BC
白天	白天 baʔ¹²tʰiɛ⁴⁴	日裏頭 zəʔ²li⁵³dei¹³ 日裏廂 zəʔ²li⁵³ɕiaŋ³¹ 日裏 zəʔ²li⁵³	日上 n̠iɛʔ²³ɕiãn⁰	D
晚上	晚上 uɛ̃⁵³saŋ⁰	夜到 ɦi¹³tɔ⁵³ 夜到頭 ɦi¹³tɔ⁵³dei⁰ 夜裏頭 ɦi¹³li⁵³dei⁰ 夜裏廂 ɦi¹³li⁵³ɕiaŋ³¹ 夜裏 ɦi¹³li⁵³	黃昏 uõŋ⁴²fin⁵⁵ 夜上 ie²¹ɕiãn⁰	D

每天	每天 mei⁵³tʰiɛ̃⁰ 天天 tʰiɛ̃⁴⁴tʰiɛ̃⁴⁴	日日 zəʔ²zəʔ²	日日 ȵiɛʔ²³ȵiɛʔ²³	D
時光 時候	時候 z̩¹³hɣɯ⁵³	辰光 dʑen²¹kuaŋ²³	辰光 zĩn³¹²luõŋ⁵⁵	D
現在	現在 ɕiɛ̃⁴⁴tsɛ⁴⁴ 格歇 kəʔ⁵ɕiəʔ⁵ 格毛 kəʔ⁵mɔ¹³	格毛 kəʔ⁵mɔ³³ 格歇毛 kəʔ⁵ɕiəʔ⁵mɔ³³	這下 dʑe²⁴xᴀ⁰	BD
過去	以前 i⁵³dʑiɛ̃¹³ 好久 hɔ¹³tɕiɣɯ⁵³ 老早 lɔ¹³tsɔ⁵³	老底子 lɔ⁵³ti⁵³tsɿ⁰ 落底末 loʔ²ti⁵³məʔ² 落底毛 loʔ²ti⁵³mɔ³¹	老早 lau²⁴tsau⁵³	CD
後來	後來 hɣɯ¹³lɛ⁰	後首來 ɦei¹³sei⁵³lɛ³¹	以後 i⁵³ɣe¹¹	D
馬上 立刻	馬上 ma⁵³saŋ⁰	當忙 taŋ³³maŋ³³	馬上 mᴀ⁵³ɕiãn⁰	CD
遲一 點	晚點 uɛ̃⁵³tiɛ̃⁰	晏點兒 ʔɛ̃⁵⁵tiɛ̃³¹əl³¹	晏點子 ŋãn⁴³tiɛn⁰tsɿ⁰	D
近來	最近 dʑuei¹³tɕin⁵³	格腔 kəʔ⁵tɕʰiaŋ³³ 格相 kəʔ⁵ɕiaŋ³³	這相 dʑəʔ²³ɕiaŋ⁵³	D

　　統計結果：B4；C9；D25。即，上饒鐵路話的時間詞中，近於杭州話的有4條，近於上饒市區話的9條，近於普通話的有25條。

　　從時間詞系統來看，普通話對上饒鐵路話的影響最大，其次是上饒市區話，最後是杭州話。這與親屬詞彙的調查結果略有不同。

7.2.3　三地身體詞之比較

表37　三地親屬詞比較表

詞條	A 上饒鐵路話	B 杭州話	C 上饒市區話	近於 哪種
皮膚	皮膚 bi¹³fu⁴⁴	皮膚 bi¹³fu⁵⁵	皮膚 bi²⁴fu⁵⁵	BCD
肉	肉 ȵyəʔ¹²	肉 zoʔ²	肉 ȵyɣʔ²³	C
血	血 ɕyəʔ⁵	血 ɕyəʔ⁵	血 ɕyɣʔ²	BC
骨頭	骨頭 kuəʔ⁵dɣɯ¹³	骨頭 kuəʔ⁵dei¹³	骨頭 kuɿʔ²de²⁴	BCD
脂肪	脂肪 tsɿ⁴⁴faŋ¹³	脂肪 tsɿ³³fᴀŋ³³	脂肪 tsɿ⁵³faŋ³⁵	BCD
心臟	心 ɕin⁴⁴	心 ɕin³³	心 sĩ⁵⁵	BCD
肝	肝 kɛ̃⁴⁴	肝 kɛ̃³³	肝 kuɛ̃⁵⁵	BCD
頭	頭 dɣɯ¹³	頭 dei²¹³	頭 de⁴²³	D

頭髮	頭髮 dɤɯ¹³fa⁵³	頭髮 dei²¹faʔ⁵	頭髮 de⁴²faʔ⁵	D
眼睛	眼睛 iɛ̃⁵³tɕiŋ⁰	眼睛 ʔiɛ̃⁵³tɕin⁰	眼睛 ŋãn⁵³tsĩn⁵⁵	BCD
鼻子	鼻子 biəʔ¹²tsʅ⁵³ 鼻頭 biəʔ¹²dɤɯ¹³	鼻頭 bəʔ²dei¹³	鼻頭 biɛʔ²³de⁰	BCD
嘴	嘴 tsuei⁵³ 嘴巴 tsuei⁵³pa⁰	嘴巴 tsɥei⁵³pa³¹	嘴 tsui⁵³	BCD
牙齒	牙齒 ɦia¹³tsʰʅ⁵³	牙齒 ɦia¹³tsʰʅ⁵³	牙齒 ŋA⁴²tɕʰi⁵³	BCD
舌頭	舌頭 zəʔ¹²dɤɯ¹³	舌頭 zəʔ²dei⁵³	舌頭 ɕiaʔ²³de⁴²³	BCD
耳朵	耳朵 ɔ⁵³to³³	耳朵 əl⁵³to³¹	耳朵 ȵi²¹to⁵⁵	BCD
脖子	項頸 ɦaŋ¹³tɕiŋ⁵³	頭頸 dei¹³tɕin⁵³	項頸 xãn²¹tɕiĩn⁵³	C
手	手 sɤɯ⁵³	手 sei⁵³	手 ɕiu⁵³	D
乳房	奶奶鼓 nɛ³³nɛ³³ku⁰	奶奶 nɛ³³nɛ³³	奶奶 ne⁵⁵ne⁵⁵	BC
肚子	肚皮 du¹³bi¹³ 肚皮子 du¹³bi¹³tsʅ⁵³	肚皮 du¹³bi⁵³	肚 du²³¹	BCD
腳	腳 tɕyəʔ⁵	腳 tɕiaʔ⁵	腳 tɕiaʔ⁵	BC
腿	腿 tʰuei⁵³ 腳 tɕyəʔ⁵	腳 tɕiaʔ⁵	腳 tɕiaʔ⁵	BCD
膝蓋	貓咪頭 mɔ¹³mi⁵³dɤɯ¹³ 膝蓋 ɕiəʔ⁵kɛ⁴⁴	腳窠頭 tɕiaʔ⁵kʰəʔ⁵dei¹³	貓咪頭 mɑu⁵⁵mi⁵³de⁰	C
背名詞	後背 hɤɯ¹³pei⁵³	背脊 pei⁵⁵tɕiaʔ⁵	後背 ɣe¹¹pe⁵³	CD

統計結果：B16；C20；D17。即，上饒鐵路話的身體詞彙中，近於杭州話的有 16 條，近於上饒市區話的有 20 條，近於普通話的有 17 條。

從身體詞系統來看，上饒市區話對上饒鐵路話的影響最大，其次是普通話和杭州話。

7.2.4 封閉類實詞比較小結

綜合親屬詞、時間詞和身體詞的比較，我們可將比較結果列表如下：

表 38 封閉類實詞比較小結表

封 閉 類 實 詞	影 響 程 度
親屬詞	普通話＞杭州話＞上饒市區話
時間詞	普通話＞上饒市區話＞杭州話
身體詞	上饒市區話＞普通話≈杭州話

除開普通話，上饒市區話在此次比較中占優的有兩次（時間詞和身體詞），杭州占優的只一次（親屬詞）。如此，從封閉類實詞來看，上饒市區話要略大於杭州話對上饒鐵路話的影響。

7.3　特色詞對上饒鐵路話的影響

7.3.1　上饒市區話特色詞

爲探明上饒市區話詞彙對上饒鐵路話的滲透和影響，筆者用上饒市區話的63條特色詞彙對上饒鐵路話發音人黃斌進行了調查，按調查結果分爲四類：

A類：說，且發音人不知此爲上饒市區話詞彙；B類：說，但發音人知道此爲上饒市區話詞彙；C類：不說，但聽過；D類：不說，也沒聽過。

A類有14條詞彙：

上　饒　市　區　話　詞　彙	普　通　話　釋　義
皮老鼠 pi⁴²lau⁵³tɕʰy⁵³	蝙蝠
貓咪頭 mɑu⁵⁵mi⁵³de⁰	膝蓋
茅司 mɑu⁴²sɿ⁵⁵	廁所
刮坼 kuəʔ²tsʰəʔ²	裂開
項頸 xãn²¹tɕĩn⁵³	脖子
□夾底 ʥieʔ²gɑ²ti⁵³	腋下
癲子 tiẽn⁵³tsɿ⁰	瘋子
癲媽 tiẽn⁵³ma⁵⁵	女瘋子
跌古 tʰieʔ⁴ku⁵³	丟臉
推板 tʰui⁵⁵pãn⁰	很差
嶄得很 ʥẽn²⁴təʔ⁰xən⁵³	好得很
撇踏 pʰieʔ²tʰeʔ⁰	做事快
撇脫 pʰieʔ²tʰueʔ⁰	做事快
好佬 xau⁵³lau²³¹	能幹
隔蠻 kɛʔ²mẽn⁰	勉強

B類有7條詞彙：

上　饒　市　區　話　詞　彙	普　通　話　釋　義
麥豆 maʔ²de²¹²	豌豆

苞粟 pau⁵⁵suʔ⁵	玉米
堂客人 dãn⁴²kʰaʔ⁵n̠ĩn⁰	女人
臺盤 dæ²⁴buẽn⁴²³	桌子
洋城 iãn⁴²kãn⁵³	肥皂
面嘴 miẽn²¹tsui⁵³	臉蛋
鉸剪 kau⁵⁵tɕiẽn⁵³	剪刀

C 類有 17 條詞彙：

上 饒 市 區 話 詞 彙	普 通 話 釋 義
薄刀 bɔ¹¹tau⁵⁵	菜刀
天蘿 tʰiẽn⁵³lo⁰	絲瓜
佛豆 vɛʔ¹¹dɛ¹¹	蠶豆
喫天光 tɕʰɿʔ²tʰiẽn⁵⁵kuõŋ⁵⁵	吃早飯
喫晏晝 tɕʰɿʔ²ŋãn⁴³tɕiu⁴³⁵	吃中飯
喫黃昏 tɕʰɿʔ²uãŋ³²xuən⁵⁵	吃晚飯
轉來 tɕyẽn⁵³læ⁰	回來
轉去 tɕyẽn⁵³kʰə⁰	回去
種豬 tɕiuŋ⁵⁵tɕy⁵⁵	養豬
話事 uʌ²⁴sɿ²¹²	講話
搚 iæʔ⁵	拿
調起 diau⁴²tɕʰi⁴²³	起來、起床
鬧熱 nau¹¹n̠iɛʔ³	熱鬧
插眼 tsʰɛʔ²ŋãn⁵³	討厭
弄慫 nuŋ²⁴suŋ⁵⁵	捉弄
清簡 tsʰɿ⁵⁵kã⁵³	漂亮
細 sui⁵³	小

D 類有 25 條詞彙：

上 饒 市 區 話 詞 彙	普 通 話 釋 義
蟥蜒 uõŋ⁴²fin⁵³	蚯蚓
壁牆 biɿʔ²tɕʰiaŋ²⁴	牆壁
魂靈 uən²⁴liŋ²⁴	靈魂
歡喜 xuẽn⁵⁵ɕi⁵³	喜歡
人客 n̠ĩn⁴²kʰaʔ⁵	客人

機司 tɕi⁵⁵sɿ⁵⁵	司機
窗盤 tɕʰyɔŋ⁵³buẽn⁰	窗子
湯湯蓋 tʰɔŋ⁵⁵tʰɔŋ⁵⁵kæ⁵⁵	鐵蓋子
木辣開 muʔ²lɛʔ²kʰæ⁰	毛毛蟲
細貓咪 sui⁵³mɑu²⁴mi⁵³	小貓
老鴉騷 lɑu⁵³ŋA⁵⁵sɑu⁵⁵	狐臭
□飯 iẽn²⁴fãn⁵⁵	剩飯
戲面殼 ɕi²⁴miẽn⁵³kʰəʔ⁰	面具
細人 sui⁵³n̩ĩn⁰	小孩
小來鬼 ɕiɑu⁵⁵læ⁴²kui⁵³	小男孩
囡兒崽 nA⁴²n̩i⁴²tsæ⁵³	小女孩
囡兒兒 nA⁴²n̩i⁵⁵n̩i⁴²³	小女孩
毛伢兒 mɑu⁴²ŋA⁵⁵n̩i⁴²³	嬰兒
男子人 nuẽn⁴²tsɿ⁵³n̩i ĩn⁰	男人
□gãn²¹²	跨
嬉 ɕi⁵⁵	玩
斫柴 tɕiaʔ⁵ʥæ²⁴	砍柴
病兒 bĩn²⁴n̩i⁴²³	害喜
光 kuɔŋ⁵⁵ / □dæ²³¹	亮（燈很~）
旺眼 uɔŋ²¹²ŋãn⁵³	耀眼

這樣看來，上饒鐵路話發音人黃斌正在使用的上饒市區話詞彙有 21 條（A類＋B類），其它上饒鐵路話母語人正在使用的詞彙有 38 條（A類＋B類＋C類），另外 25 條詞彙（D類）在上饒鐵路話中未見。

7.3.2 杭州話特色詞

下面再看一下杭州話對上饒鐵路話的影響。筆者同樣按照上面的方法用杭州話的 82 條特色詞彙對上饒鐵路話發音人黃斌進行了調查，按調查結果分為以下三類：A類：說；B類：不說，但聽過；C類：不說，也沒聽過。

A類有 17 條詞彙：

杭　州　話　詞　彙	普　通　話　釋　義
木佬佬 moʔ²lɔ¹³lɔ¹³	很多
毛十個 mɔ³¹zəʔ²koʔ⁵	近十個

倭七倭八 ʔo³³tɕʰiəʔ⁵ʔoɔ̃³³paʔ⁵	言行不合常理
小鬼頭兒 ɕiɔ⁵³kui³¹dei⁰əl⁰	小孩子的昵稱
鍋子 ku³³tsʅ⁰	鍋
過飯 ku⁵⁵vɛ̃¹³	下飯
到門 tɔ⁵⁵men²¹³	完善、周全；死亡。
睏 kʰun⁵⁵	睡；疲倦。
膫兒 liɔ³¹əl¹³	本領，能量
才子 dʑɛ³¹tsʅ⁰	副詞，才
慾 tɕʰiɛ̃³³	孩子恃寵撒嬌；成人女性故作媚態，或賣弄風情。
慾煞煞 tɕʰiɛ̃³³saʔ⁵saʔ⁵	豁出去
橫豎橫 ɦuaŋ³¹zʅ¹³ɦuaŋ²¹³	蠻不講理
橫對 ɦuaŋ³¹tuei⁵⁵	精液；比喻人膽小沒骨氣
屄 zoŋ²¹³	
新郎官兒 ɕin³³laŋ³³kuɔ̃³³əl³³	新郎
毛毛頭 mɔ³³mɔ³³dei⁰	嬰兒

B 類有 2 條詞彙：

杭 州 話 詞 彙	普 通 話 釋 義
格頭格腦 kəʔ⁵dei³¹kəʔ⁵nɔ⁵³	劈頭蓋臉
格末 kəʔ⁵məʔ⁵	那麼

C 類有 63 條詞彙：

杭 州 話 詞 彙	普 通 話 釋 義
凹氹 ʔɔ³³daŋ³³	無水的凹坑
水汪氹 sɥei⁵³ʔuaŋ³³daŋ³³	水坑
道兒 dɔ¹³əl⁵³	世道
道兒老 dɔ¹³əl⁵³lɔ⁵³	善於處世，經驗豐富
油多兒 ɦiø³¹toŋ³³əl³³	油多菜
瓢兒菜 biɔ³¹əl¹³tsʰɛ⁵⁵	雞毛菜
坐起間 dzo¹³tɕʰi⁵³tɕiɛ̃³¹	客廳
飯瓢兒 vɛ̃¹³biɔ⁵³əl³¹	飯瓢
老倌 lɔ⁵³kuɔ̃³¹	泛指某人
回烊兒 ɦui³¹ɦiaŋ¹³əl¹³	熱過再拿出來吃的剩菜

餓煞得 ŋo¹³saʔ⁵tə⁰	十分飢餓
讙古嘮叨 ʥɣõ¹³ku⁵³lɔ³³tɔ³³	沒完沒了地說
險不險 ɕiɛ̃⁵³pə⁵ʔ⁵ɕiɛ̃⁵³	險些；差點兒
剛出道兒 kaŋ³³tsʰɣəʔ⁵dɔ¹³əl⁵³	才參加工作，社會經驗不多
潮 ʥɔ²¹³	量詞。場：一潮雨；群：一潮人。
冒 mɔ¹³	副詞，很。與「木佬佬」同。
冒得唻 mɔ¹³tə⁰lɛ⁰	嘔吐了
枝蔦兒 tsʅ³³tiɔ³³əl³³	小的樹枝
小伢兒 ɕiɔ⁵³ɦia³¹əl³¹	兒童，小孩兒
抵配 ti⁵³pʰei³¹	大不了，拼著（付出代價）
雞皮蕾兒 tɕi³³bi³³lei¹³əl³¹	雞皮疙瘩
馬兒哈之 ma³¹əl³¹ha³³tsʅ³³	馬大哈，粗心大意
都落頭兒 tu³³loʔ⁵dei⁰əl⁰	物體上的附屬小件
嘟嘴 tu³³tsɣei⁵³	接吻
落雨得唻 loʔ²ʔy⁵³tə⁰lɛ⁰	下雨了
打落頭兒 ta⁵³loʔ²dei⁰əl⁰	吃回扣
所塊 su³³kʰuɛ⁵³	地方
拉瓜 la³³kua³³	老末，最後
話語 ɦua¹³ʔy⁵³	語言
睏坦覺 kʰun⁵⁵tʰɛ̃⁵³tɕiɔ³¹	安安穩穩地睡覺
睏晏覺 kʰun⁵⁵ʔɛ̃⁵⁵tɕiɔ³¹	午睡
索兒 soʔ⁵əl³³	繩子
竹筱 tsoʔ⁵ɕiɔ³¹	竹枝
落地道兒 loʔ²di¹³dɔ¹³əl³¹	便宜貨
捼兒 liəʔ²əl¹³	理髮梳子
眠床 miɛ̃³¹ʥɣaŋ¹³	床
僚簷 liɔ³¹ɦiɛ̃¹³	房檐、屋檐
□ɡɔ²¹³	結束，完了
□得 ɡɔ³¹tə⁰	完成、成功；死了
□場得 ɡɔ³¹ʥaŋ¹³tə⁰	搞砸了；（不來）拉倒
雀兒 tɕiɔ⁵³əl³¹	男陰
私伢兒 sʅ³³ɦia³³əl³³	私生子
近覷眼兒 ʥin¹³tɕʰi⁵³ʔiɛ̃⁵³əl³¹	近視眼
惹落 ʥa¹³loʔ⁵	東西落下

抓紙團兒 tsʮa³³tsʅ⁵³duõ³¹əl³¹	抓鬮
帥官頭兒 sʮɛ⁵⁵kuõ³¹dei³¹əl³¹	象棋棋子「帥」
害喜得唻 ɦɛ¹³ɕi⁵³tə⁰lɛ⁰	婦女懷孕
橫豎 ɦuaŋ³¹zʅ¹³	反正；無論如何
騷各篤兒 sɔ³³koʔ⁵toʔ⁵əl³³ 騷古東兒 sɔ³³ku³³toŋ³³əl³³	未鬮過的大雄雞；比如到處追逐女人的男子。
開碰 kʰɛ³³baŋ¹³	請讓開；當心碰著
開條斧 kʰɛ³³diɔ³¹fu⁵³	提條件、提要求
瓦搖頭 ʔua⁵³ɦiɔ³¹dei³¹	中介
喫對東兒 tɕʰioʔ⁵tui⁵⁵toŋ³¹əl³¹	平攤、平分
躼杆兒 diɔ³¹kɛ̃⁵³əl³¹	苗條、修長的身材
沃麵 ʔɔ³³miɛ̃³³	光麵或放少許青菜的湯麵
篆兒 loʔ²əl¹³	知識不廣，社會經驗不足的人；名詞，盒子；量詞：一~肥皂
毛 mɔ²¹³	量詞，次：前毛子＝前一次。
沒見得 məʔ²tɕiɛ̃⁵⁵təʔ⁵	丟了，找不到
搶鍋刀 tɕʰiaŋ⁵³ku³³tɔ³³	鍋鏟子
單爿兒 tɛ̃³³pɛ̃³³əl³³	尿布
耍子兒 sa⁵³tsʅ⁰əl³¹	玩兒
刨黃瓜兒 bɔ²¹³ɦuaŋ²¹³kua³³əl³³	敲竹槓

　　從調查結果看來，上饒鐵路話發音人黃斌正在使用的杭州話詞彙有17條（A類），其它上饒鐵路話母語人正在使用的詞彙有 19 條（A 類＋B 類），另有 63 條詞彙（C 類）在上饒鐵路話中未見。

7.3.3　特色詞小結

　　下面將上饒市區話詞彙和杭州話詞彙對上饒鐵路話的影響作一下比較：

表 39　特色詞比較小結表

	上饒鐵路話（63 條）	杭州話（82 條）
發音人黃斌使用	21 條　33.3%	17 條　20.7%
上饒鐵路話內部通行	38 條　60.3%	19 條　23.2%

　　從上表看來，無論是數量還是比例，上饒市區話詞彙對上饒鐵路話的影響都明顯大於杭州話詞彙對上饒鐵路話的影響。

7.4　三地詞彙比較結論

　　從詞彙比較的總體結果來看，對上饒鐵路話影響最大的顯然是普通話。但若將普通話的影響放在一邊，單看杭州話和上饒市區話對上饒鐵路話的影響，其結果則因所用的詞彙不同而不同。且看下表：

表 40　三地詞彙比較總結表

詞　　彙	影　響　程　度
二　百　詞	杭州話＞上饒市區話
封閉類實詞	上饒市區話＞杭州話
特　色　詞	上饒市區話＞杭州話

　　無論是封閉類實詞還是特色詞的比較，都與二百詞的比較結果相反。其原因可能與選詞內容有關，二百詞多爲普通詞彙，因此調查結果除近於普通話之外，肯定會近於半官話性質的杭州話，而非本身是吳方言的上饒市區話；而封閉類實詞和特色詞則是更有地方特色的詞彙，調查所得的結果自然會與二百詞有所不同。

第八章　上饒鐵路話與杭州話、上饒市區話的語法比較

8.0　說　明

　　本章所使用的材料：上饒鐵路話爲本人實地調查所得；杭州話材料一爲錢乃榮（1992）《杭州方言志》，二爲鮑士傑（1998）《杭州方言詞典》，三爲本人實地調查；上饒市區話材料一爲胡松柏（2009）《贛東北方言調查研究》，二爲本人實地調查。

8.1　詞　法

8.1.1　詞　綴

（1）兒

　　杭州話有豐富的「兒〔$əl^0$〕」尾後綴，如：老頭兒、兔兒、袋兒、耍子兒玩兒、襪兒、筷兒、相貌兒、打架兒、黃鼠狼兒。而上饒鐵路話和上饒市區話中則無兒尾後綴。

（2）子

　　上饒鐵路話「子」音〔$tsʅ^{53}$〕；杭州話「子」音〔$tsʅ^0$〕；上饒市區話「子」

音〔tsɿ⁵³〕。

　　上饒鐵路話、杭州話和上饒市區話中都存在子尾後綴，不過上饒市區話的子綴詞極少。

表 41　三地子尾例詞表

詞　條	上饒鐵路話	杭 州 話	上饒市區話
桌子	桌子	桌子	桌子
蚊子	蚊子	蚊子	蚊蟲
擺架子	擺架子	擺架子	擺譜
桃兒	桃子	桃子	桃
鞋子	鞋子	鞋子	鞋
鬍子	鬍子	鬍子	鬍鬚
粽子	粽子	粽子	粽
磨	磨	磨子	磨
餡兒	餡	餡子	餡
瓜子兒	瓜子	瓜子	瓜子
棋子兒	棋子	棋子	棋子

　　嚴格來說，「瓜子、棋子」的「子」是實義的，並不能算作子綴詞，因此上表中，上饒市區話的子尾詞其實僅調查到「桌子」一例，可見，該點的子綴詞是極不發達的。

（3）頭

　　上饒鐵路話「頭」音〔dɤɯ¹³〕；杭州話「頭」音〔dei⁰〕；上饒市區話「頭」音〔de⁰〕。

　　上饒鐵路話、杭州話和上饒市區話都有「頭」尾後綴，其中尤以杭州話最爲豐富。

表 42　三地「頭」尾例詞表

詞　條	上饒鐵路話	杭 州 話	上饒市區話
石頭	石頭	石頭	石頭
拳頭	拳頭	拳頭	拳□〔tɕyõŋ⁵³〕
舌頭	舌頭	舌頭	舌頭

鼻子	鼻頭／鼻子	鼻頭	鼻頭
吃頭兒	喫頭	喫頭	喫個
太陽	太陽	太陽	日頭
夜裏	晚上	夜裏頭	黃昏
小偷	賊骨頭／小偷	賊骨頭	賊骨頭
尺寸	尺寸	尺頭	尺寸
斤兩	斤兩	斤頭	斤兩

（4）佬

　　上饒鐵路話「佬」音〔lɔ⁵³〕；杭州話「佬」音〔lɔ⁵³〕；上饒市區話「佬」音〔lau²⁴〕。

　　「佬」尾後綴常用以表示某種身份或者是某個地方的人。上饒鐵路話、杭州話和上饒市區話中都有「佬」尾後綴，不過杭州話的「佬」尾詞是極少的。

表43　三地「佬」尾例詞表

詞　條	上饒鐵路話	杭 州 話	上饒市區話
鄉下人	鄉巴佬	鄉下佬	鄉巴佬
妻兄弟	舅佬	舅佬	舅佬
闊人	闊佬	闊佬兒	闊佬
浙江人	浙江佬	浙江人	浙江佬
外國人	外國佬	外國佬兒	外國佬
夫子兄	伯佬	大伯	伯佬
夫之弟	叔佬	阿叔	叔佬
老丈人	丈人佬	丈人老頭兒	丈人佬
父親	老子	老子、爹	爺佬
單身漢	光棍	光棍頭	單身佬
李旺（人名）	小旺	阿旺	旺兒佬

（5）老

　　上饒鐵路話「老」音〔lɔ⁵³〕；杭州話「老」音〔lɔ⁵³〕；上饒市區話「老」音〔lau⁵³〕。

　　上饒鐵路話、杭州話和上饒市區話都有前綴「老」，但上饒市區話的前綴「老」還有表年幼及親善友好的意思，而上饒鐵路話和杭州話則無類似表達。

表44　三地前綴「老－」例詞表

	詞　條	上饒鐵路話	杭　州　話	上饒市區話
無實義	老大	老大	老大	老大
	老張	老張	老張	老張
	老虎	老虎	老虎	老虎
	老公	老公	老公	老公
	陳酒	老酒	老酒	老酒
	同鄉	老鄉	老鄉	老鄉
表年幼	小舅	小舅舅	小娘舅	老舅
	小叔	小叔叔	小叔叔	老叔
	老小	老小	阿末頭	老崽
表親善友好	弟（非血緣）	兄弟	※阿弟	老弟
	妹（非血緣）	/	※阿妹	老妹
	江西老鄉	/	/	老表

需要說明的是，杭州話雖然也有「阿弟」、「阿妹」之類的稱呼，但似乎沒有表示親善友好的涵義，故而在詞前加注「※」以示區別。

（6）阿

杭州話有前綴「阿〔ʔa³³〕」，而上饒鐵路話和上饒市區話則無此前綴。杭州話的前綴「阿」既可用於親屬稱謂前，如阿太、阿爸、阿公、阿婆、阿哥、阿姐、阿弟、阿妹、阿叔、阿嫂；又可用於人名前表親昵，如阿華、阿菊；還可用於動物或一般稱謂前表貶義，如阿貓、阿狗、阿鄉鄉巴佬、阿木林不通世故人情者。

詞綴小結

本小節調查比較了上饒鐵路話、杭州話和上饒市區話中6個有代表性的詞綴，其中2個是前綴，4個是後綴。現將調查比較結果簡要列表如下：

表45　三地詞綴比較小結表

詞　綴	上饒鐵路話	杭　州　話	上饒市區話
兒	×	√	×
子	√	√	?
頭	√	√	√

佬	√	?	√
老	√	√	√
阿	×	√	×

注：「？」表示該詞綴在此方言點極少。

　　從詞綴調查結果來看，上饒鐵路話僅與杭州話相同的只有 1 類（「子」），僅與上饒市區話相同的有 3 類（「兒」、「佬」和「阿」），三者都相同的有 2 類（「頭」和「老」）。

8.1.2 代　詞

（1）人稱代詞

表 46　三地人稱代詞比較表

詞　條	上饒鐵路話	杭　州　話	上饒市區話
我	我 ŋo⁵³	我 ŋo⁵³	阿／阿人 A²⁴／A²⁴ɲĩn⁰
你	你 ɲi⁵³	你 ni⁵³	爾／爾人 n̩²⁴／n̩²⁴ɲĩn⁰
他	他 tʰa⁴⁴	他 tʰA³³	渠／渠人 gə²⁴／gə²⁴ɲĩn⁰
我們	我們 ŋo⁵³mən⁰	我們 ŋo⁵³mən³¹	阿大家 A²⁴dA²¹kA⁰
你們	你們 ɲi⁵³mən⁰	你們 ni³²mən²¹	爾大家 ŋ²⁴dA²¹kA⁰
他們	他們 tʰa⁴⁴mən⁰	他們 tʰA²²mən³³	渠大家 gə²⁴dA²¹kA⁰
咱們	我們 ŋo⁵³mən⁰	我們 ŋo⁵³mən³¹	□大家 ŋA⁵³dA²¹kA⁰
自己	自己 dzɿ¹³tɕi⁵³ 自家 dzɿ¹³ka⁴⁴	自家 dzɿ¹³tɕia⁵³	自家 dzɿʔ²gA⁰
別人	別人 bie¹³zən¹³	另外人 liŋ¹³u ɛ³³zən⁰ 人家 zən¹³tɕia³³	人家 ɲĩn⁴²kA⁵⁵

　　上饒鐵路話與杭州話的第一人稱複數無包括式與排除式的對立，均為「我們」；而上饒市區話中第一人稱複數有此對立，其包括式為「阿大家

〔A²⁴dA²¹kA⁰〕」，排除式爲「□大家〔ŋA⁵³dA²¹kA⁰〕」。

杭州話的人稱代詞比較特別，它的人稱代詞系統來源於古官話，而非吳語。

表47　杭州話人稱代詞來源比照表

北京	我們	你們	他們
杭州	我們	你們	他們
嘉興	我捺	吾捺	伊拉
湖州	實伢	實捺	渠拉
紹興	伢拉	喏絡	耶絡

（表來源：游汝傑 2012）

另據鮑士傑（1998），杭州話的人稱代詞單數作定語時，習慣上都改用複數，上饒鐵路話和上饒市區話無類似用法。〔註1〕如：

請你交撥我們老公請你交給我的丈夫　　你們老婆回娘家去得你的妻子回娘家去了

小張是我們女婿小張是我的女婿　　　他們丈人老頭兒來得他的岳父來了

從人稱代詞來看，上饒鐵路話只有「自己」一詞與上饒市區話相近，其餘詞條多近於杭州話或普通話。

（2）指示代詞

表48　三地指示代詞比較表

詞　條	上饒鐵路話	杭州話	上饒市區話
這個	這個 ʥei¹³kəʔ⁵ 格個 kəʔ⁵kəʔ⁵	接個 tɕiəʔ⁵koʔ⁵ 格個 kəʔ⁵koʔ⁵	這個 ʥe²⁴kə⁰
這裏	這裏 ʥei¹³li⁵³ 格裏 kəʔ⁵li⁵³	格裏 kəʔ⁵li⁵³	這裏 ʥe²⁴li⁰
那個	那個 nei⁵³kəʔ⁵ 那個 na⁵³kəʔ⁵	那個 nɑ⁵⁵koʔ⁵	□個 muʔ¹²kə⁰
那裏	那裏 nei⁵³li⁵³ 那裏 na⁵³li⁵³	那裏 nɑ⁵⁵li⁵³	□裏 muʔ¹²li⁰
這麼／那麼	介 ka⁵³	介 kɑ³³	□n̠iãn⁵³

〔註1〕另據陳忠敏告知，杭州話人稱代詞單數改用複數是修辭用法，因爲杭州我老公你老公他老公都是可以說的，不是強制性的。

注：「這麼／那麼」可加形容詞，如「這麼遠／那麼遠」；亦可加動詞，如「這麼説／那麼説」。本表考察的只是「這麼／那麼＋形容詞」的用法。

杭州話的指示代詞系統也是官話來源，而非吳語。詳見下表：

表 49　杭州話指示代詞來源比照表

普通話	這個 $tʂɤ^{51}kə^0$	那個 $na^{51}kə^0$	這裏 $tʂɤ^{51}li^0$	那裏 $na^{51}li^0$
北京	這個 $tʂei^{51}kə^0$	那個 $nei^{51}kə^0$	這兒（合兒）$tʂɤr^{51}$（xɤr^0） 這合兒 $tʂei^{51}xɤr^0$	那兒（合兒）nar^{51}（xɤr^0） 那合兒 $nei^{51}xɤr^0$
杭州	接個 $tɕiəʔ^5koʔ^5$ 格個 $kəʔ^5koʔ^5$	那個 $nɑ^{55}koʔ^5$	格裏 $kəʔ^5li^{53}$	那裏 $nɑ^{55}li^{53}$
蘇州	該個 $kᴇ^{44}kɤʔ^{21}$ 哀個 $ᴇ^{44}kɤʔ^{21}$ 掰個 $gɤʔ^2kɤʔ^4$	歸個 $kuᴇ^{44}kɤʔ^{21}$ 彎個 $uᴇ^{44}kɤʔ^{21}$	該搭 $kᴇ^{44}taʔ^{21}$ 哀搭 $ᴇ^{44}taʔ^{21}$ 掰搭 $gɤʔ^2taʔ^4$	歸搭 $kuᴇ^{44}taʔ^{21}$ 彎搭 $uᴇ^{44}taʔ^{21}$
溫州	□個 ki^4kai^{32} 個個〔註2〕kai^4kai^{32} 個 kai^{323}	許個 $he^{45}kai^0$	□裏 ki^3lei^{33}	旁擔 $buɔ^2ta^{33}$

（材料來源：漢語方言詞彙 2004）

上饒鐵路話的指示代詞系統既有外部來源，又有內部類推，現在逐個詞條看一下：

上饒鐵路話的「這麼」和「那麼」都讀爲「介〔ka^{53}〕」，應是源於杭州話，而非上饒市區話；

上饒鐵路話的「這個」和「這裏」是杭州話與上饒市區話的疊加：「格個〔$kəʔ^5kəʔ^5$〕」和「格裏〔$kəʔ^5li^{53}$〕」來源於杭州話，「這個〔$dʑei^{13}kəʔ^5$〕」和「這裏〔$dʑei^{13}li^{53}$〕」來源於上饒市區話；

上饒鐵路話的「那個」和「那裏」較爲特殊，「那個〔$na^{53}kəʔ^5$〕」和「那裏〔$na^{53}li^{53}$〕」應是來源於杭州話或者普通話，而「那個〔$nei^{53}kəʔ^5$〕」和「那裏〔$nei^{53}li^{53}$〕」有可能是受普通話的影響，不過更有可能是受上饒鐵路話指示代詞「這〔$dʑei^{13}$〕」的類推所致，而普通話可能只是誘因。

從指示代詞系統來看，上饒鐵路話也是近於杭州話或普通話，遠於上饒市區話。

〔註2〕原文作「□個」，本人疑有誤，改爲「個個」。

（3）疑問代詞

表50　三地疑問代詞比較表

詞 條	上饒鐵路話	杭 州 話	上饒市區話
誰	哪個 na^{53}kə$ʔ^5$	哪個 nɑ^{53}koʔ^5	哪人 nʌ^{231}n̠ĩn^{423} 麼人 mɐʔ^{5}n̠ĩn^{423}
什麼	啥個 sa^{53}kə$ʔ^5$	啥 sɑ^{53} / 啥格 sɑ^{53}kəʔ^5	哪□nʌ^{23}ha^{53}
哪裏	哪裏 na^{53}li^{53}	哪裏 nɑ^{53}li^{31}	哪裏 nʌ^{231}li^0
怎麼	怎麼 tsən^{53}mə$ʔ^0$	接格 tɕiəʔ^{5}kəʔ^5 接格套 tɕiəʔ^{5}kəʔ^{5}tʰɔ^{55}	□sãn^{53}
爲什麼	爲啥個 ɦuei^{13}sa^{53}kə$ʔ^5$	爲啥 ɦui^{13}sɑ^{53}	爲咋個 ui^{21}tsaʔ^{5}kə^{435}
多少	多少 to^{44}sɔ^{53}	多少 to^{33}sɔ^{53}	幾多 tɕi^{53}to^{55}
什麼時候	啥個時候 sa^{53}kəʔ^{5}zɿ^{13}hɤɯ^0	啥格辰光 sɑ^{53}kəʔ^{5}zen^{31}kuɑŋ^{33}	哪個時間 nʌ^{231}kə^{0}ɕi^{435}kɛ̃^{33}

注：杭州話的「多少」還有「多麼」的用法，如：多少好！多少便宜！上饒鐵路話和
　　上饒市區話無此用法。

　　從疑問代詞來看，上饒鐵路話近於上饒市區話的只有「爲什麼」和「哪裏」，
其餘多與杭州話或普通話相近。

　　代詞小結

　　從代詞系統來看，上饒鐵路話與杭州話更近，與上饒市區話較疏遠。

8.1.3　結構助詞，即「的、地、得」

表51　三地結構助詞比較表

結構助詞	句子成分	上饒鐵路話	杭 州 話	上饒市區話
的	定語	的 te^0	的 tiiʔ^0	個 kə^0
地	狀語	地 te^0	個 gɐʔ^0	/
得	補語	得 tə^0	得 tɐʔ^0 勒 lɐʔ^0	得 tə^0

注：「／」表示無此用法，即上饒市區話中無結構助詞「地」作狀語的用法，如「開心
　　地笑」在上饒市區話中一般表述爲「笑得開心」。

杭州話的結構助詞系統也比較特殊，其來源也應是官話，而非吳語。詳見下表：

表 52　杭州話結構助詞來源比照表

北京	我的	你的	他的
杭州	我的	你的	他的
嘉興	吾奴個	捺個	伊個
湖州	實吾個	實你個	實渠個
紹興	伢個	喏個	耶個

（表來源：游汝傑 2012）

小結：從結構助詞來看，上饒鐵路話的「的〔te⁰〕」近於杭州話，「得〔tə⁰〕」近於上饒市區話或普通話，「地〔te⁰〕」的讀音與「的〔te⁰〕」完全一致，可能是上饒鐵路話結構助詞系統內部的調整。

8.1.4　數詞「二」和「兩」

對於數詞「二」和「兩」的用法，上饒鐵路話、杭州話和上饒市區話有同也有異。先看同：

①表示序數都用二。如：第二；二樓。

②量詞前都用「兩」，都限於基數單用。如：兩本書；兩個伢兒。

③「十二、二十、二十二、十二萬」等多位數都用「二」。

④「千」、「萬」前基數單用，都只用「兩」。如：兩千；兩萬。

⑤「二兩」都不能說成「兩兩」。

⑥「兩丈二」、「兩尺二」，都不能說成「兩丈兩」「兩尺兩」。

再看異：

①「百」字前面，杭州話「二」、「兩」都可以用，如：二百、兩百、一千二百、一千兩百、二百二十、兩百二十；而上饒鐵路話和上饒市區話「百」字前只能用「兩」，如：兩百、一千兩百、兩百二十。

②如前邊有數目，後邊不出現音節時，杭州話和上饒市區話習慣上只用「二」、不用「兩」，如：一百二、兩千二、三萬二；而上饒鐵路話「二」和「兩」都可以用，如：兩百二、兩百兩、兩千二、兩千兩、三萬二、三萬兩。

③對於度量衡的量詞，除「二兩」不能說「兩兩」外，杭州話「二」和「兩」都可以用，如：兩尺、二尺、兩寸、二寸；而上饒鐵路話和上饒市區話只能用「兩」，如：兩尺、兩寸。

④杭州話和上饒市區話習慣上只說「二斤二兩」，不說「兩斤二兩」，而上饒鐵路話習慣上只說「兩斤二兩」，不說「二斤二兩」。

小結：從數詞「二」和「兩」的用法來看，上饒鐵路話近於上饒市區話，遠於杭州話。

8.1.5　否定副詞

表 53　三地否定副詞比較表

詞　條	上饒鐵路話	杭　州　話	上饒市區話
不（去）	不 pəʔ⁵	不 pəʔ⁵	不 puʔ⁵
不（是）	不 pəʔ⁵	不 pəʔ⁵	嘸沒 m̩²¹maʔ²³
別／不要（去）	□不要 piɔ³⁵	□不要 piɔ³⁵	□不要 piɑu³⁵
不必（去）	沒□必要 məʔ¹²piɔ³⁵	沒必要 mei¹³piəʔ⁵iɔ³³	□不要得 piɑu³⁵tɿʔ⁵
沒有／未（去）	沒 məʔ¹²	沒 mei¹³／沒有 məʔ²²ʔiø⁵³	嘸沒 m̩²¹maʔ²³
沒有／無（錢）	沒 məʔ¹²	沒 mei¹³	□沒有 mio²³¹

上饒鐵路話的否定詞「□〔piɔ³⁵〕」（「不要」合音）和「不〔pəʔ⁵〕」的區別：

①使用頻率和範圍：如果問句中是「要不要」，則否定回答一定是「□〔piɔ5³〕」；其它情況下，既可用「□〔piɔ⁵³〕」，也可用「不」。可見「□〔piɔ⁵³〕」的使用頻率和範圍要遠大於「不」。

②「□〔piɔ⁵³〕」可用在祈使句中，「不」則不能。如：

　　　你□〔piɔ⁵³〕去。（√）　　　你不去。（×）

杭州話的否定詞（鮑士傑 1998）：沒有〔məʔ²²ʔiø⁵³〕，但在動詞前常說成「□□〔mi¹³ʔi⁵³〕」或省作「□〔mi¹³〕」。如：他□□〔mi¹³ʔi⁵³〕來。飯還□〔mi¹³〕吃唻。

小結：從否定詞來看，上饒鐵路話明顯近於杭州話，遠於上饒市區話。

8.1.6　形容詞的生動形式

表 54　三地形容詞生動形式比較表

格　式	上饒鐵路話	杭　州　話	上饒市區話
AX	血紅、火辣、冰冷	雪白、鐵硬、鋥亮	滾壯、稀破、登重
AXX	火辣辣、慌兮兮	急失失、苦搭搭	黃松松、冷稀稀
XXA	雪雪白、筆筆直	石石硬、習習薄	雪雪白、松松黃
XAXA	火辣火辣、血紅血紅	/	老遠老遠、雪白雪白
AA 的 / 個	高高的、牢牢的	/	高高個、尖尖個
AA 起	皺皺起、翹翹起	翻翻起、翹翹起	翻翻起、撈撈起
A 裏 AB	/	疙裏疙瘩、齷裏齷齪	/

小結：從形容詞的生動形式來看，三者共有的形式有 4 類（AX、AXX、XXA 和 AA 起），但另外 3 類是上饒鐵路話與上饒市區話相同，而異於杭州話。因此總體來說，上饒鐵路話的形容詞生動形式近於上饒市區話，遠於杭州話。

8.1.7　詞法比較結果

下面總結一下詞法比較的結果，簡略列表如下：

表 55　三地詞法比較小結表

詞　　法	接　近　程　度
詞綴	上饒市區話＞杭州話
代詞	杭州話＞上饒市區話
結構助詞	杭州話≈上饒市區話
數詞「二」和「兩」	上饒市區話＞杭州話
否定副詞	杭州話＞上饒市區話
形容詞生動形式	上饒市區話＞杭州話

觀察上表可以發現，杭州話有 2 處占優，上饒市區話有 3 處占優。因此從詞法來看，上饒市區話要略大於杭州話對上饒鐵路話的影響。

8.2　句　法

8.2.1　「把」字句和「被」字句

表 56　三地「把」字句、「被」字句比較表

「把」字句			「被」字句		
方言點	標記	例句	方言點	標記	例句
上饒鐵路話	把 pa^{53}	把門關上	上饒鐵路話	被 bei^{13}	他被狗咬了
杭州話	撥 pəʔ^5	撥門關上		給 kei^{53}	他給狗咬了
上饒市區話	把 pa^{53}	把門關上	杭州話	撥 pəʔ^5	兔子撥狗咬煞得
			上饒市區話	讓 ȵiã^{212}	阿讓個人打了下

　　據鮑士傑（1998：19-20），杭州話「把」字句和「被」字句在形式上不分，標記詞都是「撥〔pəʔ^5〕」：

　　　　A 式（「把」字句）：我們阿哥撥腳踏車騎走得。　　狗撥兔子咬煞得。

　　　　B 式（「被」字句）：腳踏車撥我們阿哥騎走得。　　兔子撥狗咬煞得。

　　　　C 式（「把」、「被」同形）：小王撥小周打敗得。

　　另外，杭州話「被」字句的施事一定不能省略，如：兔子撥狗咬煞得。而上饒鐵路話和上饒市區話介詞「被」字後面引進的施事是可以不出現的，如：兔子被咬死了。

　　小結：上饒鐵路話的「把」字句與上饒市區話和普通話相同，「被」字句也應是來源於普通話。因此，就「把」字句和「被」字句來說，上饒鐵路話近於上饒市區話和普通話，遠於杭州話。

8.2.2　雙賓句

　　上饒鐵路話、杭州話和上饒市區話的動詞帶雙賓語，既可以指人的在前，也可以指人的在後。不同於北京話裏總是近賓語指人，遠賓語指物。

表 57　三地雙賓句比較表

方言點	標記	例句
上饒鐵路話	給 kei^{53}	給我一本書；給本書我
杭州話	撥 pəʔ^5	撥我一本書；撥本書我
上饒市區話	搋 iaʔ^5	搋阿人一本書；搋本書阿人

杭州話的雙賓語動詞仍為「撥〔pə$?^5$〕」。據鮑士傑（1998：291），「撥〔pə$?^5$〕：①被：他~狗咬了一口②把：~門關上；她~電燈關掉得③給：~我一本書④替：你~我寫封信。」

小結：從雙賓句來看，上饒鐵路話應是直接源於普通話，而非杭州話和上饒市區話。

8.2.3　動詞＋人稱代詞＋否定補語

上饒鐵路話、杭州話和上饒市區話中，當動詞後的賓語為人稱代詞時，否定補語既可在人稱代詞後，又可在動詞與人稱代詞之間。不過後一種形式在上饒鐵路話中受限──當賓語為第二人稱時不成立：我打你不過（×）。我打他不過（√）。

表 58　三地「動詞＋人稱代詞＋否定補語」比較表

方言點	例句
上饒鐵路話	我打不過他；我打他不過
杭州話	我打不過他；我打他不過
上饒市區話	話不過渠人；話渠不過

小結：從「動詞＋人稱代詞＋否定補語」結構來看，上饒鐵路話與杭州話和上饒市區話一致。

8.2.4　動詞＋賓語＋動量詞

上饒鐵路話和上饒市區話中，動量詞作補語時，既可在賓語之後，又可在動詞和賓語之間；杭州話則只能在賓語之後。

表 59　三地「動詞＋賓語＋動量詞」比較表

方言點	例句
上饒鐵路話	叫他一聲；叫一聲他
杭州話	叫他一聲
上饒市區話	叫渠人一聲；叫一聲渠

小結：從動量詞的使用位置來看，上饒鐵路話近於上饒市區話，遠於杭州話。

8.2.5　比較句

（1）等比（甲等於乙）

表 60　三地等比句比較表

方　言　點	格　式	例　句
上饒鐵路話	甲跟乙一樣	我跟他一樣長
杭州話	甲同乙一樣	我同他一樣長
上饒市區話	甲跟乙一樣	阿跟渠人一樣高

　　從等比句來看，上饒鐵路話明顯近於上饒市區話。

（2）順比（甲超過乙）

表 61　三地順比句比較表

方　言　點	格　式	例　句
上饒鐵路話	甲比乙 A	我比他高多了
	甲 A 乙＋補語	我高他多了
杭州話	甲比乙 A	他比我長
上饒市區話	甲比乙 A	阿比渠還要高
	甲 A 乙＋補語	阿高渠人好多

　　從順比句來看，上饒鐵路話也是近於上饒市區話，遠於杭州話。

（3）逆比（甲不如乙）

表 62　三地逆比句比較表

	上饒鐵路話	杭 州 話	上饒市區話
甲不如乙	我不如你	我不如你	阿不如渠人
甲不比乙 A	/	他不比你好	/
甲沒有乙 A	我沒你好	我沒你好	阿□〔mio⁵³〕渠好。
甲沒有 A 乙補語	我沒有長你很多	/	阿嘸沒〔m̩²¹maʔ²³〕高渠幾多
甲 V 不過乙	我打不過你	我打不過你	阿打不過渠人
甲 V 乙不過	我打他不過	我打你不過	阿打渠人不過
甲哪有乙 A	我哪有你好	我哪裏有你好	阿哪有爾高

甲哪比得過乙	我哪比得過你	我哪裏比得過你	阿哪裏比得過爾
甲比不上（比不過）乙	我比不上你	我比不上你	我比不過爾
甲吃不落同乙比	/	我吃不落同你比	/

從逆比句來看，三地相同的格式有 7 類，另有 3 類格式（「甲不比乙 A」、「甲沒有 A 乙補語」和「甲吃不落同乙比」）是上饒鐵路話與上饒市區話同，而異於杭州話的。

比較句小結

從比較句的調查結果來看，無論是等比、順比還是逆比，上饒鐵路話都近於上饒市區話，遠於杭州話。

8.2.6　動詞的體

（1）完成體：表示動作已經完成

表63　三地完成體比較表

方　言　點	體　標　記	例　　句
上饒鐵路話	了 ləʔ⁰	我買了本書
杭州話	勒 leʔ⁰ / ləʔ⁰	我買勒本書
上饒市區話	不 pəʔ⁰	阿吃不飯了 我吃完飯了
	不了 pəʔ⁰ləʔ⁰	這本書阿看不了 這本書我看完了

從動詞完成體來看，上饒鐵路話近於杭州話，遠於上饒市區話。

（2）經驗體：表示曾經有過某種動作或形狀

表64　三地經驗體比較表

方　言　點	體　標　記	例　　句
上饒鐵路話	過 ko⁴⁴	他當過工人
杭州話	過 ku⁴⁴	他做過工人
上饒市區話	過 ku³³	阿做過工人

從動詞經驗體來看，上饒鐵路話、杭州話和上饒市區話一致。

（3）進行體：表示動作正在進行

表65　三地進行體比較表

方　言　點	體　標　記	例　　句
上饒鐵路話	在 $d\varepsilon^{13}$	我在吃飯
杭州話	辣哈 $l\text{e}?^2ha^{23}$	我辣哈寫東西
	來東 $l\text{e}^{22}to\eta^{44}$	我來東吃飯
上饒市區話	在 $d\mathbf{\alpha}^{312}$	阿在吃飯

　　從動詞進行體來看，上饒鐵路話近於上饒市區話，遠於杭州話。

（4）存續體：表示動作所產生狀態的持續

表66　三地存續體比較表

方　言　點	體　標　記	例　　句
上饒鐵路話	的 te^0	窗戶開的
	到 to^{44}	好多人站到；牆上掛到照片
杭州話	辣哈 $l\text{e}?^2ha^{23}$	木老老人站辣哈許多人站著
	來東 $l\text{E}^{22}to\eta^{44}$	窗開來東
上饒市區話	得 $t\mathbf{\vartheta}^0$	渠低得頭；門開得

　　上饒鐵路話的動詞存續體有兩種格式，其中存續體標記「的〔te^0〕」可能是受到了上饒市區話或普通話的影響；而存續體標記「到〔to^{44}〕」雖然從調查結果來看，沒有受上饒市區話影響的痕跡，但在贛東北的餘干話、樂平話、餘江話、鉛山話、廣豐話和德興話中均存在，因此我們仍可以說上饒鐵路話的存續體標記「到」是受了上饒市區話（至少是贛東北方言）的影響。以下是胡松柏（2009：485）對贛東北方言點動詞持續體的調查：

表67　贛東北方言點存續體列表

方　言　點	存續體標記	方　言　例　句
餘干話	得、到	牆地下睏得一個人。 你坐到。
樂平話	到	小明低到頭不話事。 渠大家牽到手，邊走邊唱。
餘江話	到	坐到吃飯。

鉛山話	到	低到頭走路。 門口圍到一大堆人。
廣豐話	得、到	大家呆相徛得許搭。_{大家呆呆地站在那兒} 渠搭到頭還渠走路。_{他低著頭只顧自個兒走路}
德興話	到	渠笑到講。 門前站到幾個人。

從動詞存續體來看，上饒鐵路話依然近於上饒市區話，遠於杭州話。

（5）繼續體：表示動作行為繼續進行

表 68　三地繼續體比較表

方　言　點	體　標　記	例　　句
上饒鐵路話	下去 ɕia⁵³tɕʰy⁰	這本書我還要看下去。
杭州話	勒去 leʔ⁵tɕʰi³¹	格本書我還要看勒去。
上饒市區話	下去 ɣa³¹tɕʰy⁰	□〔n̩iãn²¹²〕鬧下去不好。

從動詞繼續體來看，三地較爲一致，但上饒鐵路話與上饒市區話更爲相近。

（6）嘗試體：表示動作行為的嘗試性

表 69　三地嘗試體比較表

方　言　點	體　標　記	例　　句
上饒鐵路話	看 kʰɛ̃⁰	你吃吃看
杭州話	看 kʰɛ̃⁰	你吃吃看
上饒市區話	看 kʰuɛ̃⁰	你吃一下看

從動詞嘗試體來看，三地基本一致。

（7）重行體：表示動作重複進行

表 70　三地重行體比較表

方　言　點	體　標　記	例　　句
上饒鐵路話	再 V＋補語	再洗一下。
	過	洗過一下
杭州話	再 V一V	再汏一汏
上饒市區話	再 V＋補語	再洗一下。
	過	洗過一下

從動詞重行體來看，上饒鐵路話近於上饒市區話，遠於杭州話。

動詞的體小結

前文將上饒鐵路話與杭州話、上饒市區話的七種動詞的體範疇作了比較。現將比較結果列表如下：

表71　三地動詞體範疇比較小結表

動　詞　的　體	接　近　程　度
完成體	杭州話＞上饒市區話
經驗體	杭州話≈上饒市區話
進行體	上饒市區話＞杭州話
存續體	上饒市區話＞杭州話
繼續體	上饒市區話＞杭州話
嘗試體	杭州話≈上饒市區話
重行體	上饒市區話＞杭州話

觀察上表可以發現，上饒市區話有4處占優，而杭州話僅1處占優（完成體），另有2處二者持平。因此，從動詞的體來看，上饒鐵路話更近於上饒市區話，而與杭州話較為疏遠。

8.2.7　是非問句格式之比較

本文所談的「是非問句」指一般疑問句，不包括特指問句，但包括選擇問句裏的「反覆問句」（游汝傑2012），即可以用點頭或者搖頭來回答的問句。

8.2.7.1　未然體是非問句之比較

游汝傑指出，吳語裏的未然體問句可以分為三類：「F-V」、「V-neg.-V」和「V-neg.」。未然體是非問句的兩大類型「V-neg.」和「V-neg.-V」幾乎分佈於吳語區全境，只有下列例外：「V-neg.」不見於杭州和紹興；「V-neg.-V」不見於蘇州府。在各種反覆問句中這兩種格式在地理上的分佈是最廣闊的。同時經游汝傑考證，在未然體的三種類型中，應以「V-neg.」為最古層，「V-neg.-V」為中間層，「F-V」為最新層。

上饒鐵路話的未然體是非問句有「V-neg.」和「V-neg.-V」兩種類型，其中以前者使用頻率更高。不過上饒鐵路中這兩種未然體是非問句的回答方式是

大致一樣的。

　　上饒鐵路話的「V-neg.」：

　　　　你要吃飯吧？要。／我表吃。

　　　　你明天有空吧？有的。／□〔məʔ¹²〕。

　　　　他是學生吧？是的。／不是的。

　　　　你明天來吧？來的。or 要的。／不來。

　　上饒鐵路話的「V-neg.-V」：

　　　　你要不要吃飯？要。／我□〔piɔ⁵³〕吃。

　　　　你明天來不來？來的。or 要的。／不來。

　　　　他們是不是學生？是的。／不是的。

　　　　你去不去玩？要去的。／不去。

　　上饒市區話的未然體是非問句跟上饒鐵路話一樣，也有「V-neg.」和「V-neg.-V」兩種類型。

　　上饒市區話的「V-neg.」：

　　　　明朝你要去嬉吧？要（去）。／不（去）。（嬉：玩）

　　　　你要去吃飯吧？好。／不想吃。

　　　　他是學生吧？是。／□〔mɐʔ²³〕。

　　上饒市區話「V-neg.-V」〔註3〕：

　　　　明朝你要不要去嬉？要（去）。／□〔piɑu⁵³〕。

　　　　你要不要吃飯啊？好。／不想吃。

　　　　他是不是學生？是。／□〔mɐʔ²³〕。

　　杭州話的未然體是非問句只有「V-neg.-V」這一種類型。例如：

　　　　你去不去耍子兒？（你去不去玩？）

　　　　你明朝來不來？（你明天來不來？）

　　　　他們是不是學生子？（他們是不是學生？）

　　　　你要不要去吃飯？

　　從三地未然體是非問句的格式中，我們很容易發現：上饒鐵路話與人口遷入地的上饒市區話較近，而與人口遷出地的杭州話較爲疏遠。

_____

〔註3〕本人與胡松柏書信交流時，胡曾告訴我，上饒市區話的「V-neg.-V」或爲後起的形式。

8.2.7.2　已然體是非問句之比較

上饒鐵路話的已然體是非問句的格式是「V＋吧」，如：

你去過三清山了吧？去過了。／□〔mə?^{12}〕。Or 沒有。

他跟你講了吧？講了。／還麼。

他告訴你了吧？告訴了。／沒有。

他來過了吧？來過了。／麼來過。

上饒市區話的已然體是非問句的格式也是「V＋吧」，與上饒鐵路話一樣。如：

你去過三清山吧？去過。／□〔me?^{23}〕去過。

他跟你話了吧？（他跟你說了吧？）話了。／□〔me?^{23}〕話。

他來過這邊吧？他來過。／□〔me?^{23}〕來過。

杭州話已然體是非問句的格式是「有不有＋V」，有時甚至可省作「有不＋V」。如：

他有不有去？去的。／沒有去。

飯有不有燒好？有的。／沒有。

飯有不好？有的。／沒有。

從三地已然體是非問句的格式中，我們也得到了相同的結論：上饒鐵路話與人口遷入地的上饒市區話較近，而與人口遷出地的杭州話較為疏遠。

是非問句小結

無論是未然體還是已然體，上饒鐵路話是非問句的格式都近於上饒市區話，遠於杭州話。

8.2.8　句法比較結果

從語法比較的結果來看，恐怕我們依然不能完全排除普通話的影響。除此之外，我們再看一下杭州話和上饒市區話對上饒鐵路話的影響。現將句法比較的結果簡略列表如下：

表 72　三地句法比較小結表

句　　　法	影　響　程　度
「把」字句和「被字句」	上饒市區話＞杭州話

雙賓句	上饒市區話≈杭州話〔註4〕
動詞＋人稱代詞＋否定補語	上饒市區話≈杭州話
動詞＋賓語＋動量詞	上饒市區話＞杭州話
比較句	上饒市區話＞杭州話
動詞的體	上饒市區話＞杭州話
是非問句	上饒市區話＞杭州話

　　觀察上表，結論顯而易見，上饒鐵路話的句法結構更近於上饒市區話，而遠於杭州話。相較於詞法層面上饒市區話（3 處占優）略高於杭州話（2 處占優）對上饒鐵路話的影響來看，句法層面的表現則更爲徹底，上饒市區話完全蓋過了杭州話對上饒鐵路話的影響。

〔註4〕上饒鐵路話的雙賓句來源於普通話，因此上饒市區話和杭州話對上饒鐵路話的影響爲 0，這也可以看作二者相等的一種表現。

第九章　語言接觸與上饒鐵路話的形成

9.1　上饒鐵路話的語言接觸類型

9.1.1　Thomason 和 Kaufman 對語言接觸的分類 ﹝註1﹞

Sarah Grey Thomason 和 Terrence Kaufman 在他們合著的《Language Contact, Creolization, and Genetic Linguistics》（1991）一書中將語言接觸的類型作了細緻的分類，簡單來說主要有借貸（borrowing）和轉換（shift）兩大類，其中借貸是指說話人（或人群）將其它語言的結構特徵借入自己母語，轉換是指說話人（或人群）轉習或轉用目標語言（Target Language）時，將自己的母語特徵帶入該目標語言。

A 借貸（borrowing）

Thomason 和 Kaufman 的借貸（borrowing）有五個借貸等級，以此分為五類：

（一）一般接觸到進一步接觸：專有詞彙到輕度的結構借貸

類型①：只有詞彙借用

﹝註1﹞ 本小節摘譯自 Thomason 和 Kaufman 合著的《Language Contact, Creolization, and Genetic Linguistics》一書。

詞彙：實詞。基於文化和實用主義（而非類型學）的原因，非基本詞的借貸優先於基本詞彙的借貸。

類型②：輕度的結構借用

詞彙：虛詞——連詞和各種各樣的副詞。

結構：少量音系、句法和詞彙語義特徵。其中音系的借貸僅限於藉詞中出現的新的音素；這一階段的句法特徵也只限於新的功能（或受限的功能）和不會導致類型改變的語序。

類型③：輕中度的結構借用 〔註2〕

詞彙：虛詞——介詞（前置介詞和後置介詞）。這一階段，派生詞綴和屈折詞綴及屬於基本詞彙的人稱代詞、指示代詞和低數位基數詞都可能被借入。

結構：結構特徵的借用比類型②稍多一點。音系上，可能會出現音位化的借貸，甚至在本地固有詞彙中也會預先出現音位變體的交替，這點尤其適用於借貸語言（Borrowing Language）已經出現明顯的區別性特徵時。另外韻律和音節結構特徵，如重音規則和音節尾輔音的增加（僅限藉詞），也是很容易被借入的。句法上，類似SOV到SVO這種徹底的句法轉變是不會在這一階段發生的，但這種轉換會在某些方面有所表現，如使用前置介詞的語言開始借入後置介詞。

（二）深度接觸：中度到深度的結構借用

類型④：中度的結構借用

結構：借入一些導致類型上的相對變化（typological change）的結構特徵。音系上，在本地詞彙中借入新的二元對立的區別特徵，或者本地詞彙也可能失去一些對立的區別特徵；新的音節結構也開始進入本地詞彙並對其形成約束；一些自由變體和符合音變規律的音位規則也會借入，如齶化和音節尾的濁音清化。大量的詞序改變將會在這一階段發生，另外也會出現一些導致類型稍微改變的句法變化。形態上，屈折詞綴和語法範疇（如「格」範疇）會借入本地詞彙。

類型⑤：深度的結構借用

〔註2〕書中作者也提到，類型②和類型③並沒有完全清晰的界限。所以他們所提出的借貸框架也只是理論性的。

結構：借入大量導致類型改變的結構特徵。如，借入新的音位規則；音變（如由於發音習慣導致的次音位音變，如音位變體的交替）；一些音位對立和音位規則丟失；詞的結構規則發生變化（如只有後綴的語言開始借入前綴，或者由屈折形態變為黏著形態）；形態上出現語法範疇和大量語序的變化（如「作格」（ergative morphosyntax）的出現）；增加和諧規則（concord rules）（如添加黏著性的代詞性成分）。

B 轉換（shift）〔註3〕

Thomason 和 Kaufman 將轉換的類型分成了三類：

類型①：無干擾轉換（Shift Without Interference）

無干擾轉換是指說話人在語言轉換時，沒有在目標語言（TL）中留下任何母語的痕跡。通常會有兩種情況會導致這種類型：一是相較於目標語言的人群（TL Speaker）來說，語言轉換人群（Shifting Group）的數量相對較小；二是語言轉換的過程比較漫長，如歷經幾代人才完成的語言轉換。

類型②：輕度干擾（Slight Interference）

輕度干擾包括音系和句法特徵的干擾。

類型③：中度到深度干擾（Moderate to Heavy Interference）〔註4〕

中度到深度干擾包括更多音系和句法特徵的干擾，以及一些屈折形態（派生形態更有可能是伴隨詞彙干擾和句法干擾同時發生的）。這一類型的情況大多是說話人在語言轉換時，對目標語言的學習不成熟導致的。

除此之外還有兩種特殊類型，即克里奧爾化（Creolization）和洋涇浜化（Pidgins）。前者是一種極端的非正常轉換，後者可算是轉換和借貸的折衷產物。

9.1.2　基於上饒鐵路話的語言接觸框架

依靠本文對上饒鐵路話的調查研究，我們也可以得出上饒鐵路話的語言接觸類型。現綜閱第六、七、八章語音、詞彙和語法的比較，列表如下：

〔註3〕Thomason 和 Kaufman 對轉換（shift）的分類並不像借貸（borrowing）那麼細緻，其原因可能是，轉換帶來的干擾比較隱蔽，在目標語言中不易被調查到。

〔註4〕與借貸的類型②和類型③一樣，轉換的類型②和類型③也沒有完全清晰的界限。

表 73　上饒鐵路話的影響來源對比表

條　目	對 上 饒 鐵 路 話 的 影 響
詞彙	普通話占絕對優勢
語音	上饒市區話 < 杭州話
語法	上饒市區話＞杭州話

　　語音層面，上饒市區話對上饒鐵路話的影響弱於杭州話；語法層面，上饒市區話對上饒鐵路話的影響大於杭州話；詞彙層面，上饒鐵路話與普通話的接近度極高，上饒市區話和杭州話影響則在其次。

　　也就是說，上饒鐵路話中最容易被替代的是詞彙（被普通話替代），其次是語法（被上饒市區話和普通話替代），最後才是語音，即上饒鐵路話借貸的基本等級爲：詞彙＞語法＞語音。除此之外，就詞彙層面而言，一般詞彙的借貸先於基礎詞彙（這裏的基礎詞彙主要指封閉類實詞和地方特色詞）；就語法層面而言，句法借貸先於詞法；而在語音層面，上饒鐵路話的音變則是相對離散的，未出現系統性的借貸。據此可歸納出上饒鐵路話語言借貸的兩級框架：

圖 5　上饒鐵路話的語言接觸框架示意圖

```
a 一級框架：〔詞彙＞語法＞語音〕
b 二級框架：〔一般詞彙＞基礎詞彙〕　&　〔句法＞詞法〕
注：「＞」表示「先於」。
```

　　上饒鐵路話的語言接觸框架也可轉述如下：**在語言接觸發生時，詞彙最易滲透，語法次之，語音最難滲透；一般詞彙容易滲透，基礎詞彙較難滲透；句法容易滲透，詞法較難滲透。**

　　上饒鐵路話的語言接觸框架與學界的傳統觀念並不是太一致的，有時甚至是相悖的。「長期以來在學術界普遍流行如下觀點：在語言接觸的情況下，語法結構對於變化是相當抵制的。……人們承認語言的有些層面如音系和詞彙，會受到其它語言壓力的影響而發生改變，但是語法，卻不大受到影響。」（徐大明 2006：256）

　　不過這種看法在近年來已經大有改觀，「因接觸而導致的語法變化現象在世

界很多語言中都可以發現。……托馬森和考夫曼（Thomason & Kaufman1988）的借用無條件說有許多擁護者（Campbell 1993）……」（徐大明 2006：256-257）本人在第七屆國際吳方言學術研討會（浙江金華 2012）上宣讀該框架時，也得到了南京師範大學文學院劉俐李教授的支持，她指出，在東幹語中也存在著與上饒鐵路話相類似的語言接觸框架。不過該框架是基於上饒鐵路話的語言接觸事實得出的，其是否具有漢語方言接觸的普遍性，仍有待更多漢語方言接觸的材料檢驗。

上饒鐵路話的語言接觸框架並沒有完全拘泥於國外的語言接觸理論，而是立足於漢語方言的語言接觸事實所得出的。Thomason 和 Kaufman 在對借貸等級分類時，只將語言結構分為詞彙和結構（結構下位又分為音系結構和語法結構）兩部分，在劃分借貸等級時，並未對音系結構的借貸和語法結構的借貸作嚴格的劃界處理。相較於此，上饒鐵路話的借貸等級更細化了。

上饒鐵路話的借貸等級之所以能夠細化，也是有原因的。Thomason 和 Kaufman 曾在書中指出，語言接觸一般可分為以上五個借貸類型，但有兩類特殊情況：一是語言聯盟（Sprachbund），如巴爾幹語言聯盟，它們內部的擴散方向不太容易確定，而且聯盟內的語言會有大範圍的結構相似；二是類型相近的借貸（Typologically Favored Borrowing），若源語言（Source Language）和借入語言（Borrowing Language）在類型結構上相契合，那麼結構借用的程度可能會比接觸深度的等級更高，常見的如**方言間的借貸**（Dialect Borrowing）。

上饒鐵路話與上饒市區話、杭州話，甚至與普通話，都可算是方言間的借貸，四種話在類型結構上的契合度高，這在客觀上也清除了語法借貸的阻礙，從而為語音和語法從借貸等級中分化出來提供了便利。

9.1.3 上饒鐵路話語言接觸框架的成因

上饒鐵路話語言接觸能形成前述的框架，自然有其自身的原因：

（1）詞彙上，由於上饒鐵路話母語人多從事鐵路運輸行業的工作，需常與五湖四海的人打交道，這也就決定了他們的詞彙必須與頂層的普通話保持相近或一致，而不能保留太多方言色彩較重的詞彙。因此上饒鐵路話一般詞彙的 90%以上已被普通話的一般詞彙所替代，而只保留了少數封閉類實詞和地方特色詞。

（2）語法上，上饒市區話作爲上饒鐵路話的遷入地語言，二者雖然在遷入初期彼此隔閡，但在遷入的中後期，這種隔閡被打破，尤其是近年來，雙方接觸十分頻繁，上饒鐵路話母語人與上饒市區話母語人頻繁通婚，交往甚密。另外上饒鐵路話的來源移民多爲浙江人，方言爲浙南吳語，與上饒市區話同屬吳方言大區，語言結構雖有差別，但並未達到「迥異」的程度。「居民現狀和語言事實」兩方面的原因都使得上饒鐵路話與上饒市區話在語法層面趨於同構。

不過二者在句法層面的同構表現得比詞法層面更爲徹底，其原因可能是：詞法涉及到大量封閉類詞（多爲虛詞），如詞綴、代詞、介詞、助詞、否定副詞、數詞等，這些封閉類詞本身在詞彙層面就屬於基礎詞彙，不易被替代，而句法最常涉及的是語序，二者相較，語序比虛詞更易變，因而導致句法的同構先於詞法的同構。因此上饒鐵路話語言接觸的二級借貸框架「〔句法＞詞法〕」在一定程度上也可轉述爲「〔語序＞虛詞〕」。

（3）語音上，杭州話作爲上饒鐵路話的遷出地語言，它雖然不完全是上饒鐵路話一代移民的母語，但由於一代移民多爲浙江籍，加之杭州話的半官話性質及其在浙江的地方威望，杭州話在客觀上扮演了一代移民母語的角色，使得一代移民的浙江口音向杭州話靠攏。這也就解釋了上饒鐵路話與杭州話在語音層面的爲何具有高度的相似性。

9.2　上饒鐵路話的柯因內化

9.2.1　柯因內語和柯因內化

柯因內語（Koine）的定義：（1）柯因內語原是公元前 4 世紀到公元 6 世紀間希臘的通用語，在希臘語中的意思就是「普通」之意。（2）一種語言的幾種可相互通話的變體，在一定的環境下，經說話人的接觸，可能會產生該語言的一種新的、在一定區域內具備通語地位的變體，這個新的變體一般稱爲「柯因內語」。（3）柯因內語與皮欽語（Pidgin）的一大區別是有無認同感，後者完全是社會分離和不充分交流的結果。（徐大明 2006：259-262）

柯因內化（Koineization）的定義：柯因內化是一個因語言接觸而導致比較

迅速、有時是大範圍的語言變化的過程。柯因内化是方言接觸的特例，通常在一個語言區內不同地方的移民遷徙至同一個新的地方時最容易發生。以柯因内語爲母語的新一代人的形成，標誌著柯因内化的形成。（Trudgill 1986；徐大明 2006：259-267）

柯因内語有兩大類型：「地區型柯因内語」（regional koine）和「移民型柯因内語」（immigrant koine）。二者的區別是：地區型的柯因内語不是作爲本地話使用的一種新變體，而是說某種語言不同變體的講話人相互交際所用的一種折中方言（compromise dialect），它並沒有替代折中前的原有方言（contributing dialects）；而移民型柯因内語是在一個新聚居地形成的新方言，它取代了原始移民的原有方言，而成爲該新社區的本地話（Kerswill 2002:671；孫德平（2013）《工業化過程中的語言變異與變化——江漢油田言語社區調查研究》：147-148）。

相較於地區型柯因内語，移民型柯因内語更受關注。特魯吉爾認爲移民型柯因内語的柯因内化主要包括三個步驟：混合、趨同（levelling）〔註5〕和簡化（Trudgill 1986：127）。此外，柯因内化還存在「重新定位」（reallocation）的過程。「重新定位」是指方言混合過程中，不同的變式經過趨同後卻仍然保留了下來，但是在柯因内語中被賦予了新的社會或結構功能。（徐大明 2006：261）

移民型柯因内語的形成由三個階段構成，這三個階段大致與最初的三代說話人相對應（Trudgill 1998a，Trudgill et al.2000：303），詳見下表。

表 74　柯因内化的階段

階 段	說 話 人	語 言 特 徵
第一階段	成人移民	初步趨同
第二階段	第一代母語說話人	極度多樣性，進一步趨同
第三階段	隨後的幾代人	定型、趨同、重新定位

（表來源：徐大明 2006：263）

〔註5〕徐大明和孫德平等人將「levelling」一詞直譯爲「拉平」，游汝傑將其意譯爲「趨同」。本人認爲後者更能還原柯因内化發生時各語言趨於同構的過程，故該詞皆採游汝傑的譯法。

9.2.2　上饒鐵路話的形成——柯因內化

依據前文所述的「柯因內化」理論，上饒鐵路話也是一種移民型柯因內語：

（1）上饒鐵路新村初期移民多為浙江籍，其母語多為杭州話、蕭山話、諸暨話、寧波話、義烏話、金華話等，這些浙江移民的母語是相互可以通話的，同時又由於杭州話在浙江較顯著的文化威望，使得它在這些浙江口音中脫穎而出，於是這些浙江口音以杭州話為基礎進行語言重組，從而形成了現在的上饒鐵路話。

（2）上饒鐵路話在柯因內化的過程中，說話人都拋棄了他們原先的社會類別，互示認同，彼此間有強烈的認同感，因而它不是皮欽語（如前所述，皮欽語是社會分隔和不充分交流的結果，說話人彼此間並無認同感。）。

（3）以上饒鐵路話為母語的新一代人已經形成，這也標誌著上饒鐵路話柯因內化的形成。

不過若以代別來計，上饒鐵路話的柯因內化則更為迅速。它的形成只用了兩代人：一代移民是從外地（初期主要是杭州機務段）遷入上饒，二代移民是一代移民的子女，在上饒本地出生。一代移民現年多為 65 歲以上；二代移民現年多為 40 到 65 歲；三代移民（40 歲以下），即二代移民的子女，現已多數不說上饒鐵路話，轉習普通話或者上饒市區話。換句話說，上饒鐵路話僅用了兩代人便走完了柯因內化所需的三個階段：

第一階段「初步趨同」由上饒鐵路話的一代移民完成。上饒鐵路新村的初始移民幾乎全部由杭州機務段遷入，遷入人員籍貫多為浙江。遷入後，大家皆用浙江口音通話，從本文的調查來看，這些人當時所用的「浙江口音」與杭州話十分相近，或者說，這是一種變異了的杭州話。當時這種「浙江口音」向杭州話靠攏自然有其原因，一是杭州話有半官話性質，音系相對簡化，與柯因內化的要求相符；二是杭州話在浙江屬上層方言，具有一定的權威性，對浙江其它地方的方言具有一定的文化壓力。

第二階段「進一步趨同」和第三階段「聚焦、拉平、重新定位」由上饒鐵路話的二代移民完成。二代移民（即一代移民的子女）出生後，在同一地方（鐵路新村）居住和生活，在同樣的學校（鐵路小學和鐵路中學）上學。這樣的聚居環境使得柯因內化加速，使得本來需要幾代人才能形成的上饒鐵路話縮短在

一代人裏完成，而且這種加速形成的柯因內語並沒有什麼不成熟的地方（至少從本文的調查來看是這樣的）。

9.2.3　上饒鐵路話柯因內化的成因

上饒鐵路話的柯因內化只用了兩代人的時間，如此迅速而成熟，當時必定有其便利的發育環境與土壤。詳細說來，有以下五方面的原因：

一是移民人口來源相對集中，遷入之初大都是浙江籍移民，用浙江口音通話較容易。上饒鐵路話的初始移民雖都從杭州機務段遷入，但他們並不全是杭州人，據胡松柏、葛新（2011），上饒鐵路社區形成之初，員工主要由抽調的浙江省鐵路沿線的老職工和新招的來自浙江各地的新職工組成，因而有相當數量的員工原籍是蕭山、諸暨、寧波、義烏、金華等地。他們隨機抽取了100名60歲至70歲的上饒鐵路居民作調查。結果顯示，浙江籍員工所佔比例接近80% 見下表。

表75　上饒鐵路話初始移民來源抽樣表

原籍地	蕭山	諸暨	寧波	義烏	金華	浙江其它地方	非浙江	合計
人　數	6	11	8	16	19	18	22	100
百分比	78%						22%	100%

（表格來源：胡松柏、葛新 2011）

二是職業原因，操鐵路話的浙江移民到上饒後清一色地從事與鐵路相關的職業，內部通話交際十分頻繁。

三是居住環境，上世紀三四十年代，遷入上饒的鐵路移民由政府安排，統一居住（現在他們居住的小區仍叫鐵路新村），這樣一種小聚居的生存環境也使得上饒市區話不容易對上饒鐵路話造成影響。

四是語言形成環境，上饒鐵路話形成於上世紀三四十年代，當時的鐵路移民子女統一在上饒當地的鐵路小學和鐵路中學接受教育，而這兩所學校不接收上饒當地居民的子女，這樣一種隔閡給了上饒鐵路話天然的形成環境，使其不受當地上饒市區話的影響。

五是語言態度，遷入之初，遷入的鐵路移民與當地的上饒居民持彼此敵視的態度，並時有衝突，這樣一種敵對狀況很也大大減少了當地上饒市區話對上饒鐵路話的影響。

9.3　上饒鐵路話的前景

現代漢語方言演變的普遍趨勢是官話化。上饒鐵路話也不例外，它的語音、詞彙和語法各方面都在向頂層語言普通話靠攏，而不只限於詞彙層面。這也正是 Thomason 和 Kaufman 所謂「極強勢的文化壓力（Overwhelming Cultural Pressure）」作用的結果。他們認為，當存在極強勢的文化壓力時，通常會產生三種借貸結果：

一是下位人群迅速拋棄母語，轉說優勢語言（Dominant Language），下位語言立即死亡；

二是經過幾代人之後，下位人群慢慢轉說優勢語言，下位語言死亡；

三是由於下位人群語言的頑固性和對文化高度的忠誠性，他們雖然習得了優勢語言的語法，但也仍保持自己母語的語法。

實際上，上饒鐵路話正走在如上所述的第二條道路上，即上饒鐵路話經過兩三代人之後，將不復存在。

上饒鐵路話形成之初，這些習說上饒鐵路話的人群的確對上饒鐵路話存在感情，語言的忠誠度也很高，因為建國初期鐵路行業的從業人員都是鐵飯碗，倍受國家優待，他們自然也會把自己的語言當作優勢語言看待，並且將其傳承給自己的子女。

時過境遷，如今鐵路行業雖然仍在承載著全國每天過百萬的客流量，但其從業人員的待遇較之以往已經有所下降，「鐵老大」的名頭也越來越淡，上饒鐵路話的第二代和第三代母語人已經對上饒鐵路話不再抱有那麼深厚的感情，因而上饒鐵路話的沒落也將成為必然。

現在能夠熟練使用「上饒鐵路話」進行交流的人群主要集中在 40 歲到 65 歲之間（即出生於 1945 年和 1970 年之間）；65 歲以上多帶江浙口音，即便與外人交流，使用的也只是「洋涇浜式」的「上饒鐵路話」，受其母語影響相當嚴重；40 歲以下的上饒鐵路新村居民大多已轉說普通話或者當地的上饒市區話。這樣一來，只有六七十年歷史的上饒鐵路話，隨著 40 歲到 65 歲這群上饒鐵路話母語人的消亡，上饒鐵路話也將隨之消亡。因此上饒鐵路話的存活壽命大概不會超過一百年。

附錄　江西上饒鐵路話同音字彙

說　明

（1）鐵路新村一代移民的「上饒鐵路話」仍是洋涇浜性質，二代移民的「上饒鐵路話」才是其母語。本字彙調查整理的是二代移民方鳳麗的語音，同時以一代移民蔡剛和二代移民黃斌、劉紅的語音作爲輔助。發音人情況前已介紹，此處不再贅述。本字彙由本人 2011 年 2 月至 2012 年 10 月的數次實地調查整理而成。

（2）江西上饒鐵路話同音字彙聲韻調排列順序如下：

①聲母 29 個，包括零聲母：

b p pʰ m f v d t tʰ n ŋ n̠ l ɖ ts tsʰ s z ʥ tɕ tɕʰ ɕ ʑ g k kʰ h ɦ ∅

②韻母 36 個：

ɿ ɚ i u y a ia ua o ɔ ɜ əu ɛ uɛ ɔ iɔ ei uei ie ɤɯ iɤɯ ẽ ĩẽ uẽ yẽ yn ən iŋ uən ɑŋ iɑŋ uɑŋ oŋ ioŋ əʔ iəʔ uəʔ yʔ aʔ

③聲調 6 個：

陰平　〔˧〕44 高安開偏婚飛

陽平　〔˩〕13 窮寒近厚紅岸

　　陰上　〔ㄚ〕53 古口醜粉五有

　　陰去　〔ㄐ〕334 蓋愛抗怕漢放

　　陰入　〔ㄟ〕5　急曲黑割缺歇

　　陽入　〔ㄌ〕12月入局白合服

（3）字右下的小字是注。注中的代替號（~）代表本字，如：「期_{時~}」就是「期時期」。注中有的是這個字構成的例詞或例句，有的是說明，例詞或例句與說明同時出現時，中間用逗號分隔，如：「揩_{~汗，擦汗}」。

（4）文、白讀分別下加雙線和單線表示，如：「腮〔ㄙㄟㄐ〕｜腮〔sɜʔㄐ〕」。又讀下標「又」表示，如：「灑_{~水}〔saㄐ〕｜灑_又〔sɜㄐ〕」。

（5）某些讀音出現於區別意義的異讀只加注例詞，不標數碼，如：「只_{~有}〔tsȵㄚ〕｜只_{一~}〔tsəʔㄐ〕」。

（6）□表示沒有適當的字可寫，如：「□_{~人，糾纏人}」。

（7）輕聲字、擬聲字不收，本地無兒化音。

ȵ	
ʥ	〔ㄌ〕瓷自遲慈磁字辭詞祠持馳池弛
ts	〔ㄌ〕資姿志痣咨脂茲滋之芝知蜘智支枝肢梔滯治　〔ㄚ〕止址稚旨指至紫紙致子只_{~有}致置
tsʰ	〔ㄌ〕刺賜翅秩雌癡次　〔ㄚ〕恥齒此
s	〔ㄌ〕逝世勢私師獅屍司絲思詩斯撕廝施　〔ㄚ〕死視嗜始試史使駛　〔ㄐ〕四肆_{放~}
z	〔ㄌ〕誓示似汜士柿寺事時市恃匙是氏嗣飼
	ɚ
ɦ	〔ㄌ〕而兒
∅	〔ㄚ〕耳　〔ㄐ〕二貳
	i
b	〔ㄌ〕敝弊幣斃臂皮疲婢脾避
p	〔ㄌ〕鄙蔽痺_{麻~}　〔ㄚ〕彼比　〔ㄐ〕閉庇
pʰ	〔ㄌ〕批屁披
m	〔ㄌ〕迷謎彌　〔ㄚ〕米　〔ㄐ〕咪_{貓~}
d	〔ㄌ〕題提啼蹄弟第遞地
t	〔ㄌ〕低抵堤　〔ㄚ〕底帝
tʰ	〔ㄌ〕梯　〔ㄚ〕體替涕剃

n̥	〔ˊ〕泥~土尼呢~絨逆疑又　〔ˋ〕膩你
l	〔ˊ〕犁黎梨利痢釐狸吏離籬璃厲　〔ˋ〕禮麗美~隸裏李理鯉
dʑ	〔ˊ〕齊臍技妓倚期時~其旗棋奇~怪騎~馬劑
tɕ	〔ˊ〕姐姊祭際雞稽基紀忌幾機譏饑寂寄祁　〔ˋ〕己　〔˧〕計繼記既季
tɕʰ	〔ˊ〕溪啓契~約器妻棄欺豈歧乞箕畚~　〔ˋ〕起企祈　〔˧〕氣汽
ɕ	〔ˊ〕西犀犧希稀洗~刷細係~統戲　〔ˋ〕婿喜
ɦ	〔ˊ〕宜儀蟻義議移易容~姨已以藝疑遺~失逸逃~誼倚憶億抑疫役
∅	〔ˊ〕夷醫衣依亦逸安~易交~乙　〔ˋ〕椅意異翼
u	
b	〔ˊ〕葡菩部~隊步簿埠
p	〔ˊ〕脯　〔ˋ〕補捕　〔˧〕布怖
pʰ	〔ˊ〕鋪~設普浦潽水滿溢出　〔ˋ〕鋪店~　〔˧〕譜
m	〔ˋ〕母畝牡拇
f	〔ˊ〕俘副膚夫斧敷麩縛赴富　〔ˋ〕付傅腐輔府俯腑
v	〔ˊ〕符扶附父~母浮婦負阜
d	〔ˊ〕途塗圖徒屠杜度渡鍍肚腹~砣秤~
t	〔ˊ〕都~城　〔ˋ〕賭堵妒肚牛~
tʰ	〔ˋ〕土吐兔
n	〔ˋ〕努
l	〔ˊ〕怒盧爐蘆魯櫓虜鹵露路廬如　〔ˋ〕儒乳
dʑ	〔ˊ〕除儲鋤助廚櫥
ts	〔ˊ〕租祖諸組豬蛛株鑄朱珠注駐柱住　〔ˋ〕阻煮主蛀
tsʰ	〔ˊ〕粗醋初楚礎　〔ˋ〕鼠處
s	〔ˊ〕蘇酥素漱訴梳疏書舒輸殊塑黍暑粟俗數~目　〔ˋ〕所數~一~
z	〔ˊ〕薯豎樹
k	〔ˊ〕姑孤箍辜估股牯　〔ˋ〕古固顧鼓　〔˧〕故僱
kʰ	〔ˊ〕枯　〔ˋ〕苦　〔˧〕庫褲
h	〔ˊ〕呼乎　〔ˋ〕虎
ɦ	〔ˊ〕吳梧吾胡湖糊葫狐壺戶護互無巫誣霧誤悟蜈吾
∅	〔ˊ〕烏污務　〔ˋ〕舞武侮鵡午五捂伍隊~
y	
n̥	〔ˋ〕女
l	〔ˊ〕驢慮　〔ˋ〕呂旅屢縷
dʑ	〔ˊ〕劇渠巨拒距瞿

tɕ	〔˩〕拘居駒聚苣萵~筍 〔˥〕舉據鋸 〔˧〕句具懼
tɕʰ	〔˩〕區驅 〔˥〕趨取趣 〔˧〕去
ɕ	〔˩〕敘緒虛噓需須旭 〔˥〕許續序 〔˧〕絮
ʑ	〔˥〕徐
ɦ	〔˥〕魚漁御餘與預譽豫於愚虞娛遇寓盂榆愉愈裕喻欲
∅	〔˥〕□鞋子磨~掉了，磨壞淤 〔˥〕語雨羽宇禹
	a
b	〔˥〕爬琶罷杷齙~牙，門齒不齊，向外突出
p	〔˥〕壩爸巴疤芭霸 〔˥〕把
pʰ	〔˥〕怕
m	〔˥〕罵 〔˥〕麻 〔˥〕媽馬碼□老~，老婆
d	〔˥〕大~小，~夫
t	〔˥〕打~擊
tʰ	〔˥〕他
n	〔˥〕拿 〔˥〕那又哪
l	〔˥〕拉
dʑ	〔˥〕茶查調~
ts	〔˥〕渣榨~汁炸油~，~彈蔗詐
tsʰ	〔˥〕叉差~錯岔
s	〔˥〕沙紗霎灑 〔˥〕傻啥
kʰ	〔˥〕揩揩~汗，擦汗 〔˥〕卡
ɦ	〔˥〕□~好，蠻好
∅	〔˥〕阿
	ia
t	〔˥〕嗲發~
ȵ	〔˥〕惹
tɕ	〔˥〕加嘉家傢痂佳稼 〔˥〕假賈姓嫁架駕價
tɕʰ	〔˥〕洽
ɕ	〔˥〕蝦
ʑ	〔˥〕霞瑕遐下夏暇
ɦ	〔˥〕牙芽衙涯崖
∅	〔˥〕鴉丫 〔˥〕雅啞亞
	ua
ts	〔˥〕抓 〔˥〕爪

s	〔ˋ〕耍
k	〔ˉ〕瓜掛卦　〔ˋ〕寡剮
kʰ	〔ˉ〕誇　〔癇〕垮跨
h	〔ˉ〕花　〔癇〕化
ɦ	〔ˊ〕華中~劃~船畫話
ø	〔ˉ〕蛙挖　〔ˋ〕瓦
	o
b	〔ˊ〕婆
p	〔ˊ〕波菠播簸
pʰ	〔ˊ〕坡頗破
m	〔ˉ〕摸　〔ˊ〕摩魔模磨暮慕墓募
d	〔ˊ〕駝馱舵惰
t	〔ˉ〕墮多　〔ˋ〕朵躲
tʰ	〔ˉ〕拖　〔ˋ〕妥橢
l	〔ˊ〕糯羅鑼籮蘿螺騾裸
ŋ	〔ˊ〕鵝蛾俄餓　〔ˋ〕我
dz	〔ˊ〕坐座
ts	〔ˉ〕做　〔ˋ〕左
tsʰ	〔ˉ〕搓銼撮　〔ˊ〕措錯
s	〔ˉ〕蓑梭　〔ˋ〕鎖瑣
k	〔ˉ〕歌過鍋個~人　〔ˋ〕果哥裹
kʰ	〔ˉ〕可~瘦，好瘦，很瘦科顆課
h	〔ˉ〕貨　〔ˋ〕火夥
ɦ	〔ˊ〕何河荷賀禍和連詞：我和你；~了：打麻將時贏了禾和~氣
ø	〔ˉ〕蒿~苣筍窩
	ɛ
b	〔ˊ〕排牌敗
p	〔ˋ〕擺　〔ˉ〕拜
pʰ	〔ˉ〕派
m	〔ˊ〕埋買邁　〔ˋ〕賣
d	〔ˊ〕貸臺戲~苔抬待怠代袋
t	〔ˉ〕戴帶
tʰ	〔ˉ〕胎　〔ˊ〕態太泰

n	〔ㄞ〕乃耐奈 〔ㄚ〕奶
ŋ	〔ㄞ〕挨 〔ㄚ〕矮
l	〔ㄞ〕來癩賴
ȵ	〔ㄞ〕才~華財材裁在豺柴
ts	〔ㄞ〕災栽齋債 〔ㄚ〕再宰載
tsʰ	〔ㄞ〕猜差出~釵 〔ㄚ〕彩採~摘踩 〔ㄞ〕菜蔡
s	〔ㄞ〕篩灑又曬 〔ㄚ〕賽 〔ㄞ〕腮鰓
k	〔ㄞ〕該 〔ㄚ〕改概 〔ㄞ〕蓋遮~丐
kʰ	〔ㄞ〕開楷 〔ㄞ〕慨愾慷~，~歎
h	〔ㄚ〕海蟹
ɦ	〔ㄞ〕害孩
∅	〔ㄞ〕哀 〔ㄞ〕礙愛艾~草
uɛ	
s	〔ㄞ〕衰率~領 〔ㄞ〕帥
k	〔ㄞ〕怪 〔ㄚ〕拐~杖 〔ㄞ〕乖
kʰ	〔ㄞ〕會~計塊快筷
ɦ	〔ㄞ〕外懷槐淮壞
∅	〔ㄞ〕歪
ɔ	
b	〔ㄞ〕袍雹抱暴粗~爆跑鮑姓~刨~子
p	〔ㄞ〕包胞豹趵油沾水~起，物體突然躍起褒 〔ㄚ〕寶保堡飽報
pʰ	〔ㄞ〕拋泡頗肉~得很，肉不結實□火~，很燙；好~，好燙， 〔ㄞ〕炮槍~
m	〔ㄞ〕貓 〔ㄞ〕毛冒帽茅錨卯貌茂貿矛
d	〔ㄞ〕桃逃陶萄道稻導盜
t	〔ㄞ〕刀 〔ㄚ〕島搗禱倒到
tʰ	〔ㄞ〕套濤 〔ㄚ〕討
n	〔ㄞ〕鬧撓 〔ㄚ〕腦惱
ŋ	〔ㄞ〕熬煎~傲襖
l	〔ㄞ〕撈 〔ㄞ〕勞牢嘮繞饒~命 〔ㄚ〕老佬潦
ȵ	〔ㄞ〕槽曹皂造建~巢朝潮趙兆
ts	〔ㄞ〕遭燥昭招 〔ㄚ〕棗早找 〔ㄞ〕躁竈罩照詔
tsʰ	〔ㄞ〕操抄超糙 〔ㄚ〕草吵炒
s	〔ㄞ〕騷梢捎燒 〔ㄚ〕少掃嫂

z	〔ˊ〕紹
k	〔ˉ〕高膏牙~糕羔跤跌~　　〔ˇ〕稿告搞
kʰ	〔ˉ〕敲□~邊，繰邊　　〔ˇ〕考烤靠
h	〔ˉ〕耗　　〔ˇ〕好~壞　　〔ˊ〕好喜~
ɦ	〔ˊ〕豪毫號~碼
∅	〔ˇ〕襖拗~斷　　〔ˊ〕懊奧
	iɔ
b	〔ˊ〕瓢嫖
p	〔ˉ〕標膘彪　　〔ˇ〕表手~□不要的合音
pʰ	〔ˉ〕飄漂~白，~浮　　〔ˇ〕票漂~亮
m	〔ˊ〕苗描藐渺妙謬荒~　　〔ˇ〕秒廟
d	〔ˊ〕條調掉
t	〔ˉ〕刁貂雕　　〔ˊ〕釣弔
tʰ	〔ˉ〕挑　　〔ˊ〕跳
ɳ	〔ˊ〕尿　　〔ˇ〕鳥□~乾，擰乾
l	〔ˊ〕燎療遼聊撩寥了料
dʑ	〔ˊ〕喬橋僑蕎轎
tɕ	〔ˉ〕交郊膠焦蕉椒樵嬌驕澆繳僥教較覺睡~叫酵　　〔ˇ〕絞狡攪鉸窖
tɕʰ	〔ˉ〕敲又鍬撬　　〔ˇ〕巧　　〔ˊ〕竅
ɕ	〔ˉ〕淆肴消宵霄銷蕭簫屑酵又　　〔ˇ〕小曉　　〔ˊ〕孝笑
ʑ	〔ˊ〕效校
ɦ	〔ˊ〕饒上~搖謠窯遙姚舀堯
∅	〔ˉ〕妖邀要~求腰耀　　〔ˇ〕咬要重~
	ei
b	〔ˊ〕培陪賠焙倍備被貝背~誦
p	〔ˉ〕杯碑卑悲輩背~負　　〔ˇ〕背後~
pʰ	〔ˉ〕坯　　〔ˊ〕沛配佩
m	〔ˊ〕梅枚媒煤妹昧眉黴沒~有　　〔ˇ〕每美
f	〔ˉ〕飛非匪妃　　〔ˊ〕廢肺費花~
v	〔ˊ〕肥
n	〔ˉ〕內　　〔ˇ〕那
l	〔ˉ〕勒　　〔ˊ〕肋
ts	〔ˉ〕這又

tsʰ	〔ㄔ〕車~輛 〔ㄚ〕扯
s	〔ㄔ〕賒舍
z	〔ㄐ〕射蛇又社公~
ɡ	〔ㄐ〕隑倚靠
k	〔ㄚ〕給

uei	
d	〔ㄐ〕隊兌
t	〔ㄔ〕堆 〔ㄐ〕碓對
tʰ	〔ㄔ〕推 〔ㄚ〕腿退 〔ㄐ〕蛻
l	〔ㄐ〕雷累瑞蕊壘類淚銳
ʥ	〔ㄐ〕罪垂錘槌
ts	〔ㄔ〕醉追錐最贅 〔ㄚ〕嘴 〔ㄐ〕墜
tsʰ	〔ㄔ〕催崔吹炊翠車又,~輛 〔ㄐ〕脆
s	〔ㄔ〕雖綏碎 〔ㄚ〕邃穗水 〔ㄐ〕歲稅
z	〔ㄐ〕蛇髓隨隋睡隧誰
ɡ	〔ㄐ〕潰~膿跪葵逵櫃
k	〔ㄔ〕規龜軌歸奎 〔ㄚ〕鬼貴 〔ㄐ〕桂
kʰ	〔ㄔ〕魁潰崩~愧
h	〔ㄔ〕恢灰揮輝徽 〔ㄚ〕悔毀
ɦ	〔ㄐ〕賄又回茴彙會開~,,~不~繪彗~星衛惠慧危僞位維唯惟未味違圍偉葦緯胃謂爲賄諱
∅	〔ㄔ〕微威畏慰 〔ㄚ〕桅尾魏委 〔ㄐ〕喂~養

ie	
t	〔ㄔ〕爹
ʥ	〔ㄐ〕茄~子
tɕ	〔ㄔ〕街皆階 〔ㄚ〕解~開 〔ㄐ〕借介戒屆械界疥芥
tɕʰ	〔ㄚ〕且
ɕ	〔ㄚ〕寫瀉卸蟹
ʑ	〔ㄐ〕謝鞋邪斜
ɦ	〔ㄐ〕爺夜
∅	〔ㄔ〕耶 〔ㄚ〕野也

ɤɯ	
pʰ	〔ㄔ〕剖

m	〔ʌ〕謀　〔ʏ〕某
f	〔ʏ〕否
d	〔ʌ〕頭投豆痘
t	〔ㄱ〕兜鬥都~是　〔ʏ〕抖陡
tʰ	〔ㄱ〕偷　〔ʏ〕敨~開來，展開　〔ㄱ〕透
l	〔ㄱ〕樓摟~抱簍漏陋　〔ʏ〕柔揉
dʑ	〔ʌ〕綢稠籌愁仇報~酬驟
ts	〔ㄱ〕鄒周舟州洲帚　〔ʏ〕走奏肘晝　〔ㄱ〕皺咒
tsʰ	〔ㄱ〕抽湊臭香~　〔ʏ〕醜
s	〔ㄱ〕搜餿收　〔ʏ〕瘦手首守
z	〔ʌ〕獸受壽授售
k	〔ㄱ〕勾鈎溝　〔ʏ〕狗苟　〔ㄱ〕夠購構媾
kʰ	〔ㄱ〕叩　〔ʏ〕口　〔ㄱ〕扣寇
ŋ	〔ʏ〕偶配~
h	〔ㄱ〕吼　〔ㄱ〕候
ɦ	〔ʌ〕侯喉猴厚後
ø	〔ㄱ〕歐毆嘔~吐　〔ʏ〕藕偶~然
	iɤɯ
t	〔ㄱ〕丟
ȵ	〔ʌ〕牛　〔ʏ〕扭鈕
l	〔ʌ〕流硫琉劉留榴柳　〔ㄱ〕溜~冰
dʑ	〔ʌ〕就囚泅臼舅舊柩
tɕ	〔ㄱ〕糾咎　〔ʏ〕酒九久灸韭究　〔ㄱ〕救
tɕʰ	〔ㄱ〕秋丘
ɕ	〔ㄱ〕修羞秀繡鏽休　〔ʏ〕朽　〔ㄱ〕嗅
ʑ	〔ʌ〕袖
ɦ	〔ʌ〕尤郵友猶由油遊釉右祐誘
ø	〔ㄱ〕憂優幽悠　〔ʏ〕有又　〔ㄱ〕幼
	ɛ̃
b	〔ʌ〕辦瓣盤叛
p	〔ㄱ〕班頒扳版般搬扮伴拌　〔ʏ〕板　〔ㄱ〕半絆
pʰ	〔ㄱ〕盼判　〔ㄱ〕攀潘
m	〔ʌ〕瞞漫幔曼蔓　〔ʏ〕蠻慢滿

聲母	例字
f	〔1〕番翻販　〔ㄚ〕反~復返
v	〔ㄟ〕泛帆凡犯範煩繁礬飯
d	〔ㄟ〕壇談痰淡檀彈撣壜但蛋旦
t	〔1〕耽擔丹單
tʰ	〔1〕貪灘攤　〔ㄟ〕譚　〔ㄚ〕坦毯　〔ㄣ〕探炭歎
n	〔ㄟ〕男南難~易　〔ㄚ〕難患~
ŋ	〔ㄟ〕癌
l	〔ㄟ〕藍籃覽欖濫纜蘭攔欄然燃　〔ㄚ〕染冉懶爛
dz	〔ㄟ〕蠶暫饞站~立攙~扶殘棧纏蟬禪
ts	〔1〕氈沾瞻黏~貼占~領懺　〔ㄚ〕斬展盞　〔ㄣ〕站車~蘸贊戰
tsʰ	〔1〕參~加慘餐　〔ㄚ〕燦鑱產　〔ㄣ〕顫
s	〔1〕三杉山刪扇~動衫　〔ㄚ〕善陝閃散傘
k	〔1〕甘柑竿肝幹杆稈間量詞，一~　〔ㄚ〕感敢稈趕
kʰ	〔1〕堪看刊　〔ㄚ〕坎砍　〔ㄣ〕勘
h	〔ㄚ〕喊罕　〔ㄣ〕漢
ɦ	〔ㄟ〕岸寒韓旱汗翰咸含函
∅	〔1〕庵暗安鞍按案
	iẽ
b	〔ㄟ〕便辮辨辯
p	〔1〕貶鞭編邊蝙　〔ㄚ〕扁匾　〔ㄣ〕變遍
pʰ	〔1〕篇偏騙~欺　〔ㄣ〕片
m	〔ㄟ〕眠面棉綿　〔ㄚ〕免勉娩緬
d	〔ㄟ〕甜田填電殿奠佃墊
t	〔1〕顛蹎掂　〔ㄚ〕點典　〔ㄣ〕店
tʰ	〔1〕添天　〔ㄚ〕舔
ȵ	〔1〕黏~土拈　〔ㄟ〕念碾年硯　〔ㄚ〕研
l	〔ㄟ〕廉鐮簾連聯憐蓮練煉戀　〔ㄚ〕臉斂
dʑ	〔ㄟ〕鉗淺錢踐賤餞乾虔件前
tɕ	〔1〕漸監~獄尖殲奸艦間名詞，房~艱煎箋肩堅繭兼搛~小菜，用筷子夾取　〔ㄚ〕檢減城儉劍簡柬揀剪箭濺　〔ㄣ〕鑒建健薦見
tɕʰ	〔1〕簽纖謙歉遷千牽鉛愆~saʔ〔1〕saʔ〔1〕，賣弄風情　〔ㄚ〕潛　〔ㄣ〕欠
ɕ	〔1〕仙鮮新~掀先閹又，~雞，閹掉的公雞　〔ㄚ〕癬又險顯　〔ㄣ〕餡線羨憲獻
ʑ	〔ㄟ〕銜嫌閒賢弦縣陷限

ɦ	〔ʌ〕岩炎鹽簷閻嚴顏諺延筵言沿閒又，說~話
∅	〔ʌ〕淹醃閹豔焰煙燕厭　〔ʏ〕驗掩眼雁晏演　〔ㅓ〕咽吞~宴~會

uɛ̃	
d	〔ʌ〕團斷鍛段緞
t	〔ㅓ〕端　〔ʏ〕短
n	〔ʏ〕暖
l	〔ʌ〕亂　〔ʏ〕卵鸞
dʑ	〔ʌ〕篆船傳
ts	〔ㅓ〕專磚　〔ʏ〕鑽~洞轉　〔ㅓ〕鑽~子
tsʰ	〔ㅓ〕川穿喘　〔ʏ〕篡　〔ㅓ〕串
s	〔ㅓ〕扇~子酸算蒜門門~
k	〔ㅓ〕摜~掉，丟掉官觀冠棺管館關　〔ㅓ〕貫罐灌慣
kʰ	〔ㅓ〕寬　〔ʏ〕款
h	〔ㅓ〕歡　〔ㅓ〕喚煥
ɦ	〔ʌ〕玩完丸桓緩皖換頑幻還環患宦萬
∅	〔ㅓ〕豌剜彎灣婉　〔ʏ〕晚碗惋腕挽

yɛ̃	
ȵ	〔ʏ〕軟
dʑ	〔ʌ〕權拳顴泉全
tɕ	〔ㅓ〕捐絹眷倦　〔ʏ〕卷
tɕʰ	〔ㅓ〕圈　〔ㅓ〕勸券　〔ʏ〕犬
ɕ	〔ㅓ〕軒　〔ʏ〕癬選　〔ㅓ〕宣楦
ʑ	〔ʌ〕旋玄懸眩
ɦ	〔ʌ〕員圓院緣原源元願袁園猿轅援遠
∅	〔ㅓ〕冤淵　〔ㅓ〕怨

yn	
dʑ	〔ʌ〕裙群
tɕ	〔ㅓ〕均鈞君軍俊
ɕ	〔ㅓ〕熏勳薰訊迅
ʑ	〔ʌ〕尋荀循旬巡樺訓
ɦ	〔ʌ〕勻暈韻運孕雲
∅	〔ㅓ〕熨　〔ʏ〕允

əŋ	
b	〔ʌ〕朋鵬彭膨棚篷蓬盆笨

p	〔˩〕崩繃奔~箕奔~跑　〔ㄚ〕本
pʰ	〔˩〕碰噴~水　〔ㄚ〕捧
m	〔ㄤ〕萌盟蒙夢門燜　〔ㄚ〕猛孟　〔ㄐ〕悶
f	〔ㄤ〕分~開芬紛忿風瘋豐封峰鋒蜂奉諷　〔ㄚ〕份粉
v	〔ㄤ〕糞憤奮墳焚馮鳳逢縫俸
d	〔ㄤ〕騰謄藤鄧
t	〔˩〕登燈凳　〔ㄚ〕等
tʰ	〔˩〕吞
n	〔ㄤ〕能
ŋ	〔ㄤ〕硬
l	〔˩〕仍扔　〔ㄤ〕任責~人仁刃認韌　〔ㄚ〕忍冷
dʑ	〔ㄤ〕沈陳塵晨辰臣曾~經層承丞呈程鄭成城誠盛澄乘
ts	〔˩〕針斟珍陣真增曾~孫蒸爭箏睜貞偵正徵政砧~板　〔ㄚ〕診疹枕症病~整　〔ㄐ〕鎮振震贈證~明
tsʰ	〔˩〕稱撐支~　〔ㄚ〕懲橙　〔ㄐ〕趁襯秤
s	〔˩〕森參人~深身申伸僧升勝生牲聲　〔ㄚ〕省甥審嬸沈樺~頭甚~至　〔ㄐ〕滲
z	〔ㄤ〕神腎慎繩剩聖
k	〔˩〕跟根更羹庚粳梗耕　〔ㄚ〕耿　〔ㄐ〕更~加
kʰ	〔˩〕懇墾啃坑　〔ㄚ〕肯
h	〔ㄚ〕很
ɦ	〔ㄤ〕痕恨恆衡橫
∅	〔˩〕恩
	iŋ
b	〔ㄤ〕貧頻憑平評坪病瓶屏萍
p	〔˩〕賓彬檳冰兵秉丙鬢並　〔ㄚ〕稟餅
pʰ	〔˩〕拼姘　〔ㄚ〕品　〔ㄐ〕聘
m	〔ㄤ〕民閩明鳴命名銘冥　〔ㄚ〕敏憫
d	〔ㄤ〕亭停廷庭蜓定訂
t	〔˩〕丁釘　〔ㄚ〕頂鼎
tʰ	〔˩〕廳汀聽　〔ㄚ〕艇挺
ȵ	〔ㄤ〕凝
l	〔˩〕拎　〔ㄤ〕臨林淋鄰磷棱陵凌菱寧靈鈴零另　〔ㄚ〕領嶺令
dʑ	〔ㄤ〕琴禽擒秦盡情晴勤芹近

tɕ	〔˧〕今金襟錦津巾莖京荊驚禁競精晶晴經斤筋勁有~境竟鏡敬 〔ㄚ〕緊僅景警井頸謹 〔˧〕進晉淨
tɕʰ	〔˧〕侵欽寢卿慶清輕青蜻傾頃 〔ㄚ〕請 〔˧〕浸親
ɕ	〔˧〕心辛新薪杏幸星腥馨興 〔ㄚ〕釁挑~醒 〔˧〕信姓性
ɦ	〔˩〕吟淫銀迎盈贏螢營行~爲形刑型
∅	〔˧〕音陰飲~水因姻洇尹應鷹蠅櫻鶯鸚英影嬰纓殷印 〔ㄚ〕寅引隱穎
uəŋ	
d	〔˩〕臀囤沌遁鈍盾燉
t	〔˩〕敦墩屯~田蹲 〔˧〕頓
l	〔˩〕嫩侖輪倫淪潤閏 〔ㄚ〕論議~
dʑ	〔˩〕存純唇
ts	〔˧〕尊遵 〔ㄚ〕準
tsʰ	〔˧〕村椿春寸 〔ㄚ〕蠢
s	〔˧〕孫 〔ㄚ〕損筍
z	〔˩〕順
k	〔ㄚ〕滾 〔˧〕棍木~
kʰ	〔˧〕昆坤睏~覺,睡 〔ㄚ〕捆困
h	〔˧〕昏婚葷
ɦ	〔˩〕渾魂餛混文蚊紋聞問
∅	〔˧〕溫瘟 〔ㄚ〕穩
aŋ	
b	〔˩〕旁螃龐棒蚌
p	〔˧〕幫邦綁 〔ㄚ〕榜
pʰ	〔ㄚ〕胖髈蹄~
m	〔˩〕忙芒茫盲虻 〔ㄚ〕蟒莽
f	〔˧〕方肪芳 〔ㄚ〕訪紡仿 〔˧〕放
v	〔˩〕妨防房
d	〔˩〕堂棠唐塘糖蕩
t	〔˧〕當應~
tʰ	〔˧〕燙趟湯 〔ㄚ〕躺
l	〔˩〕浪狼郎廊螂瓤讓 〔ㄚ〕囊
dʑ	〔˩〕藏隱~腸長~短場丈杖打~常嘗償
ts	〔˧〕賍髒張章樟漲障 〔ㄚ〕長生~掌 〔˧〕葬藏西~帳脹膨~

tsʰ	〔ㄣ〕倉蒼昌　〔ㄚ〕暢廠　〔ㄜ〕倡提~唱
s	〔ㄣ〕桑喪商傷裳　〔ㄚ〕賞
z	〔ㄜ〕上尚
k	〔ㄣ〕剛綱鋼~鐵缸　〔ㄚ〕骾骨~在喉岡山~港　〔ㄜ〕槓~杆
kʰ	〔ㄣ〕康慷糠囥~起來,藏起來　〔ㄜ〕抗
h	〔ㄣ〕夯~實
ɦ	〔ㄜ〕昂行銀~杭航
ian	
n̠	〔ㄜ〕娘釀仰又
l	〔ㄜ〕良涼梁糧粱量~米諒　〔ㄚ〕兩量數~
ʥ	〔ㄜ〕牆匠強強
tɕ	〔ㄜ〕將~來漿蔣槳疆僵姜降　〔ㄚ〕講獎醬將大~□~顏色,染上顏色
tɕʰ	〔ㄜ〕槍搶腔
ɕ	〔ㄜ〕相~互箱廂湘鑲向鯗香鄉　〔ㄚ〕象享響　〔ㄜ〕相~貌
ʑ	〔ㄜ〕詳祥翔像橡項巷
ɦ	〔ㄜ〕羊洋楊揚烊恙樣烊雪~掉了,溶化
ø	〔ㄜ〕央秧殃　〔ㄚ〕仰養癢
uan	
ʥ	〔ㄜ〕床狀撞
ts	〔ㄣ〕莊裝樁　〔ㄜ〕壯
tsʰ	〔ㄣ〕瘡創~傷窗
s	〔ㄣ〕霜雙　〔ㄚ〕爽
g	〔ㄜ〕狂
k	〔ㄣ〕光　〔ㄚ〕廣
kʰ	〔ㄣ〕筐框況礦　〔ㄚ〕曠
h	〔ㄣ〕荒慌晃　〔ㄚ〕謊恍
ɦ	〔ㄜ〕黃簧皇蝗忘望妄亡王往旺
ø	〔ㄣ〕汪橫又,~對,蠻不講理枉
oŋ	
d	〔ㄜ〕同銅桐童瞳筒動洞
t	〔ㄣ〕東多　〔ㄚ〕董懂　〔ㄜ〕凍棟
tʰ	〔ㄣ〕通痛　〔ㄚ〕桶統
n	〔ㄜ〕農膿濃

l	〔ㄥ〕聾攏隆戎絨融龍隴壟茸　〔ㄚ〕弄~壞
dʑ	〔ㄥ〕叢從蟲崇重縱
ts	〔ㄥ〕棕粽宗忠衷終蹤鍾盅中眾　〔ㄚ〕總種腫　〔ㄐ〕綜仲
tsʰ	〔ㄥ〕聰匆蔥囱充沖舂　〔ㄚ〕寵
s	〔ㄥ〕松宋　〔ㄚ〕聳　〔ㄐ〕送誦頌訟
z	〔ㄥ〕尿~泡
k	〔ㄥ〕公共拱工功攻蚣弓躬宮恭供　〔ㄚ〕汞鞏
kʰ	〔ㄥ〕空　〔ㄚ〕孔控恐
h	〔ㄥ〕烘哄~騙
ɦ	〔ㄥ〕弘紅洪鴻虹
ø	〔ㄥ〕翁甕
ioŋ	
dʑ	〔ㄥ〕瓊窮
ɕ	〔ㄥ〕兄凶匈胸
ɦ	〔ㄥ〕榮容溶熔用熊雄
ø	〔ㄥ〕擁　〔ㄚ〕永泳詠勇湧踴甬
əʔ	
b	〔ㄥ〕勃博薄白帛僕拔
p	〔ㄣ〕八撥缽不剝柏駁北百伯
pʰ	〔ㄣ〕潑樸~素迫拍魄撲帕
m	〔ㄣ〕麼　〔ㄥ〕抹沫末膜薄~莫漠幕募又墨默陌~生麥脈木目牧穆沒
f	〔ㄣ〕法復福腹覆赴又發
v	〔ㄥ〕乏佛服伏
d	〔ㄥ〕達特
t	〔ㄣ〕得德
tʰ	〔ㄣ〕塌塔榻獺
ŋ	〔ㄣ〕惡鴨壓　〔ㄥ〕額~頭
l	〔ㄣ〕惹樂快~六　〔ㄥ〕臘~月蠟~燭辣日
dʑ	〔ㄥ〕雜執鍘佶賊直值植殖宅閘
ts	〔ㄣ〕遮質人~柴~針折褶汁紮包~笧浙哲則織職擇蜇澤窄摘質這責柵只一~
tsʰ	〔ㄣ〕廁~所插擦察撤徹側測策冊尺赤拆
s	〔ㄣ〕賒赦腮鰓失攝涉澀濕殺煞設塞閉~嗇色識飾式適釋瑟虱失室
z	〔ㄥ〕社~會十拾~取舌食蝕石實□一下，用油炸一下

k	〔ㄱ〕戈鴿割葛閣擱各胳隔革個又掰~裏，這裏
kʰ	〔ㄱ〕磕渴殼克刻客
h	〔ㄱ〕喝瞎鶴黑嚇赫
ɦ	〔ㄌ〕合~作盒核
∅	〔ㄌ〕惡又，~人齶
	iəʔ
b	〔ㄌ〕鼻別蹩
p	〔ㄱ〕鼈筆畢必逼壁潷~渣，去水留渣臂又
pʰ	〔ㄱ〕匹僻闢開~劈撇~巴掌，打耳光，用掌擊
m	〔ㄱ〕搣~緊，~螺絲，用手指撚　〔ㄌ〕秘~書泌滅密蜜覓
d	〔ㄌ〕疊跌蝶碟諜敵狄笛
t	〔ㄱ〕滴的目~
tʰ	〔ㄱ〕貼帖鐵踢剔惕
n̥	〔ㄱ〕聶捏　〔ㄌ〕熱孽溺
l	〔ㄌ〕例厲又勵獵立粒笠列裂烈劣栗力歷
dʑ	〔ㄌ〕集輯及極疾籍~貫
tɕ	〔ㄱ〕即鯽劫甲胛接捷急級傑揭竭節截結潔跡脊績激擊吉屐
tɕʰ	〔ㄱ〕且又恰妾怯泣竊切~開七漆戚吃
ɕ	〔ㄱ〕些脅吸泄歇悉膝息熄析錫汐夕
ʑ	〔ㄌ〕狹峽協習襲席轄
ɦ	〔ㄌ〕葉業液腋
∅	〔ㄱ〕耶又也又噎益譯押一
	uəʔ
d	〔ㄌ〕奪獨讀牘毒
t	〔ㄱ〕督篤
tʰ	〔ㄱ〕托禿脫
l	〔ㄌ〕騾又駱濾入諾洛落駱絡烙酪若弱鹿祿陸大~綠錄辱褥
dʑ	〔ㄌ〕昨鑿著~衣，睡~濁鐲族逐軸著顯~
ts	〔ㄱ〕卒士~作桌卓啄捉竹築祝粥足燭囑
tsʰ	〔ㄱ〕出綽戳畜~生促觸黜黑~~
s	〔ㄱ〕漱又塑又宿刷說術算~述索勺朔速蕭縮叔束
z	〔ㄌ〕熟贖屬蜀
k	〔ㄱ〕聒刮骨郭國谷
kʰ	〔ㄱ〕括包~窟擴廓哭酷

h	〔ㄱ〕忽霍獲或
ɦ	〔ㄱ〕活滑豁猾襪物勿沃
∅	〔ㄱ〕臥蝸握屋
yəʔ	
n̠	〔ㄱ〕虐肉玉搦~面，和麵
l	〔ㄱ〕律　〔ㄱ〕略掠率效~
dʑ	〔ㄱ〕絕爵嚼局瘸
tɕ	〔ㄱ〕蛆決橘腳覺感~角菊
tɕʰ	〔ㄱ〕掘缺屈雀鵲卻確曲
ɕ	〔ㄱ〕靴薛雪血穴恤戌削屑又喙~頭畜~牧蓄
ɦ	〔ㄱ〕悅閱月越約藥鑰嶽樂音~域育鬱姓浴學
∅	〔ㄱ〕躍獄鬱憂~
aʔ	
v	〔ㄱ〕伐罰筏
g	〔ㄱ〕介表程度，~久；這麼久
kʰ	〔ㄱ〕搭~喉嚨，~牢，卡住
∅	〔ㄱ〕阿又

參考文獻

1. 北京大學中國語言文學系語言學教研室（編），漢語方言詞彙〔M〕，北京：語文出版社，2004。

2. 曹志耘，南部吳語語音研究〔M〕，北京：商務印書館，2002。

3. 曹志耘，論方言島的形成和消亡〔J〕，語言研究，2005（4）。

4. 曹志耘.浙江省的漢語方言〔J〕，方言，2006（3）：255-263。

5. 曹志耘、黃曉東，吳徽語區內的方言島〔A〕，語言的多視角考察〔C〕，2007。

6. 曹志耘（主編），漢語方言地圖集〔M〕，北京：商務印書館，2008。

7. 曹志耘，漢語方言地圖集‧語音卷〔M〕，北京：商務印書館，2008。

8. 曹志耘，曹志耘語言學論文集〔C〕，北京：北京語言文化大學出版社，2012。

9. 陳立忠，黑龍江站話研究〔M〕，中國社會科學出版社，2005。

10. 陳保亞，語言接觸與語言聯盟〔M〕，北京：語文出版社，1996。

11. 陳昌儀（主編），江西省方言志〔M〕，北京：方志出版社，2005。

12. 陳彭年，宋本廣韻‧永祿本韻鏡〔M〕，南京：江蘇教育出版社，2002。

13. 陳忠敏，語言的底層理論與底層分析方法〔J〕，語言科學，2007，31（4）：44-53。

14. 陳忠敏，音變研究的回顧與前瞻〔J〕，民族語文，2008（1）：19-32。

15. 陳忠敏，歷史比較法與漢藏語研究〔J〕，民族語文，2009（1）：12-24。

16. 戴黎剛，閩語的歷史層次及其演變〔M〕，北京：中國社會科學出版社，2012。

17. 戴慶廈、鄧祐齡，瀕危語言研究中定性定位問題的初步思考〔J〕，中央民族大學學報哲社版，2001（2）。

18. 戴慶廈，中國瀕危語言個案研究〔M〕，北京：民族出版社，2004。

19. 鄧楠，祁門軍話研究〔D〕，北京：北京語言大學碩士學位論文，2006。

20. 鄧楠，祁門軍話和民話語音概況〔J〕，黃山學院學報，2010（1）。

21. 丁邦新，丁邦新語言學論文集〔C〕，北京：商務印書館，1998。

22. 丁聲樹，李榮，漢語音韻講義〔M〕，上海：上海教育出版社，1984。

23. 董同龢，漢語音韻學〔M〕，北京：中華書局，2001。

24. 馮蒸，馮蒸音韻論集〔C〕，北京：學苑出版社，2006。

25. 傅國通、方松熹、蔡勇飛、鮑士傑、傅佐之，浙江吳語分區〔M〕，杭州：浙江省方言研究會，1985。

26. 傅國通、方松熹、傅佐之，浙江方言詞〔M〕，1992。

27. 段微，漣鋼方言的語音特色及使用情況調查〔D〕，長沙：中南大學碩士學位論文，2001。

28. 甘於恩，四邑話：一種粵化的混合方言〔J〕，中國社會語言學，2003（1）：95-100。

29. 甘於恩、吳芳，平話繫屬爭論中的邏輯問題〔J〕，廣西社會科學，2005（7）。

30. 高本漢，中國音韻學研究〔M〕，趙元任，羅常培，李方桂譯，北京：商務印書館，2003。

31. 葛慶華，近代江南地區的河南移民──以蘇、浙、皖交界地區爲中心〔J〕，史學月刊，2003（1）。

32. 葛慶華，太平天國戰後蘇浙皖交界地區的兩湖移民〔J〕，湖南大學學報，2005（7）。

33. 郭風嵐，黑龍江站話的分佈區域與歸屬〔J〕，方言，2008（1）。

34. 郭駿，方言變異與變化：溧水街上話的調查研究〔M〕，北京：北京大學出版社，2009。

35. 郭沈青，陝南贛方言島〔J〕，方言，2008（1）。

36. 郭熙，蘇南地區的河南方言島群〔J〕，南京大學學報，1995（4）。

37. 郭錫良，漢字古音手冊〔M〕，北京：北京大學出版社，1985。

38. 何大安，規律與方向：變遷中的音韻結構〔M〕，北京：北京大學出版社，2004。

39. 何九盈，上古音〔M〕，北京：商務印書館，2001。

40. 何九盈，音韻叢稿〔C〕，北京：商務印書館，2002。

41. 何細貴（主編），上饒地區志〔M〕，北京：方志出版社，1997。

42. 胡斯可，湖南郴州地區的漢語方言接觸研究〔D〕，長沙：湖南師範大學博士學位論文，2009。

43. 胡松柏，江西橫峰縣姚家閩語中的贛語性成分〔J〕，上饒師範學院學報，2002（4）：44-48。

44. 胡松柏、劉存雨，贛、吳、徽語交接地帶橫峰葛源話的特點和性質〔J〕，上饒師範學院學報，2008（4）：48-51。

45. 胡松柏，贛東北方言調查研究〔M〕，南昌：江西人民出版社，2009。

46. 胡松柏、葛新，浙贛線「上饒鐵路話」的形成與發展〔J〕，南方語言學，2011（3）。

47. 賀巍，晉語舒聲促化的類別〔J〕，方言，1996（1）。

48. 黃典誠，普通話「打」字的讀音〔J〕，辭書研究，1985（1）。

49. 黃谷甘、李如龍，海南島的「邁話」——一種混合型方言〔J〕，廣東技術師範學報，1986（1）：81-90。

50. 黃家教，粵方言地區中的一個方言島——中山隆都話〔J〕，中國語文，1985（6）：417-418。

51. 黃家教等（編），漢語方言論集〔C〕，北京：北京語言文化大學出版社，1997。

52. 黃曉東，玉山懷玉山官話音系〔J〕，語言研究，2003（23）增刊。

53. 黃曉東，開化縣華埠土官話音系〔J〕，吳語研究——第三屆國際吳方言學術研討會論文集〔C〕，上海：上海教育出版社，2005。

54. 黃曉東，浙江安吉縣河南方言島的接觸與融合〔J〕，語言科學，2006（3）。

55. 黃曉東，皖南地區的九姓漁民及其方言〔J〕，中國語文研究，2007（2）。

56. 黃曉東，漢語軍話概述〔J〕，語言教學與研究，2007（3）。

57. 黃曉東，浙江象山縣爵溪「所裏」話音系〔J〕，吳語研究——第四屆國際吳方言學術研討會論文集〔C〕，上海：上海教育出版社，2008。

58. 江荻，漢藏語言演化的歷史音變模型〔M〕，北京：民族出版社，2002。

59. 教育部國語統一籌備委員會，國音常用字彙〔M〕，北京：商務印書館，1933。

60. 拉波夫，拉波夫語言學自選集〔M〕，北京：北京語言文化大學出版社，2001。

61. 李方桂，上古音研究〔M〕，北京：商務印書館，1980。

62. 李藍，論「做」字的音〔J〕，中國語文，2003（2）。

63. 李連進，平話的分佈、內部分區及繫屬問題〔J〕，方言，2007（1）：71-78。

64. 李榮，切韻音系〔M〕，北京：科學出版社，1956。

65. 李榮，語音演變規律的例外〔J〕，中國語文，1965（2）：116-126。

66. 李榮，音韻存稿〔M〕，北京：商務印書館，1982。

67. 李榮，論北京話「榮」字的音〔J〕，方言，1982（3）。

68. 李榮，論「入」字的音〔J〕，方言，1982（4）。

69. 李榮（主編），鮑士傑（編纂），杭州方言詞典〔M〕，南京：江蘇教育出版社，1998。

70. 李如龍，漢語方言學〔M〕，北京：高等教育出版社，2001。

71. 李新魁，漢語等韻學〔M〕，北京：中華書局，1983。

72. 梁敏、張均如，廣西平話概論〔J〕，方言,1999（1）：24-32。

73. 梁玉璋，武平縣中山鎮的「軍家話」〔J〕，方言，1990（3）。

74. 劉丹青，語法調查研究手冊〔M〕，上海：上海教育出版社，2008。

75. 劉俐李，東幹語、焉耆話、關中話同源異境之百年演化〔A〕，首屆社會語言學國際學術研討會論文集〔C〕，南京：南京大學出版社，2002。

76. 劉俐李，蘇州鐵路窗口用語的吳語變異〔A〕，吳語研究：第二屆國際吳方言學術

研討會論文集〔C〕，上海：上海教育出版社，2003。

77. 劉俐李、王洪鐘、柏瑩，現代漢語方言核心詞・特徵詞集〔M〕，南京：鳳凰出版社，2007。

78. 陸天橋，廣西「軍話」及「軍人」考〔J〕，廣西民族研究，2009（3）。

79. 羅昕如，湘語與贛語接觸個案研究——以新化方言爲例〔J〕，語言研究，2009（1）：66-69。

80. 潘家懿，軍話與廣東平海「軍聲」〔J〕，方言，1998（1）。

81. 潘悟雲，漢語歷史音韻學〔M〕，上海：上海教育出版社，2000。

82. 平山久雄，昆明爲什麼不讀 Gunming〔A〕，平山久雄語言學論文集〔C〕，2005。

83. 蒲立本，上古漢語的輔音系統〔M〕，潘悟雲，徐文堪譯，北京：中華書局，1999。

84. 錢乃榮，杭州方言志〔M〕，中國語學研究：開篇，1992（5）單刊。

85. 橋本萬太郎，語言地理類型學〔M〕，余志鴻譯，北京：北京大學出版社，1985。

86. 覃遠雄，桂南平話研究〔D〕，廣州：暨南大學博士學位論文，2000。

87. 丘磊，鄂東北江淮官話研究〔D〕，天津：南開大學博士學位論文，2010。

88. 丘學強，粵、瓊軍話研究〔D〕，廣州：暨南大學博士學位論文，2002。

89. 阮廷賢，漢越語音系與喃字研究〔D〕，上海：復旦大學博士學位論文，2012。

90. 邵榮芬，切韻研究〔M〕，北京：中國社會科學出版社，1982。

91. 史皓元、顧黔、石汝傑，江淮官話與吳語邊界的方言地理學研究〔M〕，上海：上海教育出版社，2006。

92. 蘇向紅，浙北吳語區長興縣的河南話音系〔J〕，湖州師範學院學報，2003（1）。

93. 孫德平，工業化過程中的語言變異與變化：江漢油田言語社區調查〔D〕，南京：南京大學文學院博士論文，2009。

94. 孫德平，江漢油田話「潛」字聲調變異調查研究〔J〕，語言研究，2009（1）。

95. 孫德平，語言認同與語言變化：江漢油田語言調查〔J〕，語言文字應用，2011（1）。

96. 孫德平，工業化初期的語言接觸與語言變化〔J〕，中國社會語言學，2011（2）。

97. 孫德平，柯因內化：江漢油田話的形成〔J〕，語言研究，2012（4）。

98. 孫德平，鼻邊音聲母變異研究：以江漢油田話爲例〔J〕，寧波大學學報（人文科學版），2012（5）。

99. 孫德平，工業化過程中的語言變異與變化——江漢油田調查研究〔M〕，2013。

100. 孫宏開，記阿儂語——對一個即將消亡語言的跟蹤調查〔J〕，民族語文,第 1999（5）。

101. 孫宏開，關於瀕危語言〔J〕，語言教學與研究，2001（1）。

102. 唐作藩，「殽」、「崤」等字的讀音〔J〕，語文建設，1995（1）。

103. 唐作藩，漢語語音史教程〔M〕，北京：北京大學出版社，2011。

104. 唐作藩，音韻學教程〔M〕，北京：北京大學出版社，2002。

105. 陶寰、史濛輝，漢語方言「沒」類否定詞探源〔A〕，漢語方言否定專題會議，復旦大學，2012。

106. 王本勳，上饒鐵路話〔A〕，緣分〔M〕，北京：中國文聯出版社，2004。

107. 王福堂、王洪君，杭州方言的語音特點、歷史和歸屬〔A〕，第七屆國際吳方言學術研討會宣讀，浙江金華 2012。

108. 王力，漢語語音史〔M〕，北京：商務印書館，2012。

109. 王玲，城市言語社區的形成機制：合肥科學島社區個案研究〔D〕，南京：南京大學文學院博士學位論文，2007。

110. 王玲、徐大明，合肥科學島言語社區調查〔J〕，語言科學，2009（1）。

111. 王玲，言語社區內的語言認同與語言使用：以廈門、南京、阜陽三個「言語社區」爲例〔J〕，南京社會科學，2009（2）。

112. 王玲，言語社區基本要素的關係和作用——以合肥科學島社區爲例〔J〕，語言教學與研究，2009（5）。

113. 王福堂，漢語方言語音的演變和層次〔M〕，北京：語文出版社，2005。

114. 王新菊，新疆生產建設兵團農七師 131 團加工廠河南上蔡話的演變〔D〕，新疆大學碩士學位論文，2001。

115. 韋樹關，試論平話在漢語方言中的地位〔J〕，語言研究，1996（2）：95-101。

116. 韋樹關，中國瀕危語言研究的新進展〔J〕，廣西民族大學學報，2006（5）。

117. 威妥瑪，語言自邇集〔M〕，張衛東譯，北京：北京大學出版社，2002。

118. 吳健，溧陽河南話研究〔D〕，蘇州大學碩士學位論文，2008。

119. 伍巍，論桂南平話的粵語系屬〔J〕，方言，2001（2）：133-141。

120. 謝建猷，廣西平話研究〔D〕，北京：中國社會科學院博士學位論文，2001。

121. 謝留文，江西省的漢語方言〔J〕，方言，2008（2）。

122. 邢向東，小議部分「舒聲促化字」〔J〕，語文研究，2000 （2）：59-61。

123. 徐大明（主編），語言變異與變化〔M〕，上海：上海教育出版社，2006。

124. 徐大明（主編），中國社會語言學新視角——第三屆中國社會語言學國際學術研討會論文集〔C〕，南京：南京大學出版社，2007。

125. 徐大明，社會語言學實驗教程〔M〕，北京：北京大學出版社，2010。

126. 徐世璇，瀕危語言研究〔M〕，北京：中央民族大學出版社，2001。

127. 徐世璇，語言瀕危原因探析〔J〕，民族研究，2002（3）。

128. 徐世璇、廖喬婧，瀕危語言問題研究綜述〔J〕，當代語言學，2002（3）。

129. 徐通鏘，歷史語言學〔M〕，北京：商務印書館，1991。

130. 徐越，浙西北官話說略〔J〕，語言及其應用研究，2008（5）。

131. 薛才德，語言接觸與語言比較〔M〕，上海：學林出版社，2007。

132. 余迺永，新校互注宋本廣韻定稿本〔M〕，上海：上海人民出版社，2008。

133. 楊蓓，吳語五地詞彙接近率的計量研究〔M〕，未刊，作者見贈。

134. 楊劍橋，漢語現代音韻學〔M〕，上海：復旦大學出版社，1996。

135. 楊劍橋，從成語「簞食壺漿」的讀音說起〔J〕，未刊，作者見贈。

136. 楊晉毅，洛陽市現代語言形態的產生原因和理論意義〔J〕，語文研究，1997（1）。

137. 楊晉毅，試論中國新興工業區語言狀態研究〔J〕，語言文字應用，1999（1）。

138. 楊晉毅，中國新興工業區語言狀態研究（中原區）（上）〔J〕，語文研究，2002（1）。

139. 楊晉毅，中國新興工業區語言狀態研究（中原區）（下）〔J〕，語文研究，2002（2）。

140. 楊晉毅，中國城市語言研究的若干思考〔J〕，中國社會語言學，2004（1）。

141. 楊晉毅，中國工業化初期的語言接觸和語言研究〔A〕，戴昭銘主編《人類語言學在中國：中國首屆人類語言學國際學術研討會論文集》，哈爾濱：黑龍江人民出版社，2007。

142. 楊文波，江西上饒鐵路話方言島音系〔J〕，中國語學研究：開篇，2012（31）。

143. 楊文波，上饒鐵路話與杭州話、上饒話的語音比較〔J〕，語言研究集刊，2012（9）。

144. 楊文波，上饒鐵路話的形成與柯因內化〔A〕，吳語研究，2014（7）。

145. 楊文波，漢語方言借貸等級初探——以江西上饒鐵路話為例〔J〕，語言研究集刊，2016（16）。

146. 楊文波，相逆音變共存的可能性初探——以江西上饒鐵路話為例〔A〕，吳語研究，2016（8）。

147. 葉曉鋒，漢語方言語音的類型學研究〔D〕，復旦大學博士學位論文，2008。

148. 意西微薩·阿錯，倒話研究〔M〕，北京：民族出版社，2004。

149. 游汝傑，漢語方言島及其文化背景〔J〕，中國文化，1990（1）。

150. 游汝傑，黑龍江省的站人和站話述略〔J〕，方言，1993（2）。

151. 游汝傑，漢語方言學導論（修訂本）〔M〕，上海：上海教育出版社，2000。

152. 游汝傑、鄒嘉彥，社會語言學教程〔M〕，上海：復旦大學出版社，2009。

153. 游汝傑，杭州話語音特點及其古官話成分〔J〕，中國語言學集刊，2011（5.1）：129-144。

154. 游汝傑，方言趨同與杭州話的「柯因內語」性質〔J〕，中國語言學報，2012（15）：13-26。

155. 游汝傑，老派杭州方言同音字彙〔Z〕，未刊，作者見贈。

156. 曾獻飛，湘南官話語音研究〔D〕，長沙：湖南師範大學博士學位論文，2004。

157. 詹伯慧、崔淑慧、劉新中、楊蔚，關於廣西「平話」的歸屬問題〔J〕，語文研究，2003（3）：47-52。

158. 張德金（主編），上饒縣志〔M〕，北京：中共中央黨校出版社，1993。

159. 張均如、梁敏，廣西平話〔J〕，廣西民族研究，1996（2）：96-101。

160. 張衛東，威妥瑪氏《語言自邇集》所記的北京音系〔J〕，北京大學學報，1998（4）：137-144。

161. 張衛東，從《語言自邇集‧異讀字音表》看百年來北京音的演變〔J〕，廣東外語外貿大學學報，2002（4）：15-23。

162. 張興權，接觸語言學〔M〕，北京：商務印書館，2012。

163. 張向陽，贛北河南話研究〔D〕，南昌大學碩士學位論文，2007。

164. 張新武，新疆石河子總場「準河南話」使用情況調查及推普方略研究〔J〕，語言與翻譯（漢文），2005（1）。

165. 張燕芬，廣西平樂的閩方言島〔D〕，南寧：廣西大學碩士學位論文，2006。

166. 趙元任，現代吳語的研究〔M〕，北京：商務印書館，2011。

167. 趙庸，杭州話的文白異讀〔D〕，浙江大學碩士學位論文，2006。

168. 趙則玲，金華官話初探〔A〕，吳語研究——第二屆吳方言國際學術研討會論文集〔C〕，上海：上海教育出版社，2003。

169. 趙振鐸，集韻研究〔M〕，北京：語文出版社，2006。

170. 鄭丹，贛語隆回司門前話的入聲小稱調〔J〕，中國語文，2012（2）：183-185。

171. 鄭偉，從比較音韻論杭州語音的歷史層次〔J〕，中國語言學集刊（5.1）：145-163.

172. 鄭張尚芳，上古音系〔M〕，上海：上海教育出版社，2003。

173. 鄭張尚芳，方言中的舒聲促化〔A〕，鄭張尚芳語言學論文集〔C〕，北京：中華書局，2012：105-119。

174. 中國社會科學院、澳大利亞人文科學院（合編），中國語言地圖集〔C〕，香港：朗文（遠東）有限公司，1987。

175. 中國社會科學院語言研究所，方言調查字表〔M〕，北京：商務印書館，2005。

176. 中國社會科學院語言研究所詞典編輯室，現代漢語詞典（第5版）〔M〕，北京：商務印書館，2005。

177. 鍾明立，普通話「打」字的讀音探源〔J〕，中國語文，2007（5）。

178. 鍾明立，漢字例外音變研究〔M〕，廣州：廣東高等教育出版社，2008。

179. 鄒嘉彥，游汝傑，語言接觸論集〔M〕，上海：上海教育出版社，2004。

180. 周祖謨，廣韻校本〔M〕，北京：中華書局，1960。

181. 周祖謨，周祖謨語言學論文集〔C〕，北京：商務印書館，2001。

182. 朱曉農，音韻研究〔C〕，北京：商務印書館，2006。

183. 朱貞淼，21世紀上海市區方言的新變化〔A〕，浙江金華2012第七屆國際吳方言學術研討會宣讀，未刊，作者見贈。

184. 莊初升、李冬香，韶關土話調查研究〔M〕，濟南：山東人民出版社，2009。

185. Britain, D. & Trudgill,P. Migration, New-dialect Formation And Sociolinguistic Refunctionalisation: Reallocation as An Outcome of Dialect Contact〔J〕. *Transactions of the Philological Society*. 1999, 97（2）：245~256.

186. Carol Myers-Scotton. *Contact Linguistics*〔M〕, New York：Oxford Press, 2002.

187. Donald Winford. *An Introduction to Contact Linguistics*〔M〕, Blackwell Publishing,

2003.

188. Kerswill, P. E. Koineization and accommodation. In J. K.Chambers, P. Trudgill and N. Schilling-Estes (eds.), *The Handbook of Language Variation and Change.* Oxford: Blackwell. 2002：669~702.

189. Lesley Milroy and Matthew Gordon. *Sociolinguistics*〔M〕, Blackwell Publishing，2003.

190. Miriam Meyerhoff. *Introducing Sociolinguistics*〔M〕, London and New York: Routledge Press, 2006.

191. R.L.Trask. *Historical Linguistics*〔M〕, 北京：外語教學與研究出版社，2000.

192. Sarah G. Thomason. *Language Contact*〔M〕, Washington, D.C.: Georgetown University Press, 2001.

193. Siegel, Jeff. *Koines and koineization*〔J〕, Language in Society. 1985, 14（3）：357~378.

194. Thomason, S. and Kaufman, T. *Language Contact, Creolization, and Genetic Linguistics*〔M〕, University of California Press，1991.

195. Trudgill, P. *Dialects in Contact*〔M〕, Oxford: Blackwell Publishing, 1986.

196. *Uriel* Weinreich. *Language in Contact*〔M〕, New York：Columbia University, 1953.

後 記

　　《工業化進程中的語言接觸——江西上饒鐵路話調查研究》一書是在本人的博士論文基礎上修改而成。今臺灣花木蘭文化出版社寄來樣稿，捧在手中，那些汗流浹背的炎炎夏日，那個埋頭調查路話方言的少年，歷歷在目，如在昨日。

　　2011 年初，本人第一次到上饒做方言調查，上饒鐵路新村在城市化浪潮的推動下已開始舊城改造；2013 年夏，本人博士畢業，上饒鐵路新村已拆遷大半，該地昔日引以爲傲的「上饒鐵路話」也面臨絕跡。

　　拙著的出版，一爲記錄曇花一現的路話方言，二爲緬懷我的博士時光，如有第三，則希望爲漢語方言接觸理論的修正與完善盡一點綿薄。

　　感謝我的博士生導師——游汝傑教授。三年來，我追隨游老師研習社會語言學與漢語方言學，游老師寬以待人、低調做事的處世風格也一直潛移默化地影響著我。能入游老師門下學習，是我一生的榮幸。

　　感謝我的碩士生導師——薛才德教授。是他，將一個懵懂少年帶入語言學的殿堂。攻讀碩士期間，薛老師一直敦促我踏實學習。入復旦讀博之後，薛老師亦時常予以我鼓勵。嚴師如父。

　　感謝南昌大學胡松柏老師。胡老師是贛東北方言研究的專家，本人博士論文題目選定以後，每次去江西上饒進行方言調查，胡老師都從人力、物力上給

予支持，本人在論文寫作過程中亦曾多次得到他的指點與幫助。

感謝上饒鐵路醫院的周文莉阿姨及其家人。感謝本文的各位發音人——上饒鐵路話發音人：蔡剛、方鳳麗、黃斌、劉紅；上饒市區話發音人：張陳超；杭州話發音人：趙庸。正是有了他們的傾力協助，本人的調查才如此順利。

感謝復旦史地所張鑫敏博士。本文圖 1、圖 2、圖 3 均是鑫敏兄代畫，為這三幅圖，鑫敏兄幾乎一夜未眠，實在感動。

感謝楊劍橋、陳忠敏、龔群虎、陶寰、齊滬揚等諸位老師，感謝蔡瑱、江燕、亓海峰、阮廷賢、林素娥等諸位師兄師姐，以上為本書的修改與完善傾力頗多，一併謝過。

感謝花木蘭文化出版社出版拙著，感謝貴社各位同仁傾力核校。貴社為海峽兩岸的文化交流搭起了一座堅實的橋梁！

感謝所有人，感謝生活。

楊文波

2016.6.5 於上海大學